REMEMBER WHEN Part One
by Nora Roberts
translation by Etsuko Aoki

あの頃を思い出して 第一部

ノーラ・ロバーツ

青木悦子［訳］

ヴィレッジブックス

メアリー・ケイ・マコーマスに。
楽器を弾いたりするけれど
最高の友達

彼は他人のものをほしがり、
自分のものを惜しまなかった
——サルスティウス

このわたしはいったい誰なの？
ああ、それこそ最大の謎だわ！
——ルイス・キャロル

あの頃を思い出して

第一部

おもな登場人物

レイン・タヴィッシュ	アンティークショップの経営者
マックス・ギャノン	保険会社に雇われた探偵
ヴィンス・バーガー	エンジェルズ・ギャップの警察署長
ジェニー	レインの店の店員
アレックス・クルー	犯罪者
ジャック・オハラ	レインの父親
ウィリー・ヤング	ジャックの親友

1

その見慣れない小男を追いかけて、雷の壮烈なげっぷが店に入ってきた。男はその荒々しい音が自然ではなく自分のせいであるかのように、申し訳なさそうにあたりを見まわし、白と黒の縞模様の傘を閉じようと、わきにはさんだ包みをもぞもぞと抱えなおした。

傘も男もいくぶんもの悲しげな雰囲気で、ドアのすぐ内側で、きちんと置かれた四角いマットに滴《しずく》をぽたぽたたらしており、かたやドアの外では、冷たい春の雨が車道と歩道を打っていた。男は歓迎されているのかどうかこころもとない様子で、その場に立っていた。

レインは振り返り、あたたかみと、さりげない勧誘だけをにじませたほほえみを向けた。友人たちなら、レインの愛想のいい店主スマイル、と言う表情だ。

そう、残念ながら、たしかに彼女は愛想のいい店主だった――そしていま、そのラベルは厳しく試されようとしていた。

もし、雨が客を遠ざけるかわりに呼びこむものだと知っていたら、ジェニーに休みをあげたりしなかったのに。仕事がいやなのではない。どんな天気であれ、客に来てほしくなければ、女は店を開いたりしない。それに、売り上げをレジに打ちこむのと同じくらいの時間を、おしゃべりや、話を聞くことや、議論の仲裁に費やすと承知のうえでなければ、〝アメリカの小さな町〟（A・ガイサートの絵本シリーズのタイトル）に開店することもない。

それはいい、とレインは思った。それはかまわない。しかし、ジェニーがペディキュアをしたり、昼メロを見たりして一日を過ごすかわりに、仕事に来ていたら、〝双子〟の相手をしてくれただろうに。

ダーラ・プライス・デイヴィスとカーラ・プライス・ゴーエンは、どちらも髪を同じアッシュブロンドに染めていた。二人はそっくりなしゃれた青いレインコートを着て、よく似た大きなショルダーバッグを持っていた。そしておたがいに相手のセリフを引き取ったり、眉を寄せたり唇をすぼめたり、肩をすくめたり、うなずいたりといった一種の暗号で意思の疎通をはかるのだった。

八つのときなら愛らしかったであろうことも、四十八歳の女たちの場合はただ珍妙としか言いようがない。

それでも――レインは自分に言い聞かせた――二人が〈あの頃を思い出して《リメンバー・フェン》〉に来て、お金をたくさん落とさなかったことはない。落とすまでに何時間もかかるとしても、結局は売り上げになるのだ。レジスターがチンと鳴ることほど、レインの心を浮き立たせてくれるものはあまりない。

今日、双子は姪への婚約祝いを探しており、激しい雨も、とどろく雷も、二人の外出の足をとどめはしなかった。また、ワシントンＤＣへ行く途中、ふと思いついて、エンジェルズ・ギャップまで遠回りしてきた――本人たちはそう称している――びしょ濡れの若い夫婦を押しとどめることもなかった。

そして、縞模様の傘を持った小男のことも。レインの見たところ、彼はちょっぴり狼狽《ろうばい》し、途方に暮れているようだった。

そこで、レインは笑顔にもう少々あたたかみを加えた。「すぐおうかがいしますから」そう声をかけてから、双子に向き直った。

「もう少し見てまわられてはいかがですか」レインは言ってみた。「ゆっくり考えてくださいな。わたしはじきに――」

ダーラが彼女の手首をつかみ、レインは逃げられないことを悟った。

「決めてしまいたいのよ。キャリーはちょうどあなたくらいの年なの、スウィーティー。あ、なたなら、婚約祝いには何がほしい？」

その暗号を解読するまでもなく、レインはそれが遠まわしとはいえない当てこすりであるのを察した。何といっても、彼女は二十八歳になるのに、結婚していない。婚約もしていない。目下のところ、デートすらしていない。プライスの双子に言わせると、これは自然に反する罪なのだそうだ。

「知っているでしょう」カーラが声をはりあげた、「キャリーはこの前の秋に、カワニアンのスパゲティ夕食会でポールと知り合ったの。あなたももっと人とまじわらなくちゃいけませんよ、レイン」

「本当にそうですね」レインは人好きのする笑みを浮かべてうなずいた。鼻炎持ちではげかけたバツイチの会計士が好みならね。「お二人の選んだものなら、キャリーは何であろうと気に入ってくれますよ。でも、おばさまたちからの婚約祝いでしたら、キャンドルスタンドより、もっと自分だけで使うものがいいんじゃないでしょうか。キャンドルスタンドもすてきですけれど、そちらのドレッサーセットはとても女性らしいものですよ」レインは双子が注意を向けていたドレッサーセットから、銀の背のブラシをとった。「どこかの花嫁さんも、結婚の夜にこれを使ったんでしょうね」

「もっと自分だけで使うもの」ダーラが言った。「もっと——」

「女の子らしい。そうね！ キャンドルスタンドのほうは——」

「結婚祝いにすればいいわ。でも、このドレッサーセットに決める前に、アクセサリーを見ておいたほうがいいわね。真珠を使ったものはある？ 何か——」

「古いもので、あの子が結婚式当日につけられるものは。でもキャンドルスタンドと、ドレッサーセットはとっておいてね、ハニー。アクセサリーを見ないことには、何も決められないわ」

会話はテニスのボールよろしく飛びかい、二つのそっくり同じサンゴ色の口からサーブされ、ボレーされた。レインはどちらが何を言ったか、ちゃんと把握している自分の腕前と集中力を心の中でほめた。

「名案ですね」レインは豪華な時代もののドレスデン磁器のキャンドルスタンドをとった。双子に見る目がないなどとは、誰にも言えまい。あるいは、クレジットカードを活用するのをいやがるとは。

スタンドをカウンターへ持っていこうとしたとき、さっきの小男が目の前に出てきた。

レインの目が彼の目と合った。男の目は淡い、洗いざらしたような青で、睡眠不足かアルコール、またはアレルギーのせいで充血していた。疲労で目のまわりがひどくたるんでいたので、彼女は睡眠不足のせいだろうと考えた。男の髪は灰色まじりのモップのようで、雨のせいでおかしなほど広がっていた。値の張るバーバリーのコートを着ているのに、三ドルの傘を持っている。今朝はいそいでひげを剃ったらしく、顎にグレーの伸びかけたひげのかたまりが残っていた。

「レイン」

名前を呼んだ男の声には性急さと親しみのようなものがあり、彼女の笑みは礼を失しない程度のとまどいに変わった。

「はい？　すみません、お会いしたことがありました？」

「おぼえていないのか」男の体がしぼんだようにみえた。「ずいぶん昔のことだからな、でも俺は……」

「すみませーん！」ワシントンＤＣへ行く途中という女性が呼んだ。「ここは発送もしてくれるの？」

「ええ、いたしますよ」双子がイヤリングとブローチをめぐって、例のごとく省略だらけの話し合いをしているのが聞こえ、ＤＣへ行くカップルからは衝動買いの気配がした。そして小男は期待に満ちた親しみをこめてレインを見つめており、彼女はそれにさむけをおぼえた。

「ごめんなさい、今朝はちょっと忙しくて」レインは男の横をまわってカウンターへ行き、キャンドルスタンドを置いた。親しみは、と自分に言い聞かせた。小さな町に流れるリズムの一部よ。きっと彼は前にもここへ来たことがあるのだろう、レインがむこうをおぼえていないだけで。「何かお手伝いできることはあります？　それとも、しばらく見てまわられますか？」

「きみの助けが必要なんだ。あまり時間がない」男は一枚の名刺を出し、彼女の手に押しつけた。「その番号に電話してくれ、できるだけ早く」

「ミスター……」レインは名刺に目をやり、名前を読んだ。「ピータースン、どういうことでしょうか。何かお売りになりたいものでも？」

「違う。違う」男の笑い声はいささかヒステリックで、レインは店の中が客で混みあっていることに感謝した。「もういまは違う。いずれ全部説明するが、いまはだめだ」彼は店の中を見まわした。「ここじゃだめだ。来るんじゃなかった。とにかくその番号にかけてくれ」

男は彼女の手を上から握りしめ、レインは振り払いたい衝動にかられた。「わかりました」

彼は雨と石鹸と……ブルート（アメリカの男性用化粧品ブランド）のにおいがする、とレインは気づいた。そしてそのアフターシェーブローションのにおいが、記憶の火花を飛ばして、彼女の頭の中に灯をともそうとした。そこで彼の手がさらに強くレインの手を握った。「必ずだよ」彼は耳障りなささやき声で言い、レインにはただの、濡れたコートを着た奇妙な男にしか見えなくなった。

「もちろんですわ」

レインは彼がドアへ歩いていき、安物の傘を開くのを見守った。そして彼が足早に雨の中へ出ていってしまうと、ほっとため息をもらした。変な人、としか思えなかったが、それでもしばらくさっきの名刺を見てみた。

ジャスパー・R・ピータースンという名前が印刷されていたが、電話番号はその下に手書きされ、アンダーラインが二本引いてあった。

名刺をポケットにしまい、旅行中のカップルを軽くひと押ししてこようと歩きかけたとき、濡れた舗道に車のブレーキがキーッという音と、驚きの悲鳴がいくつも聞こえ、レインは振り返った。そして聞こえてきたぞっとする音、うつろなドスンという鈍い音は一生忘れないだろう。あの高級なレインコートを着た見知らぬ小男が、彼女の店のウインドーに叩きつけられた光景を忘れないように。

レインはドアを飛び出し、滝のような雨の中へ出た。舗道にバタバタと足音が響き、どこか近くで、金属が金属にぶつかるベキベキッという音と、ガラスの砕ける音がした。

「ミスター・ピータースン」レインは彼の手を握り、せめてその血まみれの顔に雨が当たらないようにと、彼の上にかがみこんだ。「動かないで。誰か救急車を呼んで！」そう叫び、少しでも彼を雨から守ろうと、上着を脱いだ。

「やつを見た。やつを見た。来るべきじゃなかった。レイン」

「いま救助が来ますよ」

「あれをきみに残してきた。あいつがきみに渡してくれと言ったんだ」

「わかりました」レインは滴のたれる髪を目から払い、誰かがさしだしてくれた傘を受け取った。それを彼の上にかざし、彼が弱々しく手を引っぱったので、さらに低くかがみこんだ。

「気をつけろ。すまなかった。気をつけるんだ」

「そうします。もちろんそうします。さあもうしゃべらないで、しっかりして、ミスター・ピータースン。いま救助が来ますから」

「思い出せないんだね」彼は笑い、口から血がこぼれた。「小さなレイニー」震えながら息を吸い、ごほごほと血を吐く。サイレンの音が聞こえてきたとき、彼が細く、とぎれとぎれの声で歌いだした。

「心配も悲しみもみんな荷物に詰めこんで」彼はやさしく歌い、それからゼーゼーとあえいだ。「バイ、バイ、ブラックバード」

レインは彼の傷ついた顔を見つめたが、すでに彼女の冷えた肌は総毛だちはじめていた。

記憶が――とうの昔に封印したのに――ほどけだした。「ウィリーおじさんなの？　まさかそんな」

「昔、そいつを好いてくれたよな。だいなしにしちまった」彼は苦しげに言った。「すまない。安全だと思ったんだ。来るんじゃなかった」

「どういうことなの」涙がレインの喉を焼き、頬を流れた。ウィリーおじさんが死にかけている。自分が彼だと気づかなかったから、雨の中へ追い出してしまったから、死にかけているのだ。「ごめんなさい。本当にごめんなさい」

「やつはもうきみのいどころを知っている」彼の目が裏返った。「犬《プーチ》を隠せ」

「何を？」レインはたがいの唇が触れそうになるまでかがみこんだ。「何？」だが、握りしめていた手からは力が抜けた。

救急隊員たちが彼女をそっとわきへどかした。レインの耳に、彼らの短い簡潔なやりとりが聞こえた――テレビで聞きなれた医療用語で、彼女でも言えるくらいだ。しかし、これは現実だった。雨に流されていく血は本物だった。

女がすすり泣き、うわずった声で何度も何度も言っているのが聞こえてきた。「前へ飛び出してきたのよ。止まるのが間に合わなかった。車の真ん前に走ってきて。助かる？　助かる？　助かる？」

いいえ。レインはそう言ってやりたかった。助からないわ。

「中にお入りなさい、ハニー」ダーラがレインの肩に腕をまわし、後ろへ引っぱった。「びしょ濡れじゃないの。もう手伝えることはありませんよ」

「でも何かしないと」レインは彼の壊れた傘を見おろした。うきうきするような縞模様が、いまでは汚れ、血しぶきにまみれている。

ウィリーおじさんを火の前に座らせてあげればよかった。あたたかい飲み物を出して、小さな暖炉の前であたたまらせて、体が乾くようにしてあげていれば。そうしたらおじさんはまだ生きていたのに。いろいろな話やくだらないジョークを聞かせてくれたのに。

でもわたしはおじさんだと気づかなかった、だからおじさんはいま死のうとしている。

雨を避けて店へ戻り、彼を知らない人々の中にひとり残していくことはできなかった。とはいえ、なすすべもなく見守るしかできず、そのあいだ、救急隊員たちは力をつくしてくれたものの、かつて彼女のジョークに笑ったり、馬鹿ばかしい歌を歌ってくれた人の命を救うことはできなかった。彼はレインが大きな苦労をして築いた店の前で死に、彼女がとうに逃れたと思っていた記憶のすべてをその戸口に置いていったのだった。

自分は実業家で、地域社会の善良な一員で、ペテン師だ。店の奥の部屋で、レインは二人ぶんのコーヒーをいれながら、これから自分が、友達と思っている男に嘘をつこうとしているのを承知していた。それに、かつて愛していた人について、何も知らないことにしようとしているのも。

精一杯落ち着こうとし、普段は肩にかかるボブスタイルにしているが、いまは濡れてもつれている真っ赤な髪を、手ぐしでとかした。顔は青ざめ、いつもは念入りにしている化粧を雨が落としてしまったので、細い鼻と頬にあるそばかすが目立っていた。目――明るいヴァイキング・ブルー――はショックと悲しみでぼうっとしている。細い顔にほんの少し大きすぎる口は、いまにも震えだしそうだ。

オフィスの壁にかかった金色の枠の小さな鏡で、レインは自分の姿を点検した。そして、現在の自分らしくなるよう外見を整えた。そう、生き抜くためにやらなければならないことをやるだけだ。ウィリーはきっとわかってくれる。まずはこの場を切り抜けるのよ、と自分に言い聞かせた。あとのことはそれから。

大きく息を吸い、体を震わせ、それからコーヒーカップを手に持った。店の中へ入って、エンジェルズ・ギャップの警察署長に嘘の証言をする用意ができたときには、だいぶ両手が落ち着いていた。

「待たせてごめんなさい」謝りながら、小さな硬質レンガの暖炉のそばに立っていたヴィンス・バーガーのところへマグカップを運んだ。

ヴィンスは熊のような体格で、ホワイトブロンドのもしゃもしゃ髪はほぼ垂直に突っ立ち、まるで幅広で感じのいい顔の上にいることに驚いているようだった。目は色あせたような青で、斜めの皺《しわ》が扇のように広がっていて、思いやりにあふれていた。

彼はジェニーの夫で、レインにとっては兄弟のような存在になっていた。しかしいまレインは、ヴィンスが警官であり、これまで努力して得たもののすべてが危険にさらされていることをもう一度思い起こした。

「座ったらどうだい、レイン？　ひどいショックだっただろう」

「何だかぼうっとして」それはたしかに事実だった、何でもかんでも嘘をつく必要はないわけだ。それでも、レインは彼から離れていってコーヒーを飲み、ヴィンスのいたわりのこもった目と目を合わせなくていいよう、外の雨を見つめた。「署長さんみずから供述をとりにきてくれてありがとう、ヴィンス。忙しいんでしょうに」

「そのほうがきみの気が楽だろうと思ったんだ」

見知らぬ相手より、友達に嘘をつくほうがうまくやれる、とレインは苦い気持ちで思った。「役に立てるかどうかわからないわ。実際に事故そのものを見たわけじゃないし。聞こえたのは……ブレーキの音や、悲鳴や、ドサッといういやな音、それから見えたの……」彼女は目をつぶらなかった。つぶれば、またあれが見えてしまうだろうから。「あの人がウインドーにぶつかったのが見えたわ、まるで投げつけられたみたいに。わたしは外へ走って出て、救急隊員が来るまで付き添っていた。すぐ来たわ。何時間もかかったように思えたけど、実際はほんの何分かだったのよね」

「彼は事故の前にここに来たそうだね」

今度はレインも目をつぶり、自分を守るためにやらなければならないことをやる覚悟をした。「ええ。今朝は何人もお客さんが来たの、ジェニーにまる一日お休みをあげたりするべきじゃないってことね。双子も来たし、ＤＣへ行く途中のカップルも。あの人が入ってきたときは手がいっぱいだった。あの人はしばらく見てまわっていたわ」

「よそから来たそのカップルの女性は、きみと彼が知り合いだと思ったそうだが」

「本当？」ようやく振り返りながら、レインは巧みな画家が肖像画にやるように、とまどいの表情を顔に貼りつけた。彼女は戻ってくると、火の前に置いておいた二脚のアームチェアのひとつにかけた。「どうしてかしら」

「何となくじゃないか」ヴィンスは肩をすくめた。自分の体の大きさをいつも気にしている彼は、そろそろと用心深く、もう片方の椅子に腰をおろした。「彼がきみの手を握ったと言っていた」

「というか、握手をしたのよ、そうしたらこの名刺をくれたの」レインはポケットから名刺を出し、ヴィンスの顔から目をそらさないよう努力した。暖炉の火はあたたかくパチパチとはぜ、肌にはその熱さを感じているのに、レインの体は冷えていた。冷えきっていた。「あの人は、わたしがあまり忙しくないときに話がしたいと言ったの。売るものがあるかもしれないって。そういう人もよくいるから」レインはそう付け加え、ヴィンスに名刺をさしだした。「おかげでこっちは商売を続けていけるってわけ」

「なるほど」ヴィンスは胸のポケットに名刺をしまった。「彼について印象に残ったことはある？」

「いいコートを着ているのに、安っぽい傘を持っていたことだけね――それから、小さい町なんかをぶらぶらするような人にはみえなかったこと。都会の雰囲気がしたわ」

「何年か前にはきみもそうだったよ。実を言うと……」ヴィンスは目を細くし、手を伸ばして彼女の頬を親指で撫でた。「まだ都会の雰囲気が残っている」

レインは笑った、彼がそうしてほしがっていたから。「わたし、もっと捜査の役に立てればいいのにね、ヴィンス。本当にひどいことだもの」

「いいかい、もう四人の目撃者から証言はとれたんだ。全員、あの男が通りに飛び出して、車の真ん前に出たと言っている。まるで幽霊か何かを見たみたいに。彼はおびえていたようにみえたか、レイン？」

「あまり注意していなかったの。本当のところはね、ヴィンス、あの人が買い物にきたんじゃないってわかったから、早く出ていってもらおうとしていたのよ。ほかにお客さんがいたし」レインの声が割れ、彼女は頭を振った。「いま思うとずいぶん不人情だった」

ヴィンスが慰めようと手を重ねてくれたので、レインは自分が汚いものになった気がした。「そのあと何が起こるか、きみにはわからなかったんだから。駆けつけたのはいちばん先だったんだろう」

「あの人がすぐ外にいたからよ」レインは喉の中の悲しみを洗い流すために、コーヒーをごくりと飲まなければならなかった。「入口の上がり段に倒れかかっていたの」

「きみに何か言ったそうだが」

「ええ」レインはもう一度コーヒーに手を伸ばした。「意味のわからないことばかりだったけど。すまなかったって言っていたわ、二度くらい。わたしが誰か、何が起きたのかもわかっていなかったんじゃないかしら。きっと意識がもうろうとしていたのよ。救急隊員が来て、それから……それからあの人は亡くなった。これからどうするの？　つまり、あの人はこのあたりの人間じゃないでしょう。電話番号はニューヨークのものだったし。車でここを通りかかっただけなら、どこへ行くつもりで、どこから来たのかしらね。ちょっと思っただけなんだけど」

「それも調べるよ、最近親者に連絡できるように」立ち上がり、ヴィンスは彼女の肩に手を置いた。「忘れろとは言わないよ、レイン。忘れるのは無理だろうからね、しばらくのあいだは。でもきみはできるだけのことをやったんだ。それ以上はやれないさ」

「ありがとう。今日はもう閉めるわ。家に帰りたいし」

「そのほうがいい。送っていこうか？」

「いいえ。でもありがとう」爪先立ちになってヴィンスの頬にキスをしたのは、親しみからだけではなく、後ろめたさもあった。「ジェニーにあしたまたねって伝えて」


彼の名前、少なくともレインの知っている名前は、ウィリー・ヤングだった。たぶんウィリアムだろう、とレインはでこぼこの砂利道に車を走らせながら思った。本当のおじではない――彼女の知るかぎりでは――それでもおじと言っていい人だった。小さな女の子のために、いつでもポケットに赤いキャンディを入れていた。

もう二十年近くも会っていなかったし、あの頃、彼の髪は茶色で、顔はもう少しふっくらしていた。いつもはずむように歩いていた。

だから、店に入ってきた、背中の曲がった不安げな小男を見て、彼だとわからなかったのも無理はない。

どうやってわたしを捜し出したのだろう？　なぜ捜したの？

レインの知るかぎり、彼はレインの父の親友だったから、たぶん彼も――父と同じように――泥棒か、詐欺師か、三流イカサマ師に違いない。堅気の女性店主が世間に知られたい種類の知り合いではなかった。

なのにどうして、そう思うと自分がつまらない人間になったような気がしたり、後ろめたさを感じたりしてしまうのだろう？

レインはブレーキを踏み、座り直し、すてきな丘にあるすてきな家の前で、ワイパーの規則正しいシュッシュッという音の中で考えこんだ。

彼女はこの家を愛していた。彼女の家。わが家。この二階建ての木造住宅は、正直に言うと、ひとり住まいの女には広すぎた。しかし、彼女は家の中をぶらぶらできるのが楽しくてたまらなかった。それぞれの部屋を自分の好みに合うよう、細かいところまでしつらえていく時間が大好きだったのだ。それも、自分ひとりのために。

いまのように、もうこんりんざい、即座にそのときどきの持ち物すべてをまとめ、〝バイ、バイ、ブラックバード〟のメロディにのって逃げ出さなくていい、とわかっていることも。

芝生をのんびり歩いたり、庭にいろいろなものを植えたり、低木を剪定《せんてい》したり、芝を刈ったり、雑草を抜いたりできることも楽しかった。ごく普通のことが。これまでの人生の前半で、平凡なことをほとんどせずにきた女には、単純で、平凡なことが楽しいのだった。

わたしにはそうする資格があるんじゃない？　レイン・タヴィッシュとして生き、その意味するものすべてでいる資格が。いまの仕事、この町、この家、友人たち、いまの暮らし。これまで努力して築き上げてきた自分でいる資格があるはずだ。

ヴィンスに真実を話しても、ウィリーの役には立たなかっただろう。ウィリーにとっては何も変わらなかっただろうが、彼女にとってはすべてが変わったかもしれないのだ。ヴィンスはじきに、いま郡の遺体保管所にいる男がジャスパー・R・ピータースンではなく、ウィリアム・ヤングであることを突き止めるだろう。その名前にどれほど変名があろうとも。

前科もあったはずだ。レインはウィリーが少なくとも一度、父と一緒に服役したことを知っていた。「戦友さ」父は自分たちのことをそう言っていて、レインはいまでも父の大きな、とどろくような笑い声を思い出せた。

そのことが猛烈に腹立たしくなり、レインは車を降りて、叩きつけるようにドアを閉めた。そして家まで走り、鍵を出した。

後ろ手にドアを閉め、家につつみこまれるとほぼ同時に、気持ちが落ち着いた。その静けさ、木でつくられたものに自分で磨きこんだレモンオイルの香り、自分の庭から摘んできた春の花のかすかな甘い香りだけで、すりきれた神経がなだめられた。

鍵を玄関テーブルの楽焼き皿に置き、携帯電話をバッグから出して充電器にさす。靴を脱ぎ、ジャケットも脱いで階段の柱にかけ、バッグを一段めに置く。

いつもの習慣どおり、歩いて奥のキッチンへ行った。普段なら、お茶をいれようとやかんを火にかけ、お湯が沸くまでのあいだ、家の前の小道の下にあるボックスからとってきた郵便物に目を通す。

しかし今日は、大きなグラスにワインをついだ。

そして流しの前に立ったまま、窓ごしに裏庭を見ながらそれを飲んだ。

昔も庭を持っていたことがあった——二度くらい——子どもの頃に。ひとつは……ネブラスカだった？　アイオワ？　どっちだっていいじゃない、と思い、レインはぐいっとワインを飲んだ。彼女は、真ん中に大きな古い木のあったその庭が大好きで、ウィリーはそこに太いロープで古タイヤをつるしてくれた。

彼がとても高くまで押してくれたので、レインは空を飛んでいるような気持ちになった。どれくらいあそこにいたのかもはっきりわからないし、家のことは全然おぼえていない。子ども時代の記憶といえば、おぼろになった家や人の顔や車でのドライブ、荷造りのせわしさだった。それからウィリーと、父と、父の大きな笑い声と大きな手、抵抗できない笑顔と当てにならない約束。

レインは人生の最初の十年を、父とそれはそれは愛し合って過ごし、そのあとは、父が存在していることを忘れるためにあらゆる手をつくした。

もしまた父がトラブルにあっているとしても、心配してあげるいわれはない。

彼女はもう、ジャック・オハラの小さいレイニーではないのだから。いまの彼女はレイン・タヴィッシュ、善良なる市民なのだ。

レインはワインのボトルを見つめ、肩をすくめて二杯めをついだ。大人の女が自分のキッチンで酔っ払ったってかまいやしない。まして、過去からの亡霊が足元で息絶えたのを見たときくらい。

グラスを持って、泥落とし部屋《マッドルーム》（泥で汚れた服や靴を脱ぐための場所）のドアへ歩いていき、むこう側から聞こえる期待に満ちた鳴き声にこたえた。

彼は大砲の弾のように飛び出してきた――毛だらけの、耳のたれた大砲の弾。足をレインのお腹にかけ、長い鼻づらを彼女の顔に押しつけて、よだれつきのひたむきな愛情をこめて頬をべしょべしょとなめる。

「オーケイ、オーケイ！　こっちもおまえに会えてうれしいわよ」レインの気持ちがどんなに落ちこんでいようと、この驚くべき犬、ヘンリーのお帰りなさいは、必ずその気持ちを上向かせてくれた。

レインはかつて彼を監獄から脱出させた。というか、彼女はそう思うのが好きだった。二年前、犬の収容所に行ったときは、子犬をもらうつもりだった。昔から、可愛らしい、じゃれついてくる小さな犬を、最初から最後まで自分で訓練したかったのだ。

しかし、そのとき彼が目に入った――大きくて、みばえが悪くて、泥んこ色の毛がびっくりするほどみっともなかった。まるで熊とアリクイの交配種だわ、とレインは思った。しかし彼が檻《おり》の扉のむこうからこちらの目を見た瞬間、レインはわれを忘れた。

誰だってチャンスを与えられるべきよ、と彼女は思い、そういうわけで監獄からヘンリーを脱出させたのだった。ヘンリーは決して彼女を後悔させなかった。彼の愛情はゆるぎなく、ボウルに餌を入れてやっているときでさえ、愛情いっぱいに彼女を見ているほどだった。

「さあ、ごはんの時間よ」

その合図で、ヘンリーはボウルに頭を突っこみ、いっしんに食べた。

わたしも何か食べたほうがいいわね。ワインをちょっと吸収してくれるものを。でも、そういうものは食べたくなかった。ワインがほどよく血管を流れていてくれれば、考えることも、疑問を思い浮かべることも、心配することもできないでいられる。

レインは内側のドアを開いたままにしていたが、マッドルームへ入って外側の鍵を点検した。人間でも体をくねらせれば、犬用のドアから入れる。どうしても入る気なら。しかし、ヘンリーが警報を発してくれるだろう。

ヘンリーは車が小道を上がってくるたびに吠えるし、侵入者に与える罰はよだれと大歓迎だけれど――ただし恐怖に震えるのが終わってから――レインが訪問者に不意を突かれることはない。それに、エンジェルズ・ギャップに来て四年のあいだ、家でも店でも、トラブルにあったことはなかった。

今日まではね、と彼女は思った。

結局、マッドルームには鍵をかけておくことにし、ヘンリーを夕方の運動に表へ出してやった。

母に電話をすることも考えたが、電話して何になるだろう？　母はもう、立派で堅実な男性と、立派で堅実な生活を送っている。それだけの苦労はしてきたのだ。その快適な生活へ割りこんでいって、「ねえ、今日ウィリーおじさんにばったり会《ラン・イントゥ》ったのよ、そうしたらジープ・チェロキーが彼を轢いた《ラン・イントゥ》の」などと言ってどうなる？　レインはワインを持って二階へ上がった。夕食は簡単にすませて、熱いお風呂に入り、早寝をしよう。

今日起きたことは忘れてしまおう。

あれをきみに残してきた。彼はそう言っていた、とレインは思い出した。たぶんうわごとだろう。もし彼が何か残してくれていったとしても、レインはほしくなかった。ほしいものはもうすべて持っているのだから。

マックス・ギャノンは遺体を見せてもらうために、係員に二十ドルを握らせた。マックスの経験では、説明や書類や、さらなる手続きを踏むよりも、アンドルー・ジャクソン（第七代大統領。二十ドル札に肖像が印刷されている）の絵のほうが速くお役所主義を突破できる。

彼は〈レッド・ルーフ・イン〉でフロント係からウィリーの気の毒な知らせを聞いていた。あの逃げ足の速い相手を追って、そこへ来ていたのだった。すでに警察が入ったあとだったが、マックスはこの日最初の二十ドルを投資して、ウィリーのいた部屋のナンバーとキーを入手した。

警察はウィリーの服を運び出していなかったし、見たところ、さして調べた様子もなかった。交通事故死にそこまでする理由はないからだ。しかし、いったんウィリーの身元がわかれば、戻ってきてじっくり調べるだろう。

ウィリーは荷物をといていなかった。マックスは部屋を点検してそう思った。靴下や下着や二枚のワイシャツはきちんとたたんだまま、ひとつだけあるルイ・ヴィトンのバッグに入っている。ウィリーはきれい好きで、ブランド品を大事にしていた。

彼はクローゼットにスーツをつるしていた。銀行家のようなグレーで、シングル、ヒューゴ・ボス（ドイツのビジネスマン向け衣料品メーカー）製。フェラガモの黒いローファーは、シューキーパーで完璧な形を保ち、きちんと床に並べてある。

マックスは服のポケットを調べ、念入りに裏地を探った。靴から木製のキーパーを取り出し、長い指を爪先まで入れてみた。

続きになっているバスルームでは、ウィリーのディオール製の洗面用具セットも調べた。トイレのタンクの蓋も持ち上げ、しゃがんでその後ろや、洗面台の下も見てみた。

引き出しも調べ、スーツケースとその中身も調べ、ごく普通のダブルサイズのマットレスもひっくり返した。

一時間もかからずに部屋を調べ終え、ウィリーが大事なものは何も残していかなかったことをたしかめた。マックスが部屋を出ていったとき、そこは彼が入ったときと同様にきちんと片づき、誰も手を触れていないようにみえた。

マックスは自分が来たことを警察に言わないよう、フロント係にもう二十ドルやろうかと考えたが、かえって警戒させるかもしれないと思い直した。

彼は自分のポルシェに乗り、スプリングスティーンの音楽を流して、もっとも有力な手がかりが冷蔵庫に入っていることをたしかめに、郡の遺体保管所へ向かった。

「馬鹿だな。まったく、ウィリー、あんたはもっと利口だと思っていたよ」

マックスはウィリーのめちゃくちゃになった顔を見つめ、ため息をついた。どうして飛び出したりしたんだ？　それに、メリーランドの田舎町の何がそんなに大事だったんだ？

何が？　とマックスは考えた。あるいは、誰が？

もはやウィリーは話してくれないので、マックスはまた歩いて外に出ると、数千万ドルの行方を追うべく、エンジェルズ・ギャップへ車を走らせた。


小さな町という葡萄の木から実を収穫しようとするなら、地元の人間が集まっているところへ行くにかぎる。昼間なら、コーヒーと食べ物、夜ならアルコールのある場所だ。

エンジェルズ・ギャップに少なくとも一日二日いると決めると、マックスは〈歴史に残る《ヒストリック・ウェイ》旅人の宿《フェアラーズ・イン》〉と広告のあるホテルへチェックインし、この日半日分の汚れをシャワーで洗い落とした。二つめの場所をあたってみるには頃合の遅い時間だった。

ノートパソコンを前に、ルームサーヴィスで頼んだまずまずのハンバーガーを食べながら、エンジェルズ・ギャップの商工会議所が提供しているウェブサイトをあちこち見ていった。ナイトスポットコーナーには、バー、クラブ、カフェがいくつか出ていた。彼の狙いはご近所ふうのパブで、住民たちが一日の終わりにビールをやり、たがいのことをしゃべりあうような店だった。

条件に合いそうなものを三つ選び、それぞれのアドレスにアクセスして道順を調べ、それからプリントアウトしたエンジェルズ・ギャップの地図をじっくりながめながらハンバーガーを食べ終えた。

なかなかいいところだな、とマックスは思った。昔のまま、山々のふところに抱かれている。息を呑む景観、スポーツ愛好者やキャンプ好きむけのさまざまなレクリエーション。入り江のそばの別荘で都会を振るい落としたい人々には、ほどよくのんびりしているが、上品でこぢんまりしたカルチャースポットもいろいろあるし――それに、いくつかの大都市圏からもそこそこ車を走らせれば着くから、週末はメリーランドの山々にかこまれて過ごそうと思う人間もいるだろう。

商工会議所は狩猟、釣り、ハイキングやそのほかのアウトドアレジャーもできますとうたっていた――どれもマックスの内なる都会人には魅力がなかったが。

自然生息地にいる熊や鹿を見たければ、ディスカバリー・チャンネルをつければいい。

とはいえ、坂になっている通りや、黒みがかった赤いレンガのがっしりした古い建造物が魅力的な土地ではあった。町を二つに分けているポトマック川の、すばらしく広々とした流れもあるし、そこにかかるいくつものアーチ形の橋も面白い。教会の尖塔が数多くあり、なかには時代と風雪のせいで、銅の仕上げがうっすら緑色になってしまっているものもある。そしていまマックスが座っているあいだにも、列車が通過を知らせる、長く尾を引く汽笛が聞こえてきた。

木々が色あざやかに染まる秋にはさぞ美しく、雪が積もれば絵葉書のように愛らしいながめになるに違いない。だが、ウィリー・ヤングのような古狸が、マーケット通りで四輪駆動に轢かれた説明にはならない。

パズルのそのピースを見つけるため、マックスはコンピューターをシャットダウンし、愛用のボンバージャケットをつかんで、バーめぐりに出かけた。

2

マックスは一軒めの店には入らずに通りすぎた。店の前に林のように並んだハーレーは、そこがバイク乗りのバーであり、常連たちが一杯やりながら町の噂話をするような店ではないことを物語っていた。

二軒めは二分足らずで大学生むけの店だとわかった。耳なれない新しい音楽がかかっていて、真面目そうなタイプが二人、隅っこでチェスをしていたが、ほかの客はたいがいがおきまりの相手探しの手順を踏んでいた。

しかし、三軒めは当たりだった。

〈アーティーズ〉は、男が愛人ではなく妻を連れてくる種類の店だった。人と交流したり、友人に出くわしたり、家に帰る途中で一杯引っかけたりしたいときに行く店だ。

マックスは、客の九十パーセントはたがいに名前を知っていて、そのうちの大半が親戚同士であることに賭けてもいいくらいだった。

目立たないように体を横にしてバーカウンターまでたどりつき、樽出しのベックス（ドイツのビール）を注文して周囲を見まわした。テレビには音声を消した娯楽スポーツチャンネルが映っており、プラスチックのサービスバスケットには軽いスナックの盛り合わせが入っている。黒人の巨漢がビールをつぎ、ウェイトレス二人がボックス席と四人がけのテーブルを受け持っていた。

ひとりめのウェイトレスを見て、マックスはハイスクールの図書館司書を思い出し、そのせいで彼女が世の中というものを知りつくし、それにうんざりしているように思えた。ウェイトレスは背が低く、腰のあたりががっしりしていて、四十代後半くらいだった。その目は彼に〝生意気な口をきくんじゃありません〟と警告していた。

二人めは二十代前半で、遊び好きのタイプだった。ぴったりした黒いセーターとペイント柄のついたジーンズで、すてきに中身のつまった体を強調している。彼女はからになった皿を片づけるのと同じくらいの時間を、ブロンドの巻き毛を払うのに使っていた。

自分の受け持ちテーブルを離れたがらず、おしゃべりをしている様子から、マックスは彼女が情報の泉で、しかもそれを人と分かち合いたがるタイプに違いないと思った。

彼はゆっくり時間をかけ、やがて彼女が注文を伝えるためにカウンターに立ち止まったときに、にっこり笑いかけた。「今夜は忙しそうだね」

彼女もすぐににっこり笑い返してきた。「あら、そんなでもないわ」そして姿勢を変え、上半身をマックスのほうへひねって、お話ししましょうとボディランゲージで誘った。「どちらから？」

「あちこち動きまわっているんだ。仕事でね」

「しゃべり方が南っぽいけど」

「当たり。サヴァナだよ、でもしばらく故郷《くに》には帰ってなくて」彼は手をさしだした。「マックスだ」

「ハイ、マックス。アンジーよ。ギャップへは何の仕事で来たの？」

「保険さ」

　アンジーのおじも保険のセールスをしていたが、目の前の男ほどカウンターのスツールをすてきに飾れないことは間違いなかった。六フィート二インチ（約百八十八センチ）ね、その大半は脚、それに体はすっきり引きしまっていて、百九十ポンド（約八十六キロ）かな、あたしの目がたしかなら。そしてアンジーは、魅力的な男に関してはかなりの目利きだと自負していた。

　彼の濃淡のあるゆたかな茶色の髪は、湿気のせいで、鋭角的な細い顔のまわりでいたずらするように波打っている。目は小麦色がかった茶色で親しげだが、鋭さがある。それに、甘い南部なまりがかすかにあり、ちょっと曲がった糸切り歯のせいで、笑顔が完璧になりそこねていた。

　アンジーは鋭さと、少々の欠点のある男が好きだった。

「保険？　あたしなんかだまされちゃいそう」

「保険は単なる賭けだよ、そう思わない？」マックスはプレッツェルを口にほうりこみ、またさっきの笑みを浮かべた。「たいていの人間はさ、賭けることが好きなんだ。自分は永遠に生きつづけるって信じることが好きなように」彼はビールをひと口飲み、アンジーが彼の左手に目をやったことに気づいた。結婚指輪がないかたしかめたのだろう。「だが実際は生きられない。今朝も大通《メイン・ストリート》りで、どこかの可哀そうなやつがひどい目にあったんだってね」

「マーケットよ」アンジーが訂正し、マックスは、え？　という顔をしてみせた。「今朝、マーケット通りでのことなの。ミッシー・リーガーのチェロキーの真ん前に飛び出してきたんですって。彼女のほうもひどいショックを受けてたわ」

「それはこたえるだろうね。彼女のせいじゃないようだが」

「そうなのよ。たくさんの人が見てたし、彼女にはどうしようもなかったの。その人が前に飛び出してきただけなんだから」

「ついてないな。彼女もその人を知っていたんだろう。こういう小さい町だし」

「ううん、誰も知らない人。ここの人間じゃなかったのよ。〈リメンバー・フェン〉にいたって聞いたわ、事故のすぐ前に――あたし、そこでアルバイトしてるんだけど。お店では骨董品や、コレクターものや何かを売ってるのよ。その人もぶらぶら見てたんじゃない。ひどい事故よね。ほんとにひどい」

「たしかに。事故があったとき、きみもそこにいたの？」

「んーん。今朝はバイトじゃなかったから」アンジーは言葉を切った。まるで、事故を見なかったことがうれしいのか、残念なのか、すばやく考えているように。「そんなふうにあの通りに飛び出すなんてどうしたのかしら。ひどい雨が降ってたのに。その人、きっと車が見えなかったのね」

「運が悪かったんだな」

「そうね」

「アンジー、あの飲み物が自分でテーブルに行くのを待ってるの?」

さっきの司書が声をかけてきて、アンジーはぐるりと目をまわした。「いま行くわ」彼女はマックスにウインクし、それからトレーを持ち上げた。「また来る?」

「もちろん」

ホテルの部屋に戻ったときには、マックスはウィリーの行動についてかなりのことをつかんでいた。彼は前の晩十時頃にモーテルにチェックインし、三泊ぶんの宿泊料を現金で払っている。払い戻し金はもらえないだろう。翌朝はコーヒーショップでひとりで朝食をとり、そのあとレンタカーでマーケット通りに行き、〈リメンバー・フェン〉の二ブロック北に駐車した。

いまのところ、彼がその界隈《かいわい》にあるほかの店や会社に入ったという情報はなかったので、雨の中、目的地と思われる場所から離れたところに駐車したもっともすじの通る理由は、警戒心だろう。あるいはパラノイア。

現実にウィリーが死んだことからして、確率が高いのは警戒心のほうだ。だとしたらウィリーはなぜ、あわててニューヨークからエンジェルズ・ギャップのアンテイークショップへ行ったのか――しかも足跡を隠すためにあらゆる手をつくして？　品物の受け渡し場所？　誰かとの接触？

もう一度、コンピューターの電源を入れて、町のウェブサイトを呼び出した。二度クリックして、〈リメンバー・フェン〉を見てみる。アンティーク品、エステート・ジュエリー（アールデコ以降の大ぶりでゴージャスなデザインのアクセサリー）、コレクターズアイテム。買取および販売。

マックスは店の名前をメモに書きとめ、〝故買屋？〟と付け足して、二重丸でかこんだ。営業時間、電話番号とファクス番号、Eメールアドレス、世界じゅうどこにでも発送しますとうたっているのを読んでいく。

それから、店主の名前も読んだ。

レイン・タヴィッシュ。

彼のリストにはなかった名だが、ともかく調べてみた。レインもなし、タヴィッシュもなし、とたしかめた。だが、エレイン・オハラというのがあった。ビッグ・ジャックの一人娘。

唇をすぼめ、マックスはデスクチェアにもたれた。エレインはたぶん……いまは二十八か、二十九だろう。ビッグ・ジャック・オハラの娘がパパに続いて泥棒稼業に足を踏み入れ、名前を変えて、うるわしい山あいの町にひそんでいるとしたら、面白いじゃないか？

どうやら、とマックスは思った。パズルのピースがはまりはじめたぞ。

エンジェルズ・ギャップに四年も住んでいれば、レインもその朝〈リメンバー・フェン〉をあけたとき、そのあと何が起こるかは承知していた。

まずジェニーが来る。ほんのちょっぴり遅れて、できたてのドーナッツを持って。妊娠六か月のジェニーは、砂糖と脂が入ってますよと大声をあげているものがなければ二十分といられないのだ。おかげで、レインは自宅の体重計を見るときに片目をつぶっている。

ジェニーは妊娠してから中毒になっているハーブティーを、魔法瓶いっぱいぶん飲みながらドーナッツを食べ、きのうのてんまつを詳しく教えてと言うだろう。警察署長と夫婦でも、すでに収集した情報にレインの話を加えたい気持ちはおさまらないはずだ。

十時きっかりには、好奇心にかられた人々が店に入ってくる。何人かは――レインはレジスターに小銭を入れながら思った――品物を見ているふりをするだろうが、噂話をしにきたのを隠さない人もいるだろう。

またぞろ同じことをしなければならない。また嘘をつくか、少なくとも、ジャスパー・ピーターースンと名乗った男にはこれまで会ったこともない、というふりでごまかさなければならない。

その日を生き抜くために仮面をつけなければならなかったのは、ずっと昔のことだった。なのに、いまもその仮面がすんなりなじむ自分がいやになる。

ジェニーが五分遅れで駆けこんできたとき、レインはもう準備を整えていた。

ジェニーの顔はいたずらな天使のようだった。ふっくらとやわらかく、ピンクと白で、利口そうなはしばみ色の目は目尻がほんの少し上がっている。髪は巻き毛の黒いかたまりで、ときおり、今日のように、頭のてっぺんでぞんざいにまとめてあった。着ているのは、妊娠したお腹の上にいっぱいに伸びている大きな赤いセーターと、バギージーンズと、年季の入ったドクター・マーテンズ（R・グリッグス社製の頑丈で歩きやすい編み上げ靴）。

彼女は何もかもレインと正反対だった——おおざっぱで、衝動的で、お堅くなくて、感情がくるくる変わる。そして、まさにレインが子どもの頃にほしくてたまらなかった友達そのものだった。

レインは彼女に出会えたことを、運命の最高の贈り物のひとつと思っていた。

「もうお腹ぺこぺこ。あなたはすいてない？」ジェニーはカウンターにベーカリーの箱を置き、蓋を破いてあけた。「〈クローゼンズ〉から二分歩くだけなのに、これのにおいにがまんできなくなっちゃって。泣きだしそうになったわ」ジェニーはゼリー付きのドーナッツをほぼ丸ごと頬ばり、しゃべりつづけた。「心配してたのよ。ゆうべ電話したときは、大丈夫だ、ちょっと頭痛がするだけ、そのことは話したくない、とか何とか言ってたのはわかってるけどね、でもママは心配したわ、スウィーティー」

「わたしは大丈夫よ。ひどいことだったけど、わたしは大丈夫」

ジェニーは箱をさしだした。「糖分をとらなきゃ」

「だめよ。わたしがこのぶんのお肉をお尻から落とすのに、どれだけの時間、運動しなきゃならないか知ってる？」

と言いつつも、レインが降参してクリーム入りのをとると、ジェニーはただにっこり笑った。「あなたのお尻はとってもすてきよ」彼女はレインがもぐもぐやるのを見ながら、ゆっくり円をえがいてお腹を撫でた。「あんまり眠れなかったみたいね」

「ええ。落ち着かなくて」やめようと努力したものの、レインはディスプレーウインドーのむこうを見てしまった。「あの人と最後に話をしたのはわたしでしょうね、なのに忙しいからって、追い払ってしまったの」

「今朝、ミッシーはどんな気分でいるかしらね？　あなたのせいでもないし、彼女のせいでもないわ」ジェニーは妊娠六か月にしてあみだしたよちよち行進で奥の部屋へ行き、マグカップを二つ持って戻ってきた。「糖分と一緒にお茶もとっておけば。お店をあけて、人が押し寄せてきたときにそなえて守りを固めるには、どっちも必要よ。きっと誰も彼もここに寄りたがるわ」

「そうね」

「ヴィンスはもっと調べが進むまで黙っているつもりのようだけど、いずれ広まってしまうことだし、あなたには知る権利があると思うの」

さあ来たわ、とレインは思った。「知るって何を？」

「その人の名前よ。あなたに渡した名刺にあった名前じゃなかったの」

「ええ？」

「免許証やクレジットカードにあった名前とも違っていたのよ」ジェニーは興奮して続け

た。「つまり偽名だったってこと。本名はウィリアム・ヤング。よ、く、聞いて。彼は前科者だったの」

レインは自分がとてもなつかしく思い出す人を、前科者と、まるでそれが彼のすべてであったように言われたことが腹立たしかった。そして、彼をかばうために何もできない自分にも腹が立った。「嘘でしょう？　あの小柄な人が？」

「窃盗、詐欺、盗品所持、しかも有罪になったものだけでそれよ。ヴィンスからききだしたところでは、もっとあるみたい。犯罪のプロのようよ、レイン。そしてそいつはここに来た、きっと店《ジョイント》の下見だわ」

「古い映画の見すぎね、ジェニー」

「ねえったら！　あなたがひとりでお店にいたらどうなっていた？　彼が銃を持っていたらどうなったかしら？」

レインは指から砂糖を払い落とした。「銃を持っていたの？」

「ううん、違うわ、でも持っていたっておかしくないじゃない。強盗をされたかもよ」

「犯罪のプロが、わたしの店で強盗をするために、はるばるエンジェルズ・ギャップに来る？　まあ、ウェブサイトってほんとに役に立つわね」

ジェニーは怒ったふりをしようとしたが、すぐに大きな声で笑いだした。「オーケイ、たしかにこの店《ジョイント》で強盗をする計画だったわけじゃなさそう」

「わたしのお店をジョイントって言いつづけると怒るわよ（〝ジョイント〟にはいかがわしい遊興場所の意味がある）」

「でも、その人は何かをたくらんでいたはずよね。あなたに名刺を渡したんでしょう、違う?」

「そうよ、でも――」

「それじゃ、盗品を売りつけようとしてたのかも。こんなお店なら盗品があるかどうか調べられたりするわけないもの。ヴィンスにも言ったんだけど、そいつはきっと、仕事をしたばかりだったのよ、それでいつもの故買屋が死んだかどうかして、ブツをさばく先を見つけなきゃならなくなったんだわ、それも早急に」

「それで、世界じゅうのアンティークショップの中から、よりによってわたしの店に入ってきたの?」レインは笑い飛ばしたが、もしウィリーが彼女のところへ来た本当の目的がそれだったらと考えると、下腹がねじれるような気がした。

「あら、その人だってどこかに入らなきゃならなかったでしょ、どうしてあなたのお店じゃいけないの?」

「え……これは今週の二時間ドラマじゃないから?」

「でも妙だってことは認めるわよね」

「そうね、妙だわ、それに悲しいことよ。さあもう十時になるわ、ジェン。店をあけて、今日は何が起こるか見ようじゃないの」

予想どおり、噂話好きとひやかし客がやってきたが、ジェニーは何人かの客を相手に推理を交換しながら、ちゃんと品物を売ることもやってのけていた。意気地のないことではあったが、レインは臆病者をきめこむことにして、店はジェニーにまかせ、書類仕事を言い訳に奥へ逃げこんだ。

　たった二十分、ひとりでいただけで、ジェニーが顔をのぞかせた。「ハニー、見逃しちゃまずいものが来てるわよ」

「一輪車に乗りながらジャグリングのできる犬でもないかぎり、この精算表を更新するのが先」

「もっといいものよ」ジェニーは店のほうへ頭を動かしてみせ、ドアをあけたまま後ろへさがった。

　興味を引かれ、レインは彼女について店に出た。そして彼を見た。緑色をしたディプレッションガラス（一九二〇～四〇年代に大量生産された廉価な半透明ガラス器）の水用グラスを光にかざしている。そのグラスは、すりきれたボンバージャケットとはき古しのハイキングブーツという格好の男には、まったくのところ繊細すぎ、女性的すぎた。けれど、グラスを置いたときも、揃いの品を持ち上げて同じようにじっくり見たときも、手つきにぎこちないところはなかった。

「んーん」ジェニーはゼリードーナッツを思い浮かべたときのような声を出した。「女ならひと息に飲んでしまいたくなるようなのっぽ《ロング・ドリンク》さんよね」

「妊娠中の人妻は知らない男性を飲みこんだりしちゃだめでしょ」

「妊娠中だからって、いいながめがありがたくないわけじゃないわ」

「たとえのしかたをごちゃまぜにするのはよくないわよ」レインは友人を肘でつついた。

「それにじろじろ見るのも。顎のよだれをふいて、何か売りこんできてちょうだい」

「彼はあなたにまかせるわ。トイレに行かないと。ほら、妊婦なものですからね」

レインが抗議する前に、ジェニーはさっさと奥へ行ってしまった。いらだつよりもおかしくなり、レインは店の中を歩いていった。「こんにちは」

彼女がいつもの愛想のいい店主スマイルを浮かべたとき、男がこちらを向き、二人の目が合った。

レインはお腹の真ん中にパンチを受け、その余波が膝の皿まで伝わったような気がした。すじ道だった思考は頭から消えてしまい、何かがこんなセリフとともにとってかわるのが感じられるほどだった——あら。まあ。すごい。

「やあ」彼は手にグラスを持ったまま、彼女を見ていた。

虎の目だわ、とレインはぼんやり思った。大きくて危険な、猫科の動物の目。それに、こちらを見つめている顔に浮かんだ微笑のせいで、彼女の喉の奥には、欲望としか言いようのないものが湧き上がってきた。「あの……」自分はどうしたのだろうと、レインは小さな笑い声をもらして、頭を振った。「ごめんなさい、ちょっとぼうっとしていて。何かコレクションをなさっているんですか？」

「いまのところはまだ。うちの母はしているけど」

「まあ」彼にはママがいるのね。すてきじゃない？「お母様はきまった模様のものだけを集めてらっしゃいます？」

今度は彼も笑い、レインは楽しい気分で頭の蓋が吹っ飛ぶままにしておいた。「母はひとつだけに決めないいんだ——どういうことであれ。母は……思いがけないものの変化に富んだところが好きなんだよ。僕もさ」彼はグラスを置いた。「この店みたいに」

「え？」

「山あいにしまいこまれた小さな宝の箱だね」

「ありがとう」

それに彼女も、思いがけないものだ、と彼は思った。明るくて——髪も、目も、笑顔も。ストロベリーパフェみたいに可愛らしくて、それよりもずっとセクシーで。黒髪の女性のように体じゅう熱く色っぽく迫ってくるふうではないが、秘密めいていて、〝驚かせてあげる〟という感じがして、もっと知りたい気持ちにさせられる。

「ジョージアから？」レインがきくと、彼の左眉がわずかに上がった。

「当たりだ」

「アクセントには詳しいんです。お母様のお誕生日が近いんですか？」

「母は十年ほど前から誕生日を迎えないことにしてしまってね。僕たちは〝マーリーンの日〟とだけ呼んでいる」

「頭のいい方ね。そちらのタンブラーはティー・ルーム・パターン（一九二〇～三〇年代にインディアナガラス社により製造された、ソーダファウンテンやティールーム用のガラス器）ですよ、とても数が少ないんです。こんなふうに六個セットで、完璧な状態のものはめったにありません。まるごとワンセットでしたら、値段は勉強させていただきますけれど」

彼はまた別のひとつを手にとったが、目は彼女を見たままだった。「値引きの交渉というこうか？」

「そうしてくださいな」レインは近づいて、別のグラスを手にとり、底の値段を見せた。

「ごらんのとおり、ひとつは五十ですが、セットでお求めでしたら、二百七十五にさせていただきます」

「こんなことを言って誤解しないでほしいんだが、きみはすごくいいにおいがする」気づいたときにはもう首根っ子を押さえられているような、スモーキーな香りだ。「ほんとにいいよ。二百二十五」

レインは普段誰かとふざけあうことはなく、ましてや客を相手にふざけあうことなど決してなかったが、いつのまにか彼に惹かれ、厳密にビジネスの場合よりも少し彼に近づき、その危険な目にほほえみかけている自分に気づいた。「ありがとう、気に入ってもらえてうれしいわ。二百六十、それでも掘り出し物よ」

「サヴァナへの発送荷物に加えてもらって、僕と夕食を付き合ってくれたら取引成立だ」

レインが最後に体の中を流れる小さなときめきを感じたのはずっと前、まったくもって前すぎるほど前だった。「発送――それとお酒を一杯、そのあとどこかで夕食のオプション付き。いい提案だわ」

「ああ、そうだろう。七時でどう？〈ウェイフェアラー〉にいいバーがある」

「ええ、そうね。七時でいいわ。これの支払い方法はどうなさいます？」

彼はクレジットカードを出して、レインに渡した。

「マックス・ギャノン」彼女は読み上げた。「ただのマックス？　マクスウェルでも、マクシミリアンでも、マクスフィールドでもなくて」レインは彼がちょっと困惑顔になったのに気づいて笑った。「マクスフィールドだと、パリッシュ（マクスフィールド・パリッシュは米国の画家）になってしまいますね」

「ただのマックスだよ」彼はきっぱりと言った。

「わかったわ、ただのマックスさん、でも隣の部屋には、とてもいい額装のパリッシュのポスターが二枚ほどありますよ」

「おぼえておこう」

レインは歩いていってカウンターの奥へ入り、発送依頼書を出した。「発送に必要な項目を書いてください。今日の午後に送ります」

「手際もいいんだね」マックスはカウンターにかがみこみ、依頼書を埋めていった。「僕の名前はわかっただろう。きみのも教えてもらえるかい？」

「タヴィッシュよ。レイン・タヴィッシュ」

彼はさりげない笑みを浮かべたまま、目を上げた。「ただのレイン？　エレインじゃなくて？」

レインはまばたきもしなかった。「ただのレイン」そしてレジを打ち、きれいな金箔つきのギフトカードを渡した。「これと、プレゼント用のラッピングはお代に入ってます、お母様へのメッセージがありましたらどうぞ」

ベルが鳴ったのでレインがそちらへ目をやると、例の双子が入ってきた。

「レイン」カーラが一直線にカウンターへ来た。「大丈夫なの？」

「わたしなら大丈夫です。本当に。ちょっとお待ちくださいね」

「わたしたち、心配したのよ、ねえ、ダーラ？」

「本当にそうよ」

「ご心配なく」パニックに似たものを感じて、レインはジェニーが戻ってきてくれるよう祈った。マックスとの幕間的なやりとりは、ウィリーのことの悲しみや不安を心の中から追い払ってくれた。なのにそれがいま、どっと戻ってきてしまった。「こちらがすみましたら、お取り置きしておいた品物はすぐとってきますから」

「いそがなくていいのよ」カーラははやくも頭を傾け、発送書の宛先を読んでいた。「レインは行き届いた顧客サーヴィスが自慢ですの」彼女はマックスに言った。

「それに確実に発送してくれる。奥様方、お二人でおられると僕の目の保養も二倍になりますよ」

二人は揃って頬を染めた。

「カードをお返しします、ミスター・ギャノン、それから領収書です」

「ありがとう、ミズ・タヴィッシュ」

「お母様がプレゼントを喜んでくださるといいですね」

「きっと喜ぶよ」マックスは目で彼女の目に笑いかけてから、双子に顔を向けた。「失礼します」

三人の女は彼が出ていくのを見守った。鼓動ひとつぶん沈黙があったあと、カーラが長い息を吐き、ただこう言った。「まあ、まあぁ」

マックスの笑みは、通りに出たとたん消えた。別に後ろめたく思うことなどないじゃないか、と自分に言い聞かせる。一日の終わりにすてきな女性と一杯やるくらい、ごく普通の、楽しい行為で、健康な独身男としては当然の権利だ。

加えて、後ろめたさを感じることは何の役にも立たない。嘘をつくこと、ごまかすこと、偽りも二枚舌も、すべて仕事のうちだった。それに、実際、彼女には嘘をついていない――いまのところは。

彼は半ブロック先まで歩くと、立ち止まって、ウィリーの死んだ場所を振り返った。

彼女が今回の件にからんでいるとわかっても、マックスは嘘をつくだけですむだろう。しかし彼女のほうは、うまい嘘を二つ三つつかれるくらいではすまなくなる。

いまマックスが心配なのは、わからないこと、カンが働かないことだった。彼はこの種のことにはカンがよく、そのおかげで仕事では腕利きなのである。しかしレイン・タヴィッシュには不意を突かれてしまい、彼がこれまで感じたものといえば、自分がゆっくりと甘く、彼女のとりこになりかけていることだけだった。

とはいえ、大きな青い目とセクシーなほほえみはさておいて、彼女が今回の件にどっぷり漬かっている確率は高かった。マックスは常に確率の高いほうをとる。ウィリーはわざわざ彼女を訪ねていき、彼女の店のすぐ外で車にはねとばされて死んだ。その理由がわかれば、追跡の華麗なるゴールに一歩近づける。

そこへ達するために彼女を利用しなければならないのなら、それもなりゆきというものだ。

マックスはホテルの部屋に戻り、ポケットから領収書を出して、指紋をとるため慎重に粉を振った。彼女の親指と人差し指のはっきりした指紋がとれた。それをデジタル画像にし、うるさいことはきかずに調べてくれる友人に送った。

それから腰をおろし、指を曲げ伸ばしして、情報のハイウェイでの仕事にかかった。仕事のあいだに、ポット一杯ぶんのコーヒーと、チキンサンドイッチと、実においしいアップルパイをたいらげた。彼はレインの自宅の住所を入手し、電話やコンピューターを使って、彼女が四年前に家を買い、マーケット通りで店を始めたことを知った。それ以前は、フィラデルフィアの住所が登録されていた。もう少し調べてみると、そこがアパートメントであることがわかった。

厳密には倫理的でない手段を使い、マックスはさらに時間を費やして、レイン・タヴィッシュのおおいをはがしていき、実体をつかみはじめた。彼女はペンシルヴェニア州立大学を卒業し、両親はマリリンおよびロバート・タヴィッシュとなっていた。

面白いじゃないか？　マックスはそう思い、指でデスクをとんとんと叩いた。ジャック・オハラの妻、というか元の妻も、マリリンといったはずだ。そうなると、これはいささか偶然がすぎないか？

「あのきれいな首までどっぷりだな」彼はつぶやき、もう少し本格的なハッキングをする頃合だと判断した。

こまごました情報をつなぎあわせ、さらなる情報へたどり着くには、いろいろな方法がある。レインの営業許可証は、法律によって、店内にはっきり掲示されていた。そして、その許可証の番号が出発点になってくれた。

通常ルートとは違う手段をいくつか使い、許可証の申請書の中身と、彼女の社会保障番号をつかんだ。

マックスはそれを手がかりに、いろいろな番号や、直感や、飽くなき好奇心を使って、郡庁経由で彼女の家の不動産証書まで追いかけた。そして融資元の名前をつかんだので、いくつか法を破って、レインのローン申込書のデータを盗み見てみようかと思いかけた。

マックスがテクノロジーを愛していることは神もご存知なので、それも楽しそうだったが、いまレインがいる地点よりも、彼女がどこから来たのか突き止めるほうが、より目的にかないそうだった。

マックスは彼女の両親まで戻って調査にとりかかったが、それにはルームサーヴィスで二杯めのポット入りコーヒーを頼まずにいられなかった。ようやくロバートとマリリン・タヴイッシュ夫妻をニューメキシコのタオスに見つけると、彼は頭を振った。

レインは西部の花にはみえない。そう、彼女は東部人だ、と彼は思った。それもたぶん都会の。しかし、ボブ（ロバートの愛称）とマリリンは——彼は頭の中で二人をそう呼んでいた——〈牛馬を駆り集める《ラウンドアップ》カウボーイ〉と呼ばれる何かにつながりがあり、やがて、それはウエスタン・バーベキューの店で、彼らがウェブサイトを持っていることがわかった。みんなそうさ、とマックスは思った。

そこには、投げ縄を持った巨大なマンガのカウボーイの横にいる、幸せそうなレストラン経営者たちの写真までが載っていた。マックスは写真を拡大し、プリントアウトしてから、そのサイトを見てみた。載っているメニューはなかなかよさそうで、〝ロブ（これもロバートの愛称）のぶっ飛びバーベキュー・ソース〟をサイトから注文することもできた。

ロブか、とマックスは気がついた。ボブじゃなくて。

二人は幸福そうだ、と写真を見ながら思った。平凡な、労働者階級の人々で、自分たちの店を持って大喜びしている。マリリン・タヴィッシュは、年季を積んだ泥棒兼ペテン師で、壮大な妄想を抱いたばかりか、どういうわけかそれをやってのけた男の元妻——そして共犯者候補——にはみえなかった。

彼女は洗濯物を干しに外へ出る前に、サンドイッチを用意してくれるようなタイプに思えた。

マックスは〈ラウンドアップ〉が開業してもう八年になること、つまり彼らはレインが大学に行っているあいだに店を始めたことに留意した。彼は直感で、タオスの地元紙のサイトに行き、過去の記事データベースに入って、タヴィッシュ夫妻に関する記事を探してみた。

記事は六件も見つかって、マックスは驚いたが、最初のものから見てみると、その新聞がレストランの開店を取材したものだった。彼はそれをすべて読み、個人的な詳細を念入りに見た。たとえば、タヴィッシュ夫妻はその時点で結婚して六年であること、その記事によれば出会いはシカゴだったのだが、マリリンはそこでウェイトレスをし、ロブはクライスラー社の販売代理店で働いていたこと。娘が東部の大学で、商業を専攻していることも短く触れられていた。

ロブはずっと自分の店を持ちたかった、云々。そしてピクニックで友人や近所の人たちにふるまう以外に、料理の才能を生かして何かしてごらんなさいという妻のけしかけにのった。

ほかの記事はロブの地元政治への関心や、マリリンのタオス芸術協会への協力を扱っていた。〈ラウンドアップ〉が野外パーティーで五周年を祝い、そこで子どもたちをポニーに乗せたことも記事になっていた。

その記事にはほほえむ夫妻の写真が載っていて、その横でレインが笑っていた。

まったく、美人だな。彼女は笑いながら頭をそらし、愛情をこめて両腕を母親と継父の肩にまわしていた。ポケットにちょっぴりフリンジのついたウエスタンカットのシャツを着ていて、それが——マックスにはわからない理由で——頭をくらくらさせた。

一緒に並んでいると、母親と似ているのがわかった。目のまわり、口。だがレインのあの髪、あざやかな赤毛は、ビッグ・ジャックから受け継いだものだ。マックスはいまやそれを確信していた。

時期も合っていた、ぴったりすぎるくらいに。マリリン・オハラは、ジャックがインディアナ州のもてなしで短い刑期をつとめているあいだに、離婚を申し立てていた。彼女は子どもを連れてフロリダのジャクソンヴィルへ越した。当局も何か月かは彼女を見張っていたが、マリリンはクリーンで、ウェイトレスとして働いた。

そしてあちこちへ移動した。テキサス、フィラデルフィア、カンザス。やがて彼女は姿を消し、レーダーからも消え、二年にあと少しというところでロブと結ばれた。

彼女は自分のために、子どものために、新しいスタートを切りたかったのかもしれない。あるいは、時間をかけたペテンにすぎないのか。マックスはそれを突き止めるのが自分の使命だと思った。

3

「わたしったら何をしてるの？　こんなのわたしらしくないわ」

ジェニーはレインの肩ごしに、バスルームの鏡に映った自分たちの姿をのぞきこんだ。

「すてきな男と一杯やりに行くんでしょ。それがあなたらしくない理由は、セラピストと話し合ったらいいんじゃない」

「彼の素性も知らないのに」レインは手に持った口紅を塗らないまま置いた。「誘惑したのよ、ジェン。ああもう、自分の店であの人を誘惑したなんて」

「女が自分の店でセクシーな男を誘惑できなかったら、どこならできるの？　さあ口紅を塗って」ジェニーが目を下にやると、ヘンリーがしっぽを振っていた。「ほら、ヘンリーも賛成してる」

「彼のホテルに電話するべきよ、メッセージを残して、用事ができたって言うの」

「レイン、あたしをがっかりさせたいの」ジェニーは口紅をとった。「塗って」彼女は断固として言った。

「あなたの口車にのって、三十分も早くお店を閉めたなんて、自分でも信じられないわ。あんなにあっさり説得されちゃうなんて信じられない。着替えのために家に戻って——まるでみえみえじゃない？」

「みえみえのどこがいけないの？」

「わからない」レインは口紅を塗り、しげしげとそのスティックを見た。「まともに考えられない。あのときのせいよ、あのドカーンってきたときの。ただもう彼のシャツを引きむしって、首にかじりつきたかったわ」

「それじゃ、そうなさいよ、ハニー」

笑い声をあげ、レインは振り返った。「最後まで行く気はないわよ。一杯やるのはいいわ。すっぽかしたら失礼でしょ？　そうよ、失礼だもの。でもそれだけ。そのあとは、もう一度常識が一日を支配するの、だから家に帰ってきて、こんな妙ちきりんな幕間劇はおしまいにするわ」

レインは両腕を広げた。「わたし、どう？　おかしくない？」

「まあまあね」

「〝おかしくない〟より〝まあまあ〟でよかった。もう行かなくちゃ」

「どうぞ。ヘンリーはマッドルームに入れておくわ。犬のにおいをさせていきたくないでしょう。戸締りもしておいてあげる」

「ありがとう。助かるわ。それに精神的支援も。自分が馬鹿になったみたいな気分なの」

「もし……遅くなるようだったら、電話をちょうだい。また来て、ヘンリーを連れていくわ。うちに泊まらせる」

「ありがとう、でも遅くなったりしないから。一杯だけよ。せいぜい一時間だと思う」レインはジェニーの頬に軽くキスをして、それからヘンリーのにおいが移る危険を冒し、かがみこんで犬の鼻にもキスをした。「またあしたね」階段へ走りながら声をあげた。

どうせ町へ戻るというのに、わざわざ家へ帰ったのは馬鹿げていたが、レインは自分が馬鹿なことをしているのがうれしかった。ジェニーも短い黒のワンピースを着ることまでは説得できなかったが——まさにみえみえだ——仕事用以外の服を着ると、いつもよりエレガントになった気がした。フォレストグリーンのやわらかいセーターはとてもいい色だし、間違ったシグナルを送らない程度にカジュアルでもある。

レインは自分がどんなシグナルを送りたいのかさっぱりわからなかった。いまのところは。

ホテルに入ったときには、パニックが小さな泡を立てていた。彼とは、待ち合わせてお酒を飲もうと、実際にはたしかめあっていない。何もかもその場のはずみで、まったく自分らしくないことだったのだ。彼が来なかったら、あるいは、それどころか、彼女が待っているバーにたまたま入ってきて、驚いた——ばつの悪そうな——うんざりした顔をしたら、どうしよう？

それに、上品なパブリックバーで一杯やるという単純なことにこんなにびくびくしているとしたら、自分がデートのための心得を錆びつかせてしまったのは間違いなかった。

レインはすりガラスのドアを入り、黒いオークのバーカウンターのむこうで働いている女性に笑いかけた。

「ハイ、ジャッキー」

「ヘイ、レイン。何を飲む?」

「まだいいの」レインはほの暗く照明のついた店内を、ビロードの赤いソファと椅子を見まわした。ビジネスマンが何人かと、カップルが二組、女性の三人連れが上等のお酒つきで女だけの夜を始めている。だが、マックス・ギャノンはいなかった。

レインは真むかいではないが、ドアの見えるテーブルを選んだ。そして手持ち無沙汰だったので、バーメニューをとろうとしたが、そうしていると退屈しているようにみえるかもしれないと思った。あるいは、お腹が減っているように。ああもう。

それはやめて、携帯電話を出し、自宅の留守番電話にメッセージが入っていないかどうかチェックしてみた。もちろん、ひとつもなかった。家を出てきたのはたった二十分前なのだから。しかし無言で切れただけのが二つ、数分の間隔をおいてあった。

レインが顔をしかめていると、マックスの声が話しかけてきた。

「悪い知らせ?」

「いいえ」狼狽とうれしさの両方を感じながら、電話を切り、バッグにしまった。「たいしたことじゃないの」

「遅刻してしまったかな？」

「いえ。わたしがいやになるほど時間に正確なの」意外にも彼はテーブルのむかい側の椅子ではなく、並んで小さなソファにかけた。「癖なのよ」

「きみはいいにおいがするって言ったっけ？」

「ええ、言ったわ。あなたがギャップで何をしているのかはまだきいていなかったわね」

「仕事を少々、それはどうにか二、三日延ばしたんだ。この土地の魅力に負けて」

「そうでしょう」レインはもう神経質ではなくなり、さっきまではどうしてそうだったのかと自分で不思議になった。「ここにはすてきなところがたくさんあるもの。ハイキングがしたければ、山あいにすばらしいコースもいくつかあるわ」

「きみは？」マックスが彼女の手の甲をそっと撫でた。「ハイキングは好き？」

「あまりその時間がないの。お店で忙しいから。あなたのお仕事は？」

「毎日手いっぱいだよ」彼は言い、ウェイトレスが来たので目を上げた。

「何になさいますか？」

　ウェイトレスは新顔で、レインの知っている人間ではなかった。「ボンベイ・マティーニを、ストレートで、オリーブを二つ。冷たくしてね」

「うまそうだ。それを二つにしてくれ。きみはここ育ちなの？」彼はレインにきいた。

「いいえ、でもここで育っていたらよかっただろうなって思うわ。メイベリー（ホームコメディ番組の舞台になっている北カリフオルニアの田舎町）ではないけれど、ほどほどに小さい町で、都会に近いけれど、人が多くなくて。それにわたし、ここの山が好きなの」

レインは初デートの手順のこうした部分を思い出した。そんなに昔のことじゃないものね。「あなたはいまもサヴァナに住んでいるの？」

「だいたいはニューヨークだね、でも旅が多いから」

「どうして？」

「仕事、気晴らし。保険関係なんだ、でも心配しなくていい、売りこむ気はないから」

さっきのウェイトレスがグラスとシェイカーを盆にのせてきて、テーブルで飲み物をついでくれた。そして砂糖がけナッツの入った銀のボウルを置くと、音もなく離れていった。

レインはグラスを持ち上げ、その縁ごしにほほえんだ。「お母様に」

「きっと喜ぶよ」彼は自分のグラスをレインのグラスと合わせた。「どうしてアンティークショップを経営するようになったんだい？」

「自分の場所がほしかったの。昔から古いものが好きだったのよ、そういうものの、ずっと続いてきたところが。事務仕事も嫌いじゃないけど、一日じゅうオフィスで仕事をするのはいやだったし」ゆったり落ち着いたので、レインは飲み物を手に椅子にもたれ、彼とおしゃべりしながら目のたわむれあいを続けられるよう、体の位置を直した。「売ったり買ったりも好きよ、それにどんな人たちが売ったり買ったりするのかを見るのも。それで、その全部を合わせて、〈リメンバー・フェン〉を開いたわけ。保険はどんな種類のもの？」

「法人むけだね、おもに。退屈な話だよ。このあたりに家族はいるの？」

オーケイ、とレインは思った。自分の仕事の話はあまりしたくないのね。「両親はニューメキシコに住んでいるわ。何年か前にそこへ越したの」

「きょうだいは？」

「ひとりっ子よ。あなたは？」

「男のも女のもひとりずついるよ。それで甥が二人に、姪がひとり」

「いいわねえ」レインは言い、それは本心だった。「わたし、大家族にずっとあこがれているの、にぎやかさ、傷、親密な絆。競争」

「それならうちにはたっぷりある。それで、育ったのがここでないなら、どこだったんだい？」

「あちこち移動していたの。父の仕事で」

「なるほど」マックスはナッツを食べ、何気ない様子を続けた。「お父さんは何をしているの？」

「父は……セールスをしていたわ」ちゃんと話をしてくれる人を前に、ほかに何と言えばいいのだろう。「誰にでも、何でも売りこめた」

マックスは気づいた。彼女の声ににじんだプライド、それと正反対の目の影。「でも、もうやっていない？」

レインはしばらく何も言わず、考えを整理できるまでの言い訳にマティーニを飲んでいた。そして、単純なのがいちばん、と自分に言い聞かせた。「両親はタオスに小さなレストランを開いたの。仕事付きの引退みたいなものね。仕事がメインだけれど。二人ともそのことでは、子どもみたいに大喜びよ」

「会いたくなるだろう」

「ええ、でも両親とわたしの望んだものは違ったから。それでわたしはここにいるの。ギャップが大好き。ここそわたしのいる場所だもの。あなたにはそういう場所がある？」

「たぶん。でもまだ見つかってないな」

ウェイトレスが足を止めた。「おかわりはいかがですか？」

レインは首を振った。「車だから」

マックスは勘定を頼み、それからレインの手をとった。「ここのダイニングルームを予約しておいたんだ、きみが気を変えてくれたときのために。そうしてくれないか、レイン、一緒に食事をしよう」

彼は本当にすてきな目をしていた。それに声も、体をあたためてくれるバーボンのオン・ザ・ロックのようで、聞いていると気持ちがいい。別にかまわないじゃない？

「いいわ。喜んで」

マックスは自分に、これは仕事兼お楽しみで、優先事項を忘れなければ、二つを組み合わせても悪いことはない、と言い聞かせた。会話を誘導し、情報を引き出す方法は心得ている。それに、個人的に彼女に興味があるとしても、仕事の邪魔にはならない。なるはずがない。

彼はもう、レインが首までどっぷりとは確信していなかった。そして、その気持ちの変化は、彼女に惹かれているという事実にはいっさい、これっぽっちも関係なかった。単に状況が、当然と思われたものとは違っていただけだ。母親は二番めの夫とニューメキシコにおさまり、レインはメリーランドにおさまっている。そしてビッグ・ジャックの行方は誰も知らない。

マックスはこの時点で三人がどういう関係にあるのかわからなかった。しかし彼は人間を見抜くのがうまく、レインが自分の店を隠れみのにしているのではないとわかるくらいにはうまかった。彼女は店を愛していて、地元の人々と本当の絆を作りあげてきたのだ。

だが、それもウィリーが来たこと、死んだことの説明にはならない。彼女が警察にウィリーを知っていると言わなかったことの説明にもならない。潔白な人間が警察に忠実とはかぎらないが。

秤《はかり》の反対側の、疑わしいほうの重みになることとしては、レインは慎重に過去を編集し、実の父親と継父をうまく混ぜ合わせている。だからとおりいっぺんに話を聞いただけなら、二人が同じ人物だと思うだろう。

家族の話になっても、彼女は離婚のことを口にしなかった。そしてそれが、彼女は隠したいことを隠す方法を心得ているとマックスに告げていた。

気が進まなかったものの、マックスはウィリーの亡霊を会話に引っぱりこんだ。「お店のすぐ外で事故があったそうだね」スプーンを持った彼女の指が一瞬、白くなったが、内面の葛藤をあらわしたのはそれだけで、彼女は食後のコーヒーをかきまわしつづけた。

「ええ、本当にひどいことだったわ。あの人はきっと車が見えなかったのね——雨で」

「きみのお店にいたんだろう?」

「ええ、そのすぐ前に。ぶらぶら見ていただけだけど。ほかにお客さんが何人もいたから、ほとんど話もしなかったのよ、それにジェニーが、うちのフルタイムの店員なんだけど、一日休みをとっていたし。誰が悪いわけでもなかったの。本当にひどい事故だったというだけで」

「地元の人じゃなかったんだね?」

レインはまっすぐマックスの目を見た。「あの人がうちの店に来たのははじめてよ。たぶん、ほんのしばらく、雨宿りに入ってきただけなんじゃないかしら。荒れ模様の日だったもの」

「知っているよ。ちょうどその中を運転していたから。どうやら僕が町に入ったのは、事故が起きてたった二時間くらいのときだったらしい。その日はどこに行っても、いろいろ違った話を耳にした。そのひとつでは、たしかガソリンスタンドで聞いたと思うんだが、その人が逃走中の国際的な宝石泥棒になっていたよ」

レインの目が、マックスには愛情としかみえないものでやわらいだ。「国際的な宝石泥棒」

彼女はつぶやいた。「ううん、きっと違うわ。人っておかしなことを言うものね？」

「たしかに」彼は今回の仕事を引き受けて以来はじめて、レイン・タヴィッシュ、つまりエレイン・オハラが、彼女の父親とウィリアム・ヤングとまだ正体のわからない第三の仲間が六週間前に何をしてのけたか、まったく知らないのを確信した。

彼はレインを車まで送っていき、どんな方法をとった場合に彼女を梃子《てこ》として使えるか——そうしなければならなくなるか——考えようとした。彼女に話せること、そしてその時が来ても話さないでおくことも。

早春の晩の冷気が彼女の髪に風を吹きつけ、彼女の香りを運んでくるときには、考えたくないことだった。

「まだ冷えるね」彼は言った。

「六月でも夜は寒いことがあるのよ、かと思えばころっと変わって、まだ五月なのに天火で焼かれているみたいになることも」夜があたたかくなる頃には、彼はいなくなっているだろう。それを忘れないほうが利口だ。そのほうが分別がある。

レインは分別を持っていることに飽き飽きしていた。

「とても楽しかったわ。ありがとう」彼女は振り返り、彼の胸に両手を這わせていき、首の後ろで組み合わせると、彼の唇を自分の唇に引き寄せた。

それこそ彼女の望んでいたものだった、分別などどうなろうとかまわなかった。たったひとつの大胆な行為がもたらすその衝撃、感情のたかぶり、血の燃えあがりがほしかった。いまの安全な暮らし。これまでの後半生も、安全以外の何ものでもなかった。

このほうがいい。こうして熱く激しく唇を、舌を、歯をぶつけあうほうが、安全よりもいい。それはレインに生気をそそぎこみ、ただ奪い取ることがどんなものか思い出させてくれた。

いちかばちかやってみて、考えるのはあとというスリルを、どうして忘れていられたのだろう？

マックスは彼女に驚かされるだろうとは思っていた。彼女に目が釘づけになったときからわかっていた。しかし、ふらふらにされるとは思ってもいなかった。それは誘いかけのキスでもなく、ものやわらかなたわむれでもなく、真正面からのセクシャルな爆発で、彼は突き飛ばされ、欲望は過熱状態にはねあがった。

しばらくのあいだ、レインはその小柄だがゆたかな体を、まるで難破船で生き残った者同士のようにぴったり彼につけていたが、やがて喉の奥で、クリームをなめた猫のような満足げな声をたて、ゆっくり体を引いた——しなやかな、ごくゆっくりとした動きで、マックスは頭がぼうっとして、止めることもできなかった。

レインは上下の唇をすりあわせた。セクシーな濡れた唇。そして笑った。

「お休みなさい、マックス」

「ちょっと、ちょっと、待ってくれ」彼はレインが車のドアをあけるより早く、そこに手を置いた。そして、体の平衡に自信が持てなかったので、しばらくそうしていた。

レインはまだほほえんでいた——やわらかな唇、眠たげな目。いま力を、そのすべてを持っているのは彼女のほうだった。おたがいにそれはわかっていた。どうしてこんなことになってしまったんだ？

「僕をあそこへ送り返すっていうのか」マックスはホテルの、自分の部屋のあたりを頭でさした。「ひとりきりで？　それはひどいよ」

「そうね」レインは彼を見つめながら、少し首をかしげた。「気は進まないけど、でもそうしなきゃならないわ。そうすればおたがい、抑えがきいていられるでしょう」

「一緒に朝食を食べよう。いや、夜食だ。ちくしょう、これからブランデーを飲もう」

彼女は笑った。「ブランデーなんか飲みたくないくせに」

「ああ。ワイルドでクレイジーなセックスを遠まわしに言ったんだが、うまくなかったよ。部屋に来てくれ、レイン」マックスは彼女の髪を撫でた。「中はあったかい」

「本当に、本当にだめなの、それにとっても残念だけど」レインは車のドアをあけ、乗りこみながら肩ごしに、わざと挑発するように振り返った。「ヘンリーが待っているから」

マックスの頭が、彼女に一発食らったようにがくんとのけぞった。「何だって」

笑いがはじけるのをこらえて、レインはドアを閉め、ひと呼吸置いてから、ウインドーを下げた。「ヘンリーはわたしの犬よ。夕食をごちそうさま、マックス。お休みなさい」

レインは車を走らせながら声をあげて笑い、こんなに生き生きした気分になったのはいつ以来だったかしらと思った。彼とはまた会うだろう、それは確信していた。いつかまた会って……まあ、それは先のお楽しみだ。

ラジオをがんがんかけ、シェリル・クロウに合わせて歌いながら、速度を少々オーバーして走った。そんなむこうみずさは爽快で、ぞくぞくするほどぴったりきた。家への小道を荒っぽく上がって、家の外の人目につかない暗がりに車を停めたときには、かすかな震えがさわさわと肌の上で踊っていた。やっとつぼみのついた木々のあいだを、気持ちのいい楽しげなそよ風が吹きぬけ、きれいな半月が、ポーチでつけたままにしておいた古い琥珀《こはく》色のガラスのランタンに光を添えていた。

しばらくのあいだ、レインは音楽と月光につつまれたまま車内に座りつづけ、さっきの脳が流れ出してしまいそうなキスのときの動きと感触と味わいを、ひとつひとつ思い返していた。

そう、彼女は何としてでももう一度、マックス・ギャノンを味わいたかった。虎の目を持つ、よその土地へ移されたジョージアの男。

小道を歩いていくときも、レインはまだ歌を歌っていた。玄関の鍵をあけ、鍵束を皿に入れ、携帯電話を充電器にさし、それからスキップをするようにリビングルームへ入った。

うっとりするようなセクシャルなときめきはショックに変わった。カウチがひっくり返され、クッションがずたずたに切り裂かれている。AV機器入れに使っている桜材の衣装だんすは大きく開かれ、からっぽになっていた。葉をさして大事に育てた、青々としげった三つのセントポーリアは鉢から引っこ抜かれて、土が散らばっている。テーブル類はさかさにされ、引き出しは中身が抜かれ、壁に飾っておいた額入りの版画は床にほうりだされていた。

つかのま、レインはこんなのは嘘だという気持ちでぼうぜんと立ちつくしていた。ありえない。自分の家で、自分のもので、自分の世界ではありえないはずだ。その思いから抜け出したのは、あることが思い浮かんだからだった。

「ヘンリー!」

恐怖にかられ、レインは廊下に散らばったかけらや、床じゅうに散乱しているガラス食器や食料品には目もくれず、キッチンへ飛びこんだ。

マッドルームのドアへ走りだしたとき、必死にこたえる吠え声が聞こえ、安堵の涙がレインの目を刺した。ドアをあけたとたん、震えて怯えきった犬がおおいかぶさってきた。散らばった砂糖で靴がすべり、レインはヘンリーもろとも床に崩れながら、膝に這い上がろうとする犬をしっかり抱きよせた。

わたしたちは無事だった。彼女は狂ったように脈打つ自分の鼓動を感じながら、心の中で言った。いちばん肝心なのはそれ。わたしたちは大丈夫だった。

「何もされなかったのね。何もされなかったのよね」彼女はやさしく話しかけた。そのあいだも涙が頰を流れ、彼女はヘンリーの毛に手を走らせて怪我はないかと調べた。「よかったわ、おまえが何もされずにすんで」

ヘンリーはくーんと鼻を鳴らし、それから慰めあおうとするように、彼女の顔をなめた。

「警察に電話しなきゃ」体が震え、レインはヘンリーの毛に顔をうずめた。「警察に電話するわ、それからどれだけ被害を受けたか調べなきゃ」

被害は大きかった。レインが出かけていた数時間のあいだに、誰かが家に入り、彼女のものを盗み、狂ったように破壊していったのだ。小さな貴重品は壊され、値打ちのあるものは持ち去られ、個人的な持ち物はさわられ、検分され、持っていかれるか、もしくはほうりだされた。レインの心は傷つき、家での安心感は打ち砕かれた。

そのあとは、猛烈に腹が立ってきた。

ヴィンスが到着したときには、レインは気持ちを怒りに変えていた。怒りのほうがまだましだった。身の内で大きくなりつつある憤激には力に満ちたものが、最初のショックと恐怖よりも助けになるものがあった。

「大丈夫か？」ヴィンスはまずそうききながら、彼女の両腕をつかみ、励ますようにすばやくさすった。

「怪我はないわ、そういう意味できいてるなら。わたしが帰ってきたときには、泥棒はもういなかったの。ヘンリーはマッドルームにいた。外に出られなかったから、ほうっておかれたんでしょう。ジェニーは。わたし、ジェニーをここに残していったのよ、ヴィンス。もし彼女がまだここにいたときに――」

「いなかったよ。彼女は大丈夫だ。さあ、何があったのかから聞こうか」

「あなたの言うとおりね。オーケイ、そのとおり」レインは深く息を吸った。「帰ってきたのは十時半頃よ。玄関の鍵をあけて、中へ入って、リビングルームを見たら」彼女は手でさしてみせた。

「玄関には鍵がかかっていたんだね？」

「ええ」

「そこの窓が割られてるな」ヴィンスは表側の窓を頭でさした。「そこから入ったようだ。ステレオとその周辺機器を持っていってるね」

「二階のメディアルームのテレビ、キッチンで使っていた小型のポータブルもよ。アクセサリーも。ざっと見ただけだけど、電気製品と小さい値打ちものを持っていったみたい。アールデコのいいブロンズ像が二体と、ほかにもいくつかいいものがあったんだけど、それは置いていったわ。とられたアクセサリーにはいいものもあるし、安物もある」レインは肩をすくめた。

「現金は？」

「いつもデスクの引き出しに入れていた二百ドル。ああ、それから家で使っていたコンピューターも」

「荒らし方もずいぶんひどいな。今夜きみが出かけるのを知っていた人間は？」

「ジェニーと、一緒に飲んだ相手の人――結局、夕食も一緒にしたわ。〈ウェイフェアラー〉に泊まっているの。マックス・ギャノン」

「ジェニーの話では、彼とは知り合ったばかりだそうだね、店で」

熱いものが首すじをちくちくとのぼってきた。「一杯飲んで、食事をしただけよ、ヴィンス」

「ただ確認しているだけだよ。全部調べなきゃならないんだ。警官たちが来てここを歩きまわるから、きみはうちへ来て、ひと晩泊まるといい」

「ううん、でもありがとう。わたしはここにいる」

「そうか。ジェニーもきみはそうするだろうと言っていたよ」ヴィンスは大きな手でレインの肩をぽんぽんと叩き、警察の無線車が停まるのを耳にして玄関へ歩いていった。「われわれはわれわれの仕事をするから。きみはなくなったもののリストを作ることから始めたらどうだい」

レインは二階の居間で時間を過ごし、足元にはヘンリーがぎゅっと丸くなっていた。彼女はなくなったことがわかったものを書き出し、ヴィンスや、やってきたほかの警官の質問に答えた。コーヒーを飲みたくなったが、買っておいたぶんはキッチンの床の上だったので、お茶でがまんした。そしてポット一杯ぶん飲んだ。

自分が、神聖な場所を汚された気持ちとか、恐怖、怒りを感じているのは、すべて典型的な反応だとわかっていた。その上にかかっている、信じられないという気持ちの膜と同様に。ギャップに犯罪がないわけではない。しかし、こうした侵入、そこにある悪意に満ちた破壊は、この町らしくなかった。

そしてレインには、自分個人が狙われたように思えてならなかった。

ようやくひとりになれたのは夜中の一時すぎだった。ヴィンスは外に警官をひとり残していこうと言ってくれたが、彼女は断った。割られた窓に板を張ろうという申し出は、ありがたく受けたけれど。

レインはヘンリーをすぐ後ろに連れて、家の中をまわりながら、あちこちの鍵を確認し、それからまたもう一度確認した。怒りが少しずつ戻ってきて、警察の作業中に重くのしかかりはじめていた疲労を追い払った。彼女はその怒りと、そのおかげで湧いてきたエネルギーを使って、キッチンを片づけにかかった。

割れた陶器やガラス食器をごみ箱に入れ、苦労して集めていたカラフルなフィエスタ陶器のかけらを見ても嘆かないようつとめた。砂糖、コーヒー、小麦粉、塩、お茶の葉を掃き、それからビスケット色のタイルにモップをかけた。

重い足で二階へ上がった頃には、体じゅうのエネルギーがなくなりかけていた。ベッドを見たとたん――はがされて床に引きずりおろされたマットレス、引っくり返されたすてきなマホガニーのたんすの引き出し、ジュエリー入れに使っていた古い薬局用のチェストにぽっかりあいたいくつもの穴を見ると、また悲しみが戻ってきた。

それでも、自分の部屋から、自分の家から、追い出される気はなかった。レインは歯を食いしばり、マットレスを元の場所に戻した。それから清潔なシーツを出して、ベッドを整えた。クローゼットから引っぱり出されていた服をつるしなおし、それ以上の数のものをたたみ、きちんと引き出しにしまった。

ベッドに入ったのは三時すぎで、彼女は自分で決めたルールを破って、マットレスをぽんぽんと叩き、ヘンリーを呼んで隣に寝かせた。

明かりに手を伸ばしたものの、ためらい、やがて手を引っこめた。明かりをつけたまま眠るのは臆病で、馬鹿げた気休めだったけれど、それでもかまわなかった。

保険はかけてある、とレインは自分に言い聞かせた。盗まれたり、壊されたりしたもので、取替えのきかないものはなかった。それはただの物だった——それにわたしは、それを売り買いして生活しているんでしょう？

毛布の下にもぐりこむと、犬が感情のこもった目で彼女の目を見つめた。「ただの物よね、ヘンリー。物ならたいしたことじゃないわ」

目をつぶり、長々と息を吐いた。うとうとしかけたときに、ウィリーの顔が浮かんできた。

やつはもうきみのいどころを知っている。

レインはがばっと起き上がり、短く息を切らした。あれはどういう意味？ 誰のことなの？

ある日ウィリーが、こつぜんと、二十年近くを経てあらわれ、彼女の店の入口階段で死んだ。それから彼女の家に泥棒が入り、めちゃめちゃに荒らしていった。

つながりがあるはずだ。ないわけがないでしょう、とレインは自問した。でも誰が、何を探しているのだろう？ わたしは何にも持っていないのに。

4

上半身裸で、まだ髪から朝のシャワーの滴をたらしながら、ホテルの部屋のドアを叩く音にこたえたとき、マックスの頭の中にはたったひとつのことしか浮かんでいなかった。コーヒー。

まずがっかりした。男はがっかりしながら生きていくことをおぼえるものだ。ひとりさびしく眠ったではないか？　しかし、ドアをあけたら警官がいるというのはまた別の話だ。それは神が与えたもうた、何びとにも奪われてはならないカフェイン摂取の権利なしに、脳を活性化しなければならないということだった。

マックスはその地元警官を品定めした――大柄、健康、疑わしげ――そこで、とまどいがちではあるにしても、協力的な笑みを浮かべようと努力した。「おはよう。ルームサーヴィスの制服にはみえませんね、ってことは、僕のコーヒーと卵を運んできてくれたんじゃなさそうだ」

「警察署長のバーガーといいます、ミスター・ギャノン。少しよろしいですか？」

「もちろん」マックスは後ろにさがり、部屋に目を走らせた。ベッドは整えていない、それにシャワーの湯気があけっぱなしのバスルームから部屋の中へただよっている。デスクはいかにも忙しいビジネスマンのいるホテルの部屋のデスクらしくみえ――ノートパソコンにファイルホルダー、ディスク、携帯情報端末、携帯電話――何の問題もなかった。いつものように、用心をして、ファイルはすべて閉じ、疑われそうな書類はみな隠しておいたのだ。

「えーと……」マックスは漠然と椅子をさした。「座ってください」彼はそう勧め、クローゼットへ歩いていってシャツを出した。「何かあったんですか？」

ヴィンスは座らなかった。笑いもしなかった。「レイン・タヴィッシュとお知り合いですね」

「ええ」小さな警報がたくさん鳴り、さまざまな疑問と一緒にこだましたが、マックスはそのままシャツを着た。「〈リメンバー・フェン〉。きのう、彼女の店で母へのプレゼントを買いました」声に心配の影をつけた。「僕のクレジットカードに何か問題でも？」

「それは聞いていません。ミス・タヴィッシュの住居が昨夜、何者かに押し入られたんです」

「彼女は無事なんですか？　怪我をしたんですか？」さっきの警報が体を撃ち抜き、今度は心配を装うまでもなかった。シャツのボタンを忙しくはめていた両手が、体の横にぱたりと落ちた。「いまどこにいるんです？」

「侵入された時刻には、彼女は家にいなかったんです。彼女の話では、あなたと一緒だったとか」

「夕食を一緒にしたんです。うるさいな」もはやコーヒーなどどうでもよくなっていたので、マックスはノックの音に悪態をついた。「ちょっと待っててください」ドアをあけると、可愛らしいブロンドがルームサーヴィスのカートを横に立っていた。

「おはようございます、ミスター・ギャノン。朝食をおもちしてよろしいですか？」

「ああ、ありがとう。じゃ……適当に置いてくれ」

ブロンドはカートを押してきて、ヴィンスに気づいた。「あら、ハイ、署長」

「シェリー。元気かい？」

「まあ……ごらんのとおりよ」シェリーはカートを動かし、あまり好奇心をむきだしにしないよう努力しながら二人の男を見やった。「コーヒーが飲みたければ、下へ行って、もう一杯持ってきましょうか、署長」

「気づかいはいらないよ、シェリー。家を出る前に二杯も飲んだから」

「気が変わったら電話して」シェリーが皿から保温カバーをとると、オムレツと付け合わせのベーコンがあらわれた。「ええと……」彼女はマックスに革のフォルダーをさしだし、彼が伝票にサインするまで待っていた。「ごゆっくりお召し上がりください、ミスター・ギャノン」

彼女は出ていき、最後に肩ごしにちらりと振り返ってからドアを閉めた。

「どうぞ食べてください」ヴィンスは言った。「卵がさめてしまうともったいない。ここのオムレツはいけますよ」

「なぜ押し入られたんです？　窃盗ですか？」

「そのようです。ミス・タヴィッシュはなぜ昨夜、あなたと一緒だったのですか？」

マックスは腰をおろし、コーヒーを飲むことにした。「社交ですよ。一杯付き合ってほしいと誘ったんです。彼女は承知してくれました。僕はそれを夕食にまで延ばせるといいなと思っていました、そうしたら、一杯やったあとに――この下のラウンジでした――彼女も乗ってくれたので、一緒にダイニングルームへ行ったんです」

「お母さんへのプレゼントを買うときには、いつも女性をデートに誘うんですか？」

「そんな手が効くなら、母にはもっとたくさんプレゼントを買ってますよ」マックスはカップを持ち上げ、その縁ごしにヴィンスと目を合わせた。「レインはとても魅力的で、とても興味をひかれる女性です。だから彼女と会いたかったんです、うちとけた感じで。僕から誘ったんですよ。彼女がそんな目にあったなんて、気の毒でした」

「彼女がここに、町のほうに来ていて、あなたと社交をしているあいだに、何者かが彼女の家に入り、出ていったんです」

「ええ、わかってますよ」マックスは食事をしたほうがいいと決め、オムレツにフォークを入れた。「それであなた方は、僕があちこちの店に入っては美人をひっかけ、一緒に夕食をとって相手を楽しませているあいだに、彼女たちの家へ泥棒を入らせているんじゃないかと思っているんでしょう。話が飛躍していますよ、署長。僕は昨日までレインを見たこともなかったんですから、知るわけないでしょう——いまだって知りませんよ——彼女の自宅も、そこに盗むだけのものがあるかどうかも。店を襲うほうが賢いじゃありませんか？　あそこにはいい品物がたくさんあるし」

ヴィンスはマックスが食べるのをただ見守り、何も言わなかった。「あっちに厚手のグラスが二つありますよ」マックスはしばらくしてから言った。「やっぱりコーヒーが飲みたくなったのなら」

「やめておきましょう。エンジェルズ・ギャップには何の用事ですか、ミスター・ギャノン？」

「僕は〈リライアンス保険〉に雇われているんです、ここでは調査をやっています」

「どんな調査です？」

「バーガー署長、〈リライアンス〉のCEOのアーロン・スレイカーに連絡すれば、僕があの会社と提携していることがはっきりしますよ。彼はニューヨークに住んでいます。でも僕は依頼主の許可なしに、仕事のことを詳しく話し合う立場にありません」

「どうも保険の仕事のようには聞こえませんが」

「保険にもいろいろありますから」マックスはいちごジャムの小型容器をあけ、三角形のトーストに塗った。

「身分証明書はお持ちですね？」

「もちろん」マックスは立ち上がり、ドレッサーのところへ行って、財布から運転免許証を出した。それをヴィンスに渡し、また腰をおろした。

「あなたの話し方はニューヨーク市という感じではないですね」

「子どもの頃ジョージアにいたらもう直らないってだけです」マックスはいらいらしてきたので、わざと間延びした話し方をして、抗議してみせた。「僕は泥棒なんかしませんよ、署長。すてきな女性と夕食を一緒にしたかっただけです。スレイカーに電話してください」

ヴィンスはマックスの皿の横に免許証を置いた。「そうしましょう」彼はドアへ向かったが、ノブに手を置くと振り返った。「町にはどれくらいいる予定ですか、ミスター・ギャノン？」

「仕事が終わるまでです」彼はまた卵をすくった。「署長？　あなたの言ったとおりですね。ここのオムレツは実にうまい」

ドアがヴィンスの後ろで閉まっても、マックスは座ったまま食べていた。そして考えた。警官は警官だ、バーガーは彼のことを調べるだろう、そして調べれば、彼が四年間警察にいたことがわかる。探偵許可証のことも。小さな町は小さな町であり、そうしたあれこれは遠からずレインの耳に入る。

やらなければならなくなったら、どうやるかを考えよう。その前に、家宅侵入のことがある。偶然にしてはタイミングができすぎだ。となると、とても魅力的なミス・タヴィッシュが何かを隠していると考えたのは、マックスひとりではないらしい。

　問題は、誰が最初に見つけるかだった。


「何も心配いらないから」ジェニーはレインに請け合った。「アンジーとわたしでこっちは大丈夫。本当に、今日くらいはお店を閉めておきたくないの？　ヴィンスはあなたの家がひどいことになっているって。そっちへ行って手伝いましょうか」

　レインは電話を反対側の耳へ動かし、自宅のオフィスを見まわして、妊娠まっさいちゅうのジェニーが椅子やテーブルを元の場所へ引きずっていくことを考えてみた。「ありがたいけど、いいわ。あなたとアンジーがお店のほうをやってくれているってわかっていれば心強いし。今朝は荷が入ることになっているの、ボルティモアのオークションから、とても大きいのが」

　ああもう、その場にいて、あのすてきな品物を全部手にとってみたかったのに。うっとり見とれて、カタログにのせて、お店に飾って。この仕事の楽しみのかなりの部分は、新しく入った品物を店に出すことにあるのだ。残りはそれがまたドアから出ていくのを見ることにある。

「新しく入荷した品物を記録しておいてね、ジェン。値付けはもうやっておいたの、ファイルに入っている。クラリス・クリフ（英国の女性陶芸家）のロータスジャグがあるわ、チューリップのデザインの。ミセス・ガントに電話して、入荷したって言ってちょうだい。値段は七百で話がついているけど、むこうは交渉したがると思うの。六百七十五は守って。オーケイ？」

「了解」

「ああ、それと――」

「レインったら、落ち着いて。わたしは今日この仕事を始めるんじゃないんだから。ここはしっかり預かるわ、もし手に負えないことが出てきたら、電話する」

「そうね」レインはぼんやりと手を伸ばして、横を離れない犬を撫でた。「あれこれ頭に浮かんできちゃって」

「無理ないわよ。あなたがひとりでその惨状を片づけていると思うと胸が痛むわ。本当に行かなくてもいいの？ランチのときに行きましょうか。アンジーも一時間くらいは店番をやれるでしょう。何か食べるものを持っていくわ。脂肪と無駄なカロリーのたっぷりあるものを」

アンジーも店番はやれる、とレインは考えた。彼女は仕事ができるし、腕をあげてもいる。だがレインは自分を知っていた。ひとりきりで、おしゃべりしたり気をそらしたりせずに片づけをしたほうがはかどるだろう。

「大丈夫よ。始めてしまえば元気になるから。今日の午後にはお店に行けると思うわ」

「それより少し眠りなさいな」

「そうするかも。あとで話しましょう」電話を切り、小さな携帯電話をバギージーンズの後ろポケットに入れた。今日じゅうに店に電話をかける理由を半ダースは見つけるだろう、とわかるくらいには、レインは自分を知っていた。手近に電話があったほうがいい。

でもさしあたっては、目の前のことに集中しなければ。

「〝犬《プーチ》を隠せ〟」彼女はつぶやいた。彼女の飼っている犬はヘンリーだけだから、ウィリーはうわごとを言ったとしか思えない。彼が何を話し、頼み、与えにきたにせよ、それはできなかったのだ。ウィリーは誰かに追われていると思っていた、そして彼が生き方を変えていたのでないかぎり――およそありそうにないことだ――そのとおりだったのだろう。

警官？　借金の取立人？　分け前に不満な悪事仲間？　そのどれにでも、あるいはすべてに可能性がある。しかし、レインの家の状態からみて、最後の選択肢がいちばん可能性が高そうだった。

ウィリーを捜していた人間が誰にせよ、今度はレインに目をつけているだろう。

ヴィンスに話せるのは……どこまでだろう？　何もない。レインがここで築きあげてきたすべては、彼女がレイン・タヴィッシュという善良で平凡な女であり、ニューメキシコでバーベキュー店をやっている善良で平凡な両親のもとで、善良で平凡な暮らしをしてきたことにかかっているのだ。

エレイン・オハラ、すなわち、魅力たっぷりかつ抜け目ない――おまけに前科記録が一ヤードもある――ビッグ・ジャックの娘は、エンジェルズ・ギャップの美しくのどかな風景にそぐわない。エレイン・オハラの店に、ティーポットやひだ飾り縁のテーブルを買いにくる人はいないだろう。

ジャック・オハラの娘では信用されない。

だいたい、彼女自身からしてジャック・オハラの娘を信用していないのだ。ろくに知らない男性とバーで酒を飲み、その男性に湯気の出るような濃厚なキスをして、すてきなお尻にしりもちをつかせるみたいなまねをするなんて、まさにビッグ・ジャックの娘がやることだ。ジャックの娘はとんでもない賭けをして、とんでもない結果を招く。

レイン・タヴィッシュは平凡な生活をし、ものごとを先々まで考え、波風を立てたりしない。

たった一度、短い宵にオハラのほうを出してしまったおかげで、いったいどうなったかは見てのとおり。胸ときめくセクシーな幕間劇、たしかにそうだ、そしてその終わりには大混乱。

「それ見ろってところね」ヘンリーにそうつぶやくと、彼は尻尾を振って同意を示した。

きちんと状況を立て直すときだ。どこかの二流の泥棒が、最近の分け前の一部を彼女が手にしたと思いこんでいるからといって、いまの自分を、これまでやりとげてきたことを、これからやりとげようとしていることをあきらめる気はない。

二流に決まってるわ。ジョージ二世風のデイベッド用に選んだ、かつては美しい絹のクッションだったものから出た詰め物を集めながら、レインはそう思った。ウィリーおじさんが大物のリーグに足を踏み入れることなど決してない。そして、本人が何と言おうと、どれほど夢を見ようと、ビッグ・ジャックも同じだった。

それで、泥棒たちはレインの家を捜しまわり、何も見つからなかったので、かわりに簡単にさばける品物を持っていったのだ。

たぶん、とレインは思った。そういうことだろう。

当然ながら、彼らは家じゅうに指紋を残していったに違いない。レインはぐるりと目をまわし、床に座りこんで、散らばった書類を揃えはじめた。ウィリーおじさんが仕事に加わったときは、必ずどじを踏んだものだった。この家に押し入り、捜しまわり、盗みをしたのが誰であろうと、おそらく前科があるだろう。ヴィンスはそこからあとをたどり、犯人を突き止めるだろうし、彼らがつかまる可能性はじゅうぶんある。

そして、その中には、彼らが愚かで、家に押し入った理由を警察に話してしまう可能性も入っている。もしそうなったら、レインは人違いだと言い張るつもりだった。

ショックを受け、怒り、わけがわからない様子をしてみせる。そんな役を演じるのは――必要な役なら何でもだが――第二の天性だった。ペテンをやってのけるのにさほど苦労しない程度には、彼女にもビッグ・ジャックの血が流れている。

それなら、いま自分のやっていることは何だろう。エンジェルズ・ギャップのレイン・タヴィッシュとは、一生ペテンを続けることではないのか？

そう思うと気分が落ちこんだので、そんな考えは脇へ追いやって、書類をファイルしなおすことに集中した。集中していたあまり、玄関のドアがノックされたときには、もう少しで飛び上がりそうになった。

ヘンリーが午前の昼寝から飛び起き、すさまじい勢いで、かすれた威嚇の吠え声をあげた——こそこそとレインの後ろへ来て、彼女の曲げた腕に隠れようとしながらではあったが。

「わたしの大きな、勇敢なヒーローちゃん」レインは彼に鼻をつけた。「きっと窓の修理屋さんよ。修理屋さんを食べちゃだめ、わかった？」

大いなる愛情と献身の証《あかし》として、ヘンリーは彼女についてきた。そしてうなり声をあげながら、安全のため一歩後ろを保っていた。

レインも、泥棒に入られたあとは、ドアの鍵をはずす前に外を見る程度には慎重だった。頭も血もかなりパチパチ、ジュージューと音をたてていたとき、マックスが目に映った。

彼女は思わず下へ目を向け、自分のいちばん古いジーンズと、何もはいていない足と、着古したグレーのトレーナーにがっくりした。髪は朝に後ろで短く縛ってあったし、化粧もしていない。

「チャンスがありしだい、裸にしたいと思っている男性に見せたい格好とは言えないけど」彼女はヘンリーに言った。「でも、しょうがないわよね？」

ドアを開き、さりげなくしていなさいと自分に命じた。「マックスじゃないの。驚いた。どうしてわたしの家がわかったの？」

「人にきいた。大丈夫なのか？　話は聞いたよ……」彼はふっと口をつぐみ、レインの膝まで視線を下げた。「ヘンリーかい？　ははあ、これまでお目にかかったなかでもいちばん器量の悪い犬だなあ」そう言ったマックスの顔が大きな笑みで二つに割れ、彼が犬の高さまでしゃがんで、ヘンリーにその笑みを向けるのを見ると、腹を立てるのはむずかしかった。

「やあ、ビッグ・ガイ、調子はどうだい？」

レインの経験では、少なくともはじめのうちは、たいていの人間がヘンリーを怖がった。実際大きいし、恐ろしげだし、喉の奥でうなるといかにも危険そうだったから。しかしマックスはもう片手をさしだし、ヘンリーににおいをかがせていた。「おまえの顔はかなり出来が悪いぞ、ヘンリー」

見るからに恐怖とうれしさの板ばさみになりながら、ヘンリーは少しずつ鼻を前へ出し、においをかいでみた。そしてレインの膝の後ろを尻尾でパタパタ叩くと、寝ころんで、撫でてくれとばかりに腹を見せた。

「プライドがないんだから」レインは言った。

「そんなものいらないじゃないか」マックスはやわらかい腹をごしごしこすってやり、それで彼はヘンリーにとって生涯かけての新たな愛の対象になった。「犬ほどいいものはないよ、そうだろう？」

最初は欲望、とレインは思った。当然のことだ。それから興味と、さまざまに重なる魅かれる気持ち。そうした衝動を払いのけて分別を持つべく、用意は整えてあった――というか、整えようとしてはいた。

だがいま、自分の犬といる彼を見ていると、あたたかいものが心をつつむのが感じられ、それは――あらあら――個人的な愛情のしるしだった。そこに欲望と魅かれる気持ちが加われば、女は、たとえ分別のある女であっても、沈没だ。「ええ、本当にそうね」

「うちも前はずっと犬を飼っていたんだ。ニューヨークでは飼えなくてね、僕は旅ばかりだし。飼わないほうがいい気がして」マックスはヘンリーの喉を撫で上げてうっとりさせた。レインはもう少しであえぎ声をたてるところだった。

「僕にとっては、そこが都会暮らしの欠点だな」マックスはそう付け加えた。「やつらはどうやってヘンリーを出し抜いたんだろうね？」

「えっ？」

マックスは最後にヘンリーをぽんと叩き、体を伸ばした。「家に押し入られたことは聞いたよ。こういう大きな犬がいれば、泥棒も手こずったはずだろう」

落ち着きなさい、お嬢ちゃん、とレインは自分に言い聞かせた。「それはなかったと思うわ。ひとつには、この子はマッドルームに閉じこめられていたの。わたしが外出するときは、そこがこの子の居場所なのよ。二つめは、何ていうか……」レインがヘンリーに目を向けると、彼は奴隷のようにマックスの手をなめていた。「この子には戦士の度胸がないし」

「きみは大丈夫なのか？」

「帰ってきたら誰かが家を荒らして、あれこれ盗んでいったとわかった翌朝に可能な程度にはね、たぶん」

「ここはほとんどご近所さんがいないね。何か目撃した人はいそうにないな」

「そうね。警察署長のヴィンスはきいてまわるでしょうけど、この小道ぞいの家はうちだけだから」

「ああ、その署長に会ったよ。僕がここに来たのは、こんな目にあわせるためにきみを夕食に誘って、家を留守にさせたと思われないように、ってこともあったんだ」

「まあ、もちろん思ってないわ。どうして……」レインは言いよどんだ。「ヴィンスね。不愉快なことを言われたんじゃなければいいけど」

「それが彼の仕事だよ。それにいまわかったが、きみの頭にも同じ疑いを植えつけてしまったようだ」

「あら、そんな……」そうは言ったが、レインはその可能性を考えてみていた。「本気で思ったわけじゃないわ。ただ、今週はいろいろ普段にはないことがあったから。ここへ越してきてから、ヴィンスに仕事がらみでかかわったことはたしか二度だけなの。それがいまじゃ、二、三日のあいだに倍になったでしょう。彼、今朝あなたの部屋へ行ったのね。ごめんなさい」

「単なる型どおりの手続きだから。でも、きみは帰ったら泥棒に入られていたんだから、全然違う」マックスは手を伸ばし、彼女の頰に触れた。「心配したよ」

心の中のあたたかみがさらに温度を上げた。レインは胸の中でつぶやいた。どうもピンと来ないわ――ウィリー・ヤングとマックス・ギャノンが組んでいるところなんて。それに、もしマックスが同類だとしたら、自分は気づくはずだ。

お仲間はわかるもの、とレインは思った。

「わたしは大丈夫よ。家を元どおりにするあいだ、今日はジェニーとアンジーがお店をやってくれるの」彼女はリビングのほうをさした。「まだほとんど手をつけてないんだけど。わたしが買い物好きでよかった、第二段階は買い物になるから」

マックスは彼女の横へまわり、リビングをのぞきこんだ。

それは盗みを伴った荒っぽい破壊行為にもみえた。しかしマックスの目には、そのままが映った。手早く悪意に満ちた家捜し。そして、もし強盗が目当てのものを手に入れていったのなら、レインが落ち着いて破壊のあとを掃除し、ショッピングのことを話しているとは思えない。

そんなに冷静な人間はいないだろう。

そう考えながら、マックスは彼女が暗闇の中をひとりで帰宅して、家のドアをあけたらこうなっていたときのことを想像した。彼女が目の下に隈《くま》をつくって、眠れぬ夜を過ごした女性らしく青ざめているのも不思議はない。

「ひどい目にあったね」彼はつぶやいた。

「ギャップでよくあることじゃないわね。フィラデルフィアに住んでいた頃、一緒に働いていた女の人がある晩家に帰ったら、アパートメントに泥棒が入っていたの。いっさいがっさい盗まれて、おまけに壁にはスプレーペンキで卑猥な言葉が書かれていたそうよ」

マックスは彼女に目を戻した。「つまり、もっと悪い場合もありえたと？」

「いつだってもっと悪い場合があるわ。ねえ、キッチンはもう元に戻して、朝お店までひとっ走りしてきたから、コーヒーはあるの。飲む？」

「コーヒーならいつでも飲みたいよ」マックスは彼女に近寄った。レインはとてもみずみずしくみえた。あざやかな色の髪を魅力的な顔から後ろへとかし、目はりついた隈のせいでより青さが増している。彼女は石鹼のようなにおいがした。ただの石鹼の。鼻の上に散らばったそばかすがあどけなく心を惹きつける。

「レイン、邪魔をするつもりはないんだが……手助けさせてくれないか」

「何を？」

マックスにもよくわからなかったが、自分が本気であり、いまの申し出が無条件であることはわかっていた。彼はレインを見た、そして本当に助けたい気持ちになったのだ。「手始めに、家の片づけを手伝うよ」

「そんなことしてもらわなくていいのよ。お仕事があるんでしょう――」

「手伝わせてくれ」マックスはレインの手をとり、あっさり抵抗をしりぞけてしまった。

「時間ならあるんだ、それに実際、このまま帰ってしまったら、きみのことが心配でどのみち何も手につかない」

「やさしいのね」レインは自分の敗北を悟った。「本当にやさしい人ね」

「ほかにこれもある」彼が一歩前へ出て、レインに体をつけたので、彼女の背中が壁についた。それでも、彼の唇が近づいてきたとき、キスはゆっくりとおだやかで、夢を見ているようだった。彼が頭を上げる前に、レインは膝が崩れ、半分まで溶けてしまったのを感じていた。「もしこうしなかったら、きっとこのことばかり考えていたよ。まずこれを片づけてからのほうが、二人とも仕事が進むと思ったんだ」

「よかったわ」レインは下唇をなめた。「もう気はすんだ？」

「全然」

「それもよかった。コーヒーにしましょう」レインは二人して散らかった床を片づけるどころか、ころげまわってしまう前にきっぱり言った。「いまいれるから」

キッチンへ歩いていくと、ヘンリーがぴょんぴょんはねながら楽しそうについてきた。とりあえず、忙しくしているのはよかった。豆をひき、コーヒーの粉をはかって、フレンチプレスポット（コーヒーの粉をこすための内蓋がついているポット）に入れる。マックスのせいでまた落ち着かなくなってしまった、とレインは気づいた。彼は黙ってカウンターに寄りかかり、彼女を見ていた。その長身の体はリラックスしているが、目は集中している。彼の何かがレインを、撫でてほしいとねだる猫のように体をすりつけたい気分にさせた。

「話しておきたいことがあるんだけど」

「オーケイ」

レインはキッチンでの破壊をまぬがれたマグカップを二つ置いた。「わたし、いつもは……ちょっと待って、こんなことどう言えば、信じられないほど馬鹿みたいでありきたりにならずにすむのか、わからないわ」

「きみはどっちにもならないと思うよ。絶対に」

「まったく、本当に口が上手ね。いいわ」レインはコーヒーがはいるあいだに、彼のほうを向いた。「会ったばかりの男性とデートをするなんて、それが気軽なものであっても、いつもやってるわけじゃないの。しかもお客さんと。実を言うと、あなたが最初よ」

「昔から一番になるのが好きだったんだ」

「嫌いな人がいる？　それと、男の人といるのは楽しいし、それにまつわるもろもろのことも楽しむけれど、原則として、夕食のあと相手に、樫の木に巻きつくウルシみたいに抱きつくこともしないわ」

　マックスは彼女にそうされたときのことを、これから長いあいだ忘れないと確信していた。死の床にあるときも、自分の人生の大事なヤマ場として浮かんでくることだろう。「それも僕が一番なのかな？」

「その段階ではね」

「ますますすてきだ」

「クリームは入れる？　お砂糖は？」

「ブラックでいい」

「オーケイ、じゃあ続けるわね。それからもうひとつ――それに、これはきわめて厳重な、経験にもとづくルールだけど――多少の幅はあれ、たった二十四時間前に知り合ったばかりの男性と寝ることを考えたりもしないの」

　マックスはヘンリーの耳のあいだをかいてやっていたが、目はレインから離れなかった。

「世間でルールのことをどう言っているかは知ってるだろう（〝例外のない規則はない〟という格言をさす）」

「ええ、それに、世間の言っていることには賛成だけれど、軽々しくルールを破ったりもしないわ。わたしは基本形式が必要だって固く信じているのよ、マックス、ルールと方針というものを。だからいまルールを破ること、いつもの方針を逸脱することを考えている自分に落ち着かない気分なの。わたしたち、もう少し、せめておたがいに相手をよく知ろうとするところまで戻れたら、もっと賢く、安全で、分別を持てると思うのよ。もっと無理のない、理性的なペースで進めていこうというところまで」

「もっと賢く」彼はうなずいた。「安全で。分別を持って」

「わたしがその三つにそって生きていこうと、どんなに苦労してきたか、あなたには想像もつかないと思うわ」レインは少し笑い、それからコーヒーをそそいだ。「それと、当面の問題は、これまであなたほど惹かれた人はいないってこと」

「ルールや方針ということになると、僕は少々いいかげんかもしれないな、それにある部分では分別を持つことなんか気にしないし」マックスは彼女がさしだしたマグを受け取り、カウンターに置いた。「でも、これまできみに対するようにほかの女性を見たことも、自分のものにしたいと思ったこともないのはわかっている」

「それを聞いても、わたしが賢くなるには役立ちそうにないわね」レインはコーヒーをとり、後ろへさがった。「でも多少は秩序がなきゃ。できるかぎり家を元に戻させてちょうだい、そのあとで先のことを考えましょう」

「反論はむずかしいな。家の中のそういうことを一緒にすれば、おたがいにもっと相手がよくわかるし」

「そうね、それもひとつの方法だわ」彼がいると気が散ってしまいそう、とレインは思った。ジェニーとランチタイムにビッグマックを食べるより、かなり気が散るだろう。

でも、それが何よ。

「わたしも少しは腕に筋肉がついているから、リビングから始めましょう。あのソファはすごく重たいの」


〈リメンバー・フェン〉には、客がたくさん入っていた。というか、ともかく、見るだけの客は多かった。レインの今度の災難について噂が広まるには、あるいは、詳しい話を求める野次馬を引き寄せるには、さして時間はかからなかったのだ。一時になる頃には、もう新しい荷が記録され、値札をつけられて店に並べられ、売り上げはレジで打ちこまれ、おおいにゴシップがかわされて、ジェニーは腰が痛くなって手で押さえた。

「ランチは家でとるわ、そうすれば一時間はゆっくり休めるし。ひとりで大丈夫？」

「もちろん」アンジーはプロテインバーと、低脂肪フラペチーノのボトルを見せた。「ランチはここでとるから」

「わたしがどんなに悲しい気分になるかわからないでしょ、アンジュ、あなたがそういうものをランチと言うなんて」

「今朝、体重が百十九ポンド（約五十四キロ）もあったのよ」

「やな女」

アンジーが笑っているあいだに、ジェニーはカウンターの奥から自分のバッグをとり、フックからセーターをはずした。「わたしはパスタ・プリマヴェーラの残りを片づけて、ブラウニーで仕上げといくわ」

「いやな女はどっちよ？」アンジーはいつものように、赤ん坊の蹴るのが感じられないかと、ジェニーのお腹をそっと撫でた。「赤ちゃんの調子はどう？」

「宵っぱりでね」ジェニーはぼさぼさのお団子髪に、ゆるくなっていたボビーピンを挿しなおした。「この子ったら、毎晩十一時頃に目をさまして、タップダンスを始めては、何時間もそうやってるのよ」

「それがうれしいんでしょう」

「そうなの」にっこり笑うと、ジェニーはセーターをはおった。「その一分一分がね。人生で最高の時。じゃあ一時間で戻るから」

「まかせといて。ねえ、レインに電話したほうがいい？　様子はどうかきいてみる？」

「わたしが家からするわ」ジェニーはドアへ歩きながら言った。だが手をかける前に、ドアが開いた。そのカップルには見覚えがあったので、ジェニーは頭の中のファイルをかきまわして名前を捜した。「いらっしゃいませ。デイル様とメリッサ様でしたね？」

「よくおぼえているのね」三十がらみで、ジムで鍛えたような体つきをしている洗練された感じの女が彼女にほほえみかけた。

「それにたしか、あのローズウッドの衣装だんすを気に留めていらしたでしょう」

「また当たり。まだここにあるのね」そう言いながら、女はそのたんすのところへ歩いていき、扉の彫刻に手を走らせた。「これがずっとわたしを呼んでるの」

「本当にすばらしい品物ですよ」アンジーがカウンターをまわってきた。「わたしも大好きなんです」本当はモダンですっきりしたラインのもののほうが好みなのだが、売りこみ方は心得ていた。「今日、ちょうどまたローズウッドの家具が入ってきたんですよ。華やかな感じのすてきなダヴェンポートです。ヴィクトリア様式の。まるでセットで作られたみたいなんですよ」

「まあ」メリッサは笑いながら、夫の腕をつねった。「せめてひと目だけでも見てみなきゃ」

「いまお見せしますわ」

「ちょうど外へ出るところだったので、わたしでなくてもよろしければ……」

「ここは大丈夫だから」アンジーは手を振ってジェニーを送り出した。「すばらしいでしょう？」彼女は言い、つややかな傾斜板を指先でなぞりながら、売りこみ相手をメリッサに絞った。「状態もとてもいいんですよ。レインはほんとうに見る目がありますから。これは彼女が何週間か前に、ボルティモアで見つけたんです。今朝届いたばかりで」

「すてきだわ」かがみこみ、メリッサは横の小引き出しをあけたり閉めたりしはじめた。

「本当にすてき。ダヴェンポートって、カウチの一種だと思っていたけど」

「ええ、でもこうした小さい机のこともそう言うんです。どうしてかなんてきかないでくださいね。それはレインの領分ですから」

「ほんとに気に入ったわ、呼び方はどうでも。デイル？」

彼は値札を指でもてあそんでいたが、ちらりと彼女を見た。「どっちも買うとなると考えなきゃならないよ、メリッサ。かなり大きな買い物になるからね」

「少しは引いてもらえるかもよ」

「ご相談に応じますわ」アンジーは言った。

「そっちの衣装だんすをもう一度見せて」メリッサは歩いて戻り、たんすの扉をあけた。

売りこみの進め方はわかっていたので、アンジーはデイルが妻と並び、二人で低く話し合うあいだ、後ろにひかえていた。

扉がふたたび閉じられ、開かれ、引き出しがあけられた。

「中にあるものもついてるのかい？」デイルがきいてきた。

「はい？」

「ここに箱があるんだ」彼はその包みを出し、振ってみせた。「シリアルの箱に入っているおまけみたいなものか？」

「それは違いますわ」思わず笑いながら、アンジーは近づいていって箱を受け取った。「今朝は入荷が多かったものですから」彼女は言った。「それに加えて、とても忙しくて。きっとジェニーがうっかりここに入れてしまったんでしょう」

それとも自分だろうか？　一、二時間はてんてこまいだったし。どちらにしても、その品物がなくなる前に引き出しがあけられて幸運だった、とアンジーは思った。

「もう少し二人で相談してみるわ」メリッサが言った。

「どうぞごゆっくり」話し合いは二人にまかせ、アンジーはカウンターへ戻った。そしていまの箱の包装をはがし、出てきた安っぽい陶器の犬をまじまじと見つめた。可愛いわ、と彼女は思ったが、動物の置物に大枚をはたく人がいる理由はわからなかった。

やわらかくてふかふかした、ぬいぐるみの動物のほうが親しみがあると思うけど。

これもたぶん、レインがまだ彼女に教えようとしているドールトン陶器とか、ダービー磁器とか、そういうもののひとつだろう。

聞こえてくる会話の断片からすると、メリッサはデイルを思いどおりに説き伏せているようだったので、アンジーは二人からもう少し離れてあげようと、その陶器像を人形や小さい置物の並べられた場所へ持っていき、様式や年代を見定めようとした。

それはアンジーにとって、ゲームのようなものだった。もちろん、ファイルを見ればわかるが、それではカンニングになる。店にある品物の素性を見分けるのは、バーで他人がどんな人間か当てるのによく似ていた。それなりの時間をかければ、誰が誰で、何が何かわかってくるものだ。

「店員さん？」

「アンジーと呼んでください」彼女は振り返り、にっこりした。

「両方とも買うとしたら、どのくらいまで値段を融通してもらえるかしら?」

「そうですねえ……」ジェニーに二つも売れたといい知らせを伝えられそうでうれしくなり、アンジーは陶器の犬を置いて、客たちとの交渉に歩いていった。

売買をまとめ、発送の手配をし、売り上げを記録するのに夢中になって、彼女はさっきの小さな犬のことなど、もう思い出しもしなかった。

5

マックスはそれからの数時間で、レインについてきわめて多くのことを知った。レインはてきぱきと作業をこなし、実際的できちょうめんだった。彼女のような生い立ちの人間に予想していたよりも、まっすぐな心を持っている。しなければならない仕事を前にすると、それをはじめから終わりまで考えてみて、そののちに段階を踏んでやりとげる。回り道も、気を散らすこともない。

それに彼女は巣作り屋だった。マックスの母親も同じ傾向があり、ただもう自分の巣を可愛らしい小さな——父親は何と呼んでいたっけ？——安ぴか物で飾り立てることが大好きだった。それに母親と同様、レインはそのひとつひとつすべてを、どこに飾るかきちんと把握していた。

しかし、彼の母親と違うのは、レインには所有物に対して感傷的な、心を通わせあっているかのような愛着はないらしいところだった。マックスは以前、母親が割れた花瓶に号泣するのを見ていたし、彼自身も古いごてごてした鉢を割ってしまったときに、母親の激しい怒りを味わったことがあったのだった。

レインはたじろぐこともなく、こっちのかけら、あっちの破片を掃き、割れたものをごみ箱に捨てた。彼女の気持ちは自分の空間に秩序を取り戻すことに集中していた。マックスもそれは見事と思わざるをえなかった。

流れ者とペテン師の娘がどうやって百八十度の方向転換をなしとげ、小さな町の家庭的な人間になったのかは、マックスにとって謎だったが、謎こそ彼のビジネスだったので、そのことと彼女にいっそう興味をそそられた。

マックスは彼女の巣にいるのが、彼女と一緒にいるのが楽しかった。二人のあいだの熱い感情がことをややこしくするのは既定の事実だったが、それを楽しまずにいるのは骨が折れた。

彼はレインの声が好きだった。かすれていながら、なめらかでもあるという両方を兼ね備えていることが。トレーナー姿の彼女がセクシーにみえるのも好きだった。彼女のそばかすも好きだった。

たいていの人間ならへこたれてしまう状況を前にしての、彼女の回復力にも感心した。それに、彼と、二人のあいだで生まれかけているものへの気持ちについて、率直きわまりなかったことにも感心したし、たいしたものだと思った。

実際、状況が違っていたら、マックスも一直線に彼女との関係に飛びこんで、退路を断ち、用心も、常識的な考えもいっさい忘れ去っていただろう。いまの状況にあってさえ、飛びこんでしまいたいのだから。それがプラスなのかマイナスなのかはさっぱりわからなかったが。

しかし、ゴールまでの役得にせよ、はたまた障害にせよ、そろそろゲームに戻る頃だった。

「いろんなものを失ったんだろうね」彼は言った。

「ものならいつだってもっと手に入るから」とはいえ、レインはダイニングルームの盆に置いておいた、ダービー磁器の水差しの大きな欠け目を見ると、悲しみで少し胸が痛むのを感じた。「いまの仕事を始めたのは、いろいろなものを集めるのが好きだからなの。それで気づいたのよ、そういうものを自分で持つことより、そういうもののそばにいたり、ながめたり、さわったりすることのほうが必要なんだって」

レインは瑕《きず》のついた水差しを撫でた。「それに、売ったり買ったりして、面白いものが面白い人のところへ行くのを見るのは、ある意味ではそれ以上にやりがいになるし」

「つまらない人が面白いものを買うことはないのかい？」

彼女は笑った。「ええ、あるわ。だから売るつもりのものにあまり執着しすぎないことが大事なの。それに、わたしは売ることが大好き。レジのチーン、って音が」

「そもそも何を仕入れるべきか、どうやってわかるんだ？」

「直感のときもあるし、経験からくるときもあるわ。純粋にギャンブルのときもある」

「ギャンブルが好きなのかい？」

レインはちらりと視線を遠く上へ向けた。「実を言うと」

ああ、たしかに、とマックスは思った。自分はバランスを失い、崖っぷちで爪先立ちになっているも同然だ。「この家からずらかって、ヴェガスへ飛びたい？」

レインは眉を上げた。「もちろんよって答えたらどうなの？」

「飛行機を予約するよ」

「ねえ」しばらく考えたあと、レインは言った。「あなたならきっとそうするわね。そういうのって好きな気がする」彼女の中のオハラは早くも空港へ向かっていた。「でも残念ながら、同意するわけにはいかないの」そしてこちらはタヴィッシュ。「またの機会にしてもらえない？」

「いいとも。期限はないよ」マックスは彼女が泥棒から逃れたいくつかの品物を置いていくのを見つめた。キャンドルスタンド、大きな植木鉢、長いたいらな皿。彼女はそれを元どおりの場所に置いているという気がした。そういう作業は心を慰めてくれる。そして果敢な抵抗でもある。

「ここを見ていると、何だか単純な空き巣ではない気がするな。自分の家が押し入られたときに、単純なんてことがあるとしてだけど。僕には平凡な、さっさと盗んで逃げる式のものには思えない。もっと個人的な何かがあるような気がする」

「あら、それじゃまだまだ安心できないってことね」

「ごめん。そこまで考えていなかったよ。実をいうと、きみはあまり怖がっていないように見えるし」

「ゆうべは明かりをつけたまま寝たわ」レインは告白した。「そんなことが何かの助けになるみたいに。怖がったって何の役にも立たないのにね。何も変わらないし、何の解決にもならないもの」

「警報装置をつけたらいいんじゃないか。犬の変種より、もうちょっとハイテクな何かを」マックスはそう言い足し、ダイニングテーブルの下でいびきをかいているヘンリーのほうへ目をやった。

「ううん。そのことも五分くらいは考えたけど。警報装置があっても、安全だという気にはなれないと思うの。ただ、心配しなきゃいけないことがあると感じるだけで。自分の家にいてびくびくしているなんていやよ」

「この話題を終わりにする前に、もうちょっと続けさせてもらえないか。押し入ったのはきみの知っている人間かもしれないと思うかい？　敵はいる？」

「ノーよ、次もノー」レインは何気ないふうに肩をすくめて答えながら、背もたれが横木になっている椅子をテーブルに戻した。だが、頭の中にはウィリーの言葉がよみがえっていた。やつはもうきみのいどころを知っている。

　誰が知っているというの？

　パパ？

「僕こそきみを心配させてしまったみたいだな」マックスは彼女の顎の下に指を添えて、顔を上に向けさせた。「見ればわかるよ」

「ううん、心配はしてないわ。ちょっと驚いたのよ、敵がいるかもしれないなんて考えに。メリーランドの小さな町にいる、平凡な商店主に敵なんているはずないでしょう」

マックスは彼女の顎を親指で撫でた。「きみは平凡じゃない」

レインが唇に笑みを浮かべると、彼がかがみこんで唇を重ねてきた。この人は何にも知らないのよね、と彼女は思った。わたしが人生の半分近くのあいだ、平凡になるためにどんなに苦労してきたか。

彼の手がレインのヒップを撫でていたとき、彼女の携帯電話が鳴った。「ベルが聞こえてるかい？」彼はきいた。

レインは短く笑って体を引き、ポケットから携帯を出した。「もしもし？　ハイ、アンジー」彼女は電話に聞き入りながら、欠けた水差しを盆の上で半インチずらした。「両方とも？　すごいわ。いったい……なるほどね。ううん、あなたのやってくれたとおりでいいのよ。あれはダヴェンポートっていうの、一八〇〇年代にキャプテン・ダヴェンポートという人のために小さいデスクがデザインされて、その呼び名が定着したみたい。ええ、わたしは大丈夫よ。本当だってば、ええ、いまの話で元気になったわ。ありがとう、アンジー。またあとでね」

「ダヴェンポートっていうのはカウチのことだと思っていたよ」レインが携帯をポケットに

戻すと、マックスは言った。

「そうよ、それから小さなソファのこともいうの、ベッドに変えられるものもときどきあるのよ。箱みたいな形の小さなデスクで、上の部分がスライドしたり、くるっと回ったりして膝を入れるスペースができるもののこともいうの」

「ははあ。勉強しているね」

「何だって教えてあげられるわよ」楽しくなり、レインは彼の胸に指をトコトコのぼらせた。「カンタベリー（本や書類をのせる十九世紀の仕切り付きの台）とコモード（脚のついた整理だんす）の違いを教えてほしい？」

「待ちきれないよ」

　レインは彼の手をとり、小さな書斎のほうへ引っぱっていった。アンティークについて短い講義をしながら、一緒にその部屋を片づけられるように。


　きちんと整った、青みがかった灰色のひげをたくわえた、背の高い上品な紳士が〈リメンバー・フェン〉に入ってきたとき、ジェニーは夕食に何を作ろうか考えているところだった。いつもお腹がすいているように思えるので、食べ物のことを考えるのは、実際に食べるのに近い楽しさがあった。

　アンジーが大物を売ったあと、客足は鈍っていた。ひやかしの客は何人か来たし、ミセス・ガントがロータスジャグを見に駆けつけてきて、ひったくるように持っていった。だがそれから一時間、彼女もアンジーもずっと暇で、もう今日はあまり忙しくなりそうにないので、ジェニーはアンジーを早く帰した。

ドアのあく音がしてそちらに目をやり、ジェニーはお客がポークチョップとマッシュポテトから一時的に気をそらしてくれると喜んだ。

「いらっしゃいませ。何かお探しですか？」

「ちょっと見てまわりたいんだが、かまわないかな。面白いお店だ。あなたがやっているのかね？」

「いいえ。オーナーは今日いないんです。お好きなだけごらんください。何かおききになりたいこととか、ご用がありましたら、呼んでくださいね」

「そうしよう」

紳士はひげと同じ色のスーツを着ていて、髪はゆたかで形よくカットしてあった。スーツと、微妙な色あいのストライプのネクタイを見て、ジェニーはお金持ちだろうと思った。しゃべり方は音の省略が多くてあまり口をあけず、北部の人間ではないかと思われた。

ジェニーの販売員としてのカンは、彼がぶらぶら見ているあいだに少しくらいおしゃべりをしても気にしないだろうと告げていた。「エンジェルズ・ギャップを訪ねてらしたんですか？」

「このあたりで事業をやっているんだよ」紳士はほほえんだ。すると頬のくぼみが深くなり、目があたたかい青色に変わり、上品さがちょっとセクシーになった。「とても気さくな町だね」

「ええ」

「それにとても景色がいい。事業にはうってつけだ。わたしも店を持っていてね」紳士はかがみこんで先祖伝来の宝石《エアルーム・ジュエリー》のディスプレーをじっくり見た。「エステート・ジュエリーか」彼は言い、ガラスを指で叩いた。「買取りに販売。ここは非常にいい品物があるね。大都会以外では、本当に珍しい」

「ありがとうございます。レインはここで扱う品物を本当に厳選しているんです」

「レイン？」

「レイン・タヴィッシュ、オーナーです」

「その名前には聞きおぼえがあるような気がする。どこかのオークションで会っているのかもしれない。われわれのいる業界は比較的狭いのでね」

「お会いになっているかもしれませんね。しばらく町においでしたら、もう一度いらしてみてくださいな。レインはたいていここにいますから」

「そうしよう。ところで、ばらの石は扱っているのかな？」

「石？」

ジェニーのぽかんとした顔に、紳士は首を傾けた。「ときどき石――宝石――も買うんだよ、アンティークのはめこみからなくなったものの代わりにするとか、依頼主のためにエステート・ジュエリーの複製を作るのに」

「ああ。いいえ、うちでは扱っていません。ええ、宝石類はほんの少ししか置いてないんです」

「なるほど」紳士は頭をめぐらし、店内のすみずみにまで目を走らせた。「いろいろなものがとりまぜてあるね、様式も、年代も。買い付けはミズ・タヴィッシュがすべてしているのかな?」

「ええ、そうなんです。ギャップにレインのような人が来てくれて、わたしたちは幸運ですよ。このお店は評判がいいんです、それにこの近辺のガイドにもいくつか載っているんですよ、アンティークやコレクター品の雑誌にも」

紳士はそこからぶらぶらと離れ、陶器の小像や小型のブロンズ像のあるテーブルセットのほうへ歩いていった。「というと、ミズ・タヴィッシュは地元の方ではないんだね」

「おじいさんがここの生まれでなければ、ギャップでは地元民とはいわないんですもの。でも、ええ、レインは何年か前にここへ移ってきました」

「タヴィッシュね、タヴィッシュ……」紳士はぱっと振り返って、目を細め、ひげを撫でた。「背が高くて、かなりやせていて、とても短いブロンドの女性では? 小さな黒眼鏡をかけている?」

「いいえ、レインは赤毛ですけど」

「ああ、なるほど、たいしたことではないが。これはすてきだ」彼は優美な陶器の猫を手にとった。「発送はするのかな?」

「もちろんいたします。よろしければ……あら、ハイ、ハニー」ジェニーは入ってきたヴィンスに言った。「夫なんです」彼女は客にそう言いながらウインクをしてみせた。「警官全員をハニーと呼んでるわけじゃありませんよ」

「ちょっと通りかかったから、レインがいるかどうか寄ってみようと思って。彼女の様子を見に」

「今日はやっぱり来ないと思うわ。忙しいだろうし。レインの家はゆうべ泥棒に入られたんですよ」彼女は言った。

「おぉ、ひどいことだ」男がネクタイの結び目に手をやると、小指にはめた指輪のダークブルーの石がきらめいた。「怪我人は出たのかね?」

「いいえ、彼女は留守でしたから。ごめんなさい、ヴィンス、こちらはミスター……まだお名前をおききしていませんでしたね」

「アレグザンダーだ、マイルズ・アレグザンダー」彼はヴィンスに手をさしだした。

「ヴィンス・バーガーです。レインをご存知で?」

「実を言うと、それをたしかめようとしていたところでね。わたしはエステート・ジュエリーを売っているので、あちこち回っているときにミズ・タヴィッシュに会ったことがあるかと思って。災難にあったとはお気の毒に。この猫はとてもいい」彼はジェニーに言った。

「しかし、午後の約束に遅れてしまいそうだ。また来ましょう、そのときにはミズ・タヴィッシュにお会いしたいね。長々とありがとう、ミセス・バーガー」

「ジェニーです。またいつでもいらしてください」入口へ歩いていく彼に、ジェニーはそう言った。

店に二人きりになると、ジェニーはヴィンスの腹をつついた。「まるでいまの人が容疑者みたいに見てたわよ」

「いや、そんなことはないさ」彼はお返しに、ごくごくそっと、ジェニーのお腹をつついた。「単に興味を持っているだけだよ、それだけだ。レインの家に泥棒が入った次の日に、高級そうなスーツを着た男が店をうろうろしているなんて」

「ええ、あの人、ほんとに凶暴な泥棒にみえたものねぇ」

「オーケイ、じゃあ凶暴な泥棒っていうのはどんな見てくれをしてるんだ？」

「あんなふうじゃないわよ」

男の名前はアレックス・クルーといったが、マイルズ・アレグザンダーの名の——そしてほかのいくつかの変名の——正規の身分証明書を持っていた。彼はいま、坂になっている歩道を足早に歩いていた。歩くことで怒りを、レインが彼の会いたい場所にいなかったという、静かにたぎる憤懣を発散させなければならなかったのだ。

程度はどうあれ、彼は計画を狂わされるのが大嫌いだった。

それでも、歩くことは仕事の一部だった。頭の中にエンジェルズ・ギャップの詳細な地図は入っていたが、足で土地勘を得ておく必要があったのだ。小さい町も、山にかこまれた緑の広がる風景も好きになれない。彼は都会を、そのスピードを、そこにあるチャンスを求める人間だった。

そこにいるありあまるほどのカモも。

休息と息抜きなら、おだやかな風、月の光に洗われた夜、金持ちの観光客つきの南の島々を楽しむ。

この土地は田舎者だらけだ、さっきの妊娠している店員――きっともう四人めの子どもだろう――や、彼女の元ハイスクールフットボールのヒーローが町の警官になったふうの亭主みたいに。あいつは土曜の晩に仲間と座をかこんで、半ダースパックのビールを飲みながら、過去の栄光話にひたるタイプだ。でなきゃ、森の中で鹿が来るのをじっと待ち伏せ、それを撃ってもういっぺんヒーロー気分になろうとするとか。

クルーはそういう男や、彼らのために夜に食事をさめないようにしておく女ががまんならなかった。

彼の父親がそういう人間だった。

想像力もなく、将来の展望もなく、盗みの味も知らない。父親は、タイムシートに記載されていなければ、一日の賃金も受け取らなかっただろう。そのあげく手に入ったものといえば、くたびれた不平ばかりの女房と、カムデンにある熱い箱みたいな長屋式の家、それに早い墓入り。

クルーにとって、父親の生き方は哀れなほど無意味だった。

彼のほうはいつも、より多くを望み、十二歳のときにはじめて他人の家の二階の窓から忍びこんで、それを手に入れるようになった。最初に車を盗んだのは十四歳のときだったが、彼の野心は常にもっと大きく、派手なゲームをめざしていた。

金持ちから盗むのは好きだったが、別にロビン・フッド的な気持ちはなかった。単純に、金持ちのほうがいいものを持っているから好きだったのであって、それを所有し、奪うことで自分も上流の人間になれた気がした。

クルーが最初に人を殺したのは二十二歳のときで、計画したわけではなかったが――その間抜けが貝にあたってバレエ見物から早く帰ってきてしまったのだ――命を盗むことに抵抗はなかった。とくに、それがいい利益をあげるときは。

彼はいま四十八歳で、フランスワインとイタリア製スーツを好んでいた。ウェストチェスターに家があり、妻はそこから逃げ出して――幼い息子を連れ――すぐに離婚した。クルーはセントラル・パークから少し離れた豪華なアパートメントも持っており、気が向けばそこで贅沢な楽しみにひたり、ほかにもハンプトンズに週末用の別荘と、グランド・ケイマン島にも海辺の別荘を持っていた。それらの証書はすべて違う名義で作られていた。

彼は他人の所有物を奪うことで、独力でかなり成功してきたし、言わせてもらえば、すでにその道の権威のようなものだった。いまの彼は盗むものを選り好みし、それがもう十年以上も続いていた。芸術品と宝石が専門で、ときには希少切手にも手を出した。

その過程で何度か逮捕もされたが、有罪になったのは一度きり――彼はその汚点をすべて、無能なくせに高給すぎる弁護士のせいにしていた。

その弁護士はすでに代価を払っていた。クルーは釈放されて三か月後に、鉛管で彼を殴り殺したのだ。しかし、クルーにとってはそれでも天秤の釣り合いはとれていなかった。彼は二十六か月も塀の中で過ごし、自由を奪われ、貶《おとし》められ、屈辱を味わわされたのだから。

あの馬鹿な弁護士が死んだところで比べものにもならない。

しかし、それも二十年以上前のことだった。その後も、一、二度尋問に呼ばれはしたものの、逮捕されてはいない。刑務所にいた月日の唯一の収穫は、考え、見極め、じっくり検討する時間が無限にあったことだったのだ。

盗むだけではじゅうぶんとはいえない。肝心なのはうまく盗むこと、いい暮らしをすることだ。だから彼は学び、おのれの頭脳を鍛え、世間に向ける仮面を改良していった。金持ちから上手に盗むには、彼らのひとりになるのが最良の策だった。鉄格子のむこうで腐っていく屑どものようにはならず、知識をたくわえ、審美眼を磨くことだ。

上流社会への切符を手に入れること、どこかの時点で金持ちの女房をもらうことも入るかもしれない。クルーにとって成功とは、二階の窓から入ることではなく、他人にそうしろと命じることだった。操ることができ、そのあとで必要なら消してしまえる他人。なぜなら、連中が何を盗もうと、それは彼の指図でおこなわれたのであり、すべての権利は彼ひとりのものであるからだった。

クルーは頭がよく、忍耐強く、冷酷だった。

これまで失敗をしたとしても、取り返しのつかなかったもの、取り返さなかったものはない。失敗は必ず取り返してきた。あの馬鹿な弁護士や、たかだか二、三百万ドルの金をとられまいと抵抗したあの愚かな女、これまでの道のりで彼が雇ったり仲間にしたりした頭の鈍い下っ端ども。

ビッグ・ジャック・オハラと、そのおかしなダチのウィリーも失敗だった。

判断ミスだ、とクルーは訂正しながら角を曲がり、ホテルへ戻りはじめた。彼らはこちらが思っていたほど馬鹿ではなかったのに、クルーは彼らを使って一世一代の仕事を計画し、実行してしまった。彼の聖杯、彼の獲物。彼の。

二人がどうやってクルーのしかけておいた罠をすり抜け、その罠が閉じる前に自分たちの分け前を持って逃げたのかは謎だった。彼らはもうひと月以上もクルーの手を逃れていた。それに、どちらも分け前を金に換えようとはしていない――それも予想外だった。だが、クルーは地面に鼻をつけつづけ、ようやくオハラのにおいを嗅ぎつけた。それでも、ニューヨークからメリーランドの山まで追いかけてくることができたのは、ジャックではなく、馬鹿なイタチ野郎のウィリーのほうだった。

あいつに姿を見せたのはまずかった、とクルーはいまになって思った。だから小さい町はいやなのだ。彼もまさか町なかでウィリーにばったり出くわすとは思ってもいなかった。ウィリーがあわてて逃げ、おびえたウサギのように飛び出して、走ってきた車に轢かれてしまうとも。

クルーは雨の中を歩いていき、血だらけの体に近づいて蹴飛ばしてやりたかった。何千万ドルもの金がかかっているのだ、なのにあの間抜けは道路へ飛び出す前に左右を見ることも忘れていた。

そこへあの女が店から走り出てきた。愕然としていた美人の赤毛。あの顔には見おぼえがあった。いや、彼女と会ったことはない、しかし顔は見たことがある。ビッグ・ジャックは写真を何枚も持ち歩いていて、ベルトの下にビールを二杯ばかりおさめたときにはそれを出して見せびらかすのが大好きだった。

うちの娘なんだ。美人だろう？　頭のほうもめっぽういいんだぞ。大学出なんだ、うちのレイニーは。

たしかに頭がいい、とクルーは思った。小さな町でまっとうに生きているふりをしていれば、盗品を故買したり、送ったり、店で売買することができる。実にうまいイカサマだ。ジャックがアレックス・クルーの持つべきものを娘に流し、よく話していたようにリオで優雅な引退生活ができると思っているなら、さぞ驚くことだろう。

クルーは自分のものは取り戻すつもりだった。自分のものはすべて。そして、父親も娘も、重い代償を払うことになるだろう。

クルーは〈ウェイフェアラー〉のロビーに入り、身震いを抑えようとした。ここの設備には我慢ならない、と彼は考えた。自室まで階段を使い、次の動きを決めるあいだ静かに座っていたかったので、〝入室お断り〟の札を出しておいた。

レイン・タヴィッシュと接触する必要がある、それもエステート・ジュエリー・ブローカーのマイルズ・アレグザンダーとして接触したほうがいい。クルーは鏡に映った自分を点検し、うなずいた。アレグザンダーは新しい変名で、銀の髪とひげも同様だった。オハラは彼のことをマーティン・ライルもしくはジェラルド・ベンスンだと思っていて、きれいにひげを剃り、ごま塩髪を短く刈っている人間だというだろう。

手はじめに色っぽく誘いかけてみようか。それに彼は女といるのが好きだった。おたがい、エステート・ジュエリーに興味があるというのはいい感触だ。何日かかけて、彼女の感じをつかんでから、次の動きに出よう。

彼女は自宅にブツを隠していなかったし、金庫もロッカーの鍵も見つからなかった。あれば彼と、彼がこの仕事のために雇った二人のならず者が見つけたはずだ。

あんなに乱暴に彼女の家を荒らしたのは軽率だったかもしれない、だがクルーは腹を立てていて、彼女が彼のものを横取りしたと確信していたのだった。いまも彼女がそれを持っているか、どこにあるのか知っていると思っていた。いちばんいい近づき方は親しみのある、もしくはロマンティックなものにしておくことだろう。

彼女はここにいる、ウィリーもここにいる――死んでいるにしても。ジャック・オハラがそう遠くにいるはずはない。

計画のシンプルさに満足をおぼえ、クルーは自分のノートパソコンの前に腰をおろした。そしてエステート・ジュエリーのサイトをいくつか呼び出し、勉強を始めた。

目がさめるとランプの明かりがついていて、レインはぼんやりと寝室を見まわした。いま何時だろう？　今日は何曜日だっけ？　髪をかきあげながら体を起こし、時計に目をやった。八時十五分。暗いから、午前中ではないだろう。それなら自分は夜の八時にベッドの中で何をしているのか？

ベッドの上で、と彼女はシェニール織の掛け布にくるまったまま、訂正した。ヘンリーは横の床でいびきをかいている。

彼女はあくびをし、体を伸ばし、それからはっとわれに返った。

マックス！

ああどうしよう。彼はゲストルームの惨状を片づけるのを手伝ってくれ、一緒に夕食を食べにいこうと話していたのだった。あるいは、出前をとろうと。

あれからどうしたんだっけ？　レインはぼんやりした頭の中を探した。彼はごみを下へ——外へ——持っていってくれて、彼女は身だしなみを整えて着替えようと寝室へ来た。

そしてほんのちょっとのつもりでベッドに腰をおろした。

そう、ほんのちょっとベッドに体を伸ばしたのだ。目をつぶった。ちょっと元気を取り戻すだけのつもりで。

なのに、目をさましてみたら、三時間近くもたっていたわけだ。たったひとりで。

彼がかけてくれたのね、とレインは掛け布を撫でながら、口元がゆるむのを抑えきれなかった。そしてわたしが目をさましたとき真っ暗でないように、明かりをつけていってくれ

掛け布をめくって立ち上がろうとしたとき、わきの枕の上に置かれたメモが目に入った。

きみは美人すぎるし、だいぶ疲れているようだったので、眠れる森の美女のきみにプリンス・チャーミングを演じるのはやめておいた。鍵はかけておくよ、それにきみの猛犬も守ってくれるだろう。たっぷりお休み。明日、電話する。いや、また来てきみの顔を見るほうがいいな。

マックス

「こんなに完璧な人っている？」レインはまだいびきをかいているヘンリーに問いかけた。もう一度ベッドに倒れ、メモを胸に抱きしめる。「完璧なものはその場で疑うべきよね、あ、でも、こういうのって楽しいわ。疑ったり用心したりはもう飽き飽きだもの、ひとりっきりも」

レインはもうしばらく横になって、ひとりほほえんでいた。眠れる森の美女はもう眠くない。それどころか、これ以上はないほどぱっちり目をさまし、頭を回転させていた。

「わたしが何かとってもむこうみずなことをしたのは、いったいどれくらい昔だったか知ってる？」レインは大きく息を吸い、吐き出した。「わたしも知らないわ、それだけ昔ってことね。そろそろギャンブルをしてもいい頃よ」

レインははね起き、バスルームへ突進してシャワーを浴びようとした。だが思い直した。バブルバスのほうがいま頭にえがいていることにふさわしい。そのためにかける時間はある、だからお湯をはっているあいだ、とっておきのおしゃれ品に目をとおし、マックス・ギャノンを誘惑するのにいちばんぴったりのよそおいを選ぼう。

バスタブにはセクシーなフリージアの香りを選び、そのあとたっぷり二十分かけてメイクをした。髪をおろしておくか、あげるかを決めるのにも同じくらいかかった。マックスにはまだ見せたことがないので、あげるほうを選び、ほんの少し揺れても崩れそうにゆるく結い上げた。

今度はみえみえの服でいくことにし、短い黒のワンピースを着た。ありがたいことに、何か月も前、まだ妊娠していなかったジェニーとショッピングに熱中したとき、二人ともすばらしいランジェリーを手に入れていた。

それから、ジェニーが現在の状態になったのはそのランジェリーのおかげだと言ったのを思い出し、レインはすでにバッグに入れたぶんに加えて、さらにコンドームを追加した。全部で半ダースほどになり、彼女はうきうきしながらその数を用心と希望的観測の両方だと思った。

ティッシュペーパーのように薄い、黒いカシミアのカーディガン——とんでもない贅沢品で、元をとれるほどしょっちゅうは着ていない——をワンピースの上にはおる。

最後に鏡の中の自分をじっくり点検し、体をまわしてすべての角度から見てみた。「もし

レインは言った。「男に希望はないってことよ」口笛を吹いて、下へついてくるよう犬を呼んだ。キッチンへ駆けこんでワインを一本とり、ヘンリーのリードを裏口のそばのフックからはずした。

「ドライブしたい？」そうきいてみた。この質問をすると、ヘンリーはいつも喜びいっぱいに飛んだり走ったりし、興奮のあまり身震いするのだった。「おまえはジェニーのところに行くのよ。ひと晩泊まることになるけどね、ああ神様、わたしもそうなりますように。こんなに熱くなってるのに捌《は》け口がなかったら、自然発火してしまいます」

レインが車のところへ行ってドアをあけてやるまでに、ヘンリーは三度も車とのあいだを走って往復した。そして中へ飛びのり、彼女がシートベルトをしめてやるあいだ、うれしそうに助手席に座っていた。

「わたしったら緊張もしていないわ。緊張しないなんて信じられない、こんなことをするのはもう……まあ、考えても仕方ないわね」そう言って、運転席に座った。「もし考えたら、き、き、きっと緊張するわ。あの人が本当に好きなんだもの。イカれてるわよね、ほとんど知らない人なのに、でも本当に好きなのよ、ヘンリー」

車が小道を進みはじめると、ヘンリーは理解とも喜びともとれる吠え声をあげた。

「きっと先はないわ」彼女は続けた。「だってね、彼はニューヨークに住んでいるし、わたしが住んでいるのはここ。でも、先がある必要なんてない、そうでしょ？　永遠の愛とか、生涯にわたる約束とかにならなくてもいいのよ。きっと単なる欲求と、相手への尊重と、好意と……欲求ね。欲求ならたっぷりあるし、それが悪いってことはないわ。

それに、自分を説得してこんなことをやめさせてしまう前に、口を閉じなきゃ」

ジェニーの家のドライブウェイに車を停めたときには、もう十時近かった。遅い時間ね、とレインは思った。ホテルの男の部屋をノックするには遅いような気がする。

でも、ホテルの男の部屋をノックするのにちょうどいい時間って、いったいいつ？

ジェニーはもう玄関から出て、道を歩いてきていた。レインはヘンリーのシートベルトをはずし、友人が助手席のドアをあけるのを待った。

「ハイ、ヘンリー！　いい子ね、ほらほら。ヴィンスが待っているわよ」

「ひとつ借りができたわね」レインが言うそばから、ヘンリーは勢いよく家のほうへ走っていった。

「いいのよ。深夜のデートってわけ？」

「きかないで、話さないから」

ジェニーはお腹の許す範囲でできるだけかがみこんだ。「冗談でしょ？」

「ええ。あした全部報告するわ。ひとつだけ頼んでいい？」

「もちろんよ、何？」

「祈ってて、ほんとに真剣によ、何か話せることができますようにって」

「わかったわ、でもあなた、本当にすてきだもの、その祈りはもう聞き届けられたわよ」

「オーケイ。じゃあ行くわ」

「がんばって、ハニー」ジェニーはドアを閉じて後ろへさがり、レインが遠ざかっていくあいだ、お腹を撫でていた。「あの男は幸せ者だわ」彼女はつぶやき、ヘンリーと遊びに家へ入った。

6

レインは自分が逢いびきに行く女のような格好だと思った。短い黒のワンピース、セクシーな靴、小脇にワインのボトルを抱えている。

でも、そんなことはかまわなかった。実際、逢いびきになってくれれば、と思って行くところなのだから。相手の男性はまだそれを知らないけれど。それに、知り合いの誰かに出くわしたところで、それが何だろう？　自分は大人で、独身で、何も障害はない。健康的な、あとくされのないセックスでひと晩過ごすくらい、当然のことだ。

とはいえ、〈ウェイフェアラー〉のロビーを通っていくときには、知った顔がいなくてほっとした。エレベーターの〝上り〟のボタンを押し、気がつくとヨガのクラスで習ったリラックスする呼吸法をやっていた。

レインはそれをやめた。

リラックスしたいわけではないのだ。リラックスなら、あしたすればいい。今夜はあの血の沸き立ち、お腹の筋肉のうずき、踊るように肌をつたわるスリルや熱がほしいのだ。

エレベーターのドアが開いて、レインは乗りこみ、マックスのいる階のボタンを押した。ドアが閉じたとき、横のエレベーターのドアが開いた。

降りてきたのはアレックス・クルーだった。


デスクを前に、テレビの低い音声を相棒がわりに流しながら、マックスは自分のメモを再点検して、毎日作る報告書を書いていた。いくつかの点は省いておいた、それは事実だ。犬と遊んだとか、レインとキスをしたとか、彼女を掛け布でくるんであげて、それから眠っている彼女を見ていたとかは、報告書に書いても仕方がない。

そのどれも重要な情報ではない。

マックスが詳しく書いたのは、レインの家の被害の度合、彼女の行動と反応、現在のライフスタイルと思われるものに関する自分の意見だった。

シンプル、小さな町の住民ふう、商売は順調。自分の職業の分野における知識が豊富、丘の斜面の家とコミュニティに快適におさまっている。

だが、その家を買い、事業を始める資金はどこから得たのだろう？　マックスが——厳密には合法でない方法で——知ったビジネスローンと抵当の額からはまったく納得できなかった。彼女はかなりの頭金を払ったはずだ——大学を出て、定期的ではあるが多くない給料をもらっていた若い女性としては、論理的に可能な以上に。

それでも、途方もない額ではないな、とマックスは思った。とくに人目を引くほどではない。どこかで巨大な金のなる木が、何百万ドルもの滴をたらしている気配もない。

レインの運転している車も、性能のいい、まさに中道を行くものだった。アメリカ製で、製造は三年前。自宅には質のいいアートや家具がいくつかあるが、彼女はその売買をしているのだから、さして意外なことでもない。

彼女のワードローブは、マックスも実際に見たが、趣味のいいクラシックな好みだった。しかしそれも突飛なことではなく、独身で成功しているアンティーク店主のイメージにはぴったりおさまった。

彼女のすべてがそのイメージにぴったりはまっていた。何から何まで。

レインは贅沢な暮らしはしていない。詐欺師にもみえないし、そうならマックスにはたいていわかる。本当にやりたいことでないなら、森の中の家を買い、器量の悪い犬を飼って、〝メイン・ストリート・USA〟（ディズニーランドにある、二十世紀初頭のアメリカの、典型的な地方都市の町並みを再現した通り）みたいな店を始めて何の得がある？

彼女のような資質を持つ女なら、どこででも、何をしてもやっていけるだろう。とすれば、彼女は本当に自分のやりたいことをやっているのだ。

しかし、それも納得できない。

マックスは彼女に参ってしまった、問題なのはそれだ。彼は座ったまま体をそらし、天井を見上げた。レインを見るたびに、頭がふやけてしまう。彼女の顔、声には何かがあるんだ、ちくしょう、彼女のにおいもだ、あれのおかげで体から力が抜けてしまう。

　彼女が詐欺師にみえないのは、マックスがそんなふうにみたくないからかもしれなかった。最後に女にこんなにくらくらしたのは……実をいうと、こんなにくらくらしたのははじめてだった。

　それならば現実的になって、仕事に徹し、個人的な接触は少し控えるべきだろう。レインがジャック・オハラへのいちばんいい手がかりにみえるとしても、みえないとしても、彼女への気持ちを抑えられないなら、彼女を利用するわけにはいかない。

言い訳をこしらえて、何日か町を離れればいい。近くに監視と記録のできる基地を置けばいい。そうして、ハッカー技術と同様に人脈とコネを使って、エレイン・オハラ、すなわちレイン・タヴィッシュの生活と生い立ちをもっと深く調べるんだ。

　もっと多くのことがわかったら、彼女にどう対処するか決めて、戻ってこよう。だがそれまでは、客観的な距離を置かなければだめだ。もう二人だけのディナーはなし、彼女の家で一日過ごすこともなし、状況を複雑にしかねない肉体的な接触もなし。

　朝になったらチェックアウトし、彼女には短い電話をして、ニューヨークに呼び戻されたから、また連絡すると言おう。そのルートは閉ざさずにおくが、個人的戦線に戻るんだ。

　セックスの靄《もや》の中をさまよっていたら、まともな仕事はできない。

　今後の計画をたてて安堵し、マックスは立ち上がった。今夜のうちにあらかたのものは荷造りしてしまおう、そのあと下へ寝酒をやりに行き、あまりにも性急に、あまりにも悪いタイミングでふくらんでいる彼女への思いを寝かしつけよう。

ドアをノックする音で、マックスは物思いからさめた。ターンダウン（ホテルで夕方にベッドの上掛けを折り返しておくサーヴィス）はもうすんでいたし、枕の上には小さいミントチョコレートもある。彼はドアの下に封筒がさしいれられるのだろうと思った。通信はEメールのほうが好みだが、依頼人たちはときおり、ファクスでのハードコピーによる指示をすると譲らないことがある。

だが何もあらわれなかったので、歩いていって、のぞき穴からむこうを見てみた。とたんに、もう少しで自分の舌を飲みこんでしまいそうになった。

彼女は僕の部屋の前で何をしているんだ？　それに、あの格好は何だ？

冗談じゃない。

マックスは後ずさり、顔をぬぐい、心臓のあたりをさすった。プロとしての本能がかろうじて働き、あわててデスクに戻り、ファイルをシャットダウンし、書類を隠して、それから正体がばれてしまいそうなものはないかとざっと部屋を見まわした。

彼女を下のラウンジへ連れていこう、そうするんだ。下へ連れていき、人がたくさんいる場所に入り、呼び戻されたんだと話して、手短に一杯飲むだけにするんだ。

そしてホテルを出る。ここを発つ。遠くへ行く。

マックスは二度、髪をかきあげ、動揺を追い払った。そして自分ではさりげない、少し驚いた、少しうれしげにみえると思う表情をつくり、ドアをあけた。

レインの与える衝撃は、のぞき穴からでは伝わりきっていなかった。マックスがさっき飲みこみそうになった舌は、今度はだらりと垂れさがり、足元まで届きそうになった。

彼女が着ているのは黒いもので、短くて、F1レースよりも多くのカーブを見せているということ以外、よくわからなかった。脚は想像していたより長く、とても高くてとても細い黒のヒールで終わっていた。

炎のような髪は、どういうふうにかわからないが全部上げてあって、目はこれまで見たことがないほど青く、あざやかな色になっていた。唇には何か濃い色の、つややかな、挑発するように濡れてみえるものを塗っている。

神様お助けを。

「目がさめたの」

「ああ。たしかにそうだね」

「入ってもいい？」

「あ。うん」まともな言葉はそれしか言えなかったので、マックスは後ろへさがった。そしてレインが横を通ると、彼女の香りがマックスの分泌腺をつつみこみ、ぎゅっとつかんだ。

「お礼をするチャンスがなかったでしょう、だからそれをしようと思って」

「ありがとう。いや、僕にお礼だっけ」マックスは言い直し、馬鹿になったような気がした。

レインはほほえみ、ワインのボトルを上げて、左右にゆっくり振ってみせた。「メルローはいかが？」

「とてもいいと思うよ」

レインは笑いたくなるのをありったけの意志の力で抑えた。まるで魔法にかかったみたいに男にこちらを見つめさせるくらい、女らしい気持ちにさせてくれることがあるだろうか？ レインは一歩彼に近づき、彼が一歩後ずさりすると、楽しくてたまらなくなった。「一緒にやるくらいいい？」

「一緒にやる？」

「ワインをよ」

「ああ」マックスは若い頃に二度ほど脳震盪を起こしたことがあった。そういうときには、彼がいま経験している、酔ったような、精神が体から離脱しているような感覚をおぼえたものだ。「いいとも」彼はレインがさしだしたボトルを受け取った。「いいとも。もちろん」

「それじゃ」

「それじゃって？」マックスの脳と口のあいだにはある種のタイムラグが生じているようだった。「ああ、そうか。えっと、栓抜きは」彼はミニバーのほうへ目をやったが、レインはバッグに手を入れた。

「これを使って」彼女は栓抜きをさしだした。ハンドルの半分が、上半身がヌードの女になっている。あとの半分は脚。

「しゃれてるね」彼はどうにかそう言った。

「キッチュでしょ」レインは訂正した。「ちょっとコレクションをしているの。すてきな部屋ね」彼女は言った。「ベッドが大きいわ」窓へ歩いていって、カーテンを少しあけた。「眺めがいいでしょうね」

「ああ」

彼の視線が自分に向いているのをちゃんと承知のうえで、レインは窓の外を見たまま、薄いカーディガンをゆっくり脱ぎはじめた。ワインのボトルが木の何かにガチャンと当たる音が聞こえ、彼女はワンピースが役目を果たしたことにほくそえんだ。マックスのところからは、ワンピースはほとんど見えず、ただ、黒いぴったりしたものにふちどられている、彼女のあらわな背中がたっぷり見えるだけだった。

レインは窓を離れ、ベッドのほうへ行き、枕からチョコレートをひとつとった。「んー、チョコレートだわ。いただいちゃだめ？」

マックスはのろのろと頭を振るのが精一杯だった。ワインボトルのコルクがびっくりするような音をたてて抜け、レインが小さなチョコレートの紙をはがし、ゆっくり嚙むと、〝どうすりゃいいんだ〟という言葉が彼の頭に浮かんだ。

彼女はセクシーに小さく声をあげ、唇をなめた。「どこかで聞いたわ、お金はものを言うけれど、チョコレートは歌うんですって。そういうのって好きよ」彼女はマックスのところへ歩いていき、チョコレートの残り半分を彼の唇へさしだした。「これも一緒に食べましょう」

「悩殺されそうだ」

「それじゃまずワインを飲みましょうよ、そうしたら幸せに死ねるわ」レインはベッドの端に座り、脚を組んだ。「お仕事の邪魔をした？」

「報告書だよ。またあとでやる」頭が正気に戻ったら、とマックスは思った。彼はワインをつぎ、彼女にグラスを渡した。そして彼女が最初のひと口をゆっくり飲みながら、彼を見つめるのを見つめていた。

「誰かに上掛けをかけてもらったのは久しぶりだったわ。あなたをほうりだして眠るつもりはなかったのよ、マックス」

「きみはひどい夜を過ごして、昼もたいへんだったんだから」

「思ったほどたいへんじゃなかったわ、あなたのおかげ」

「レイン――」

「お礼を言わせて。あなたがいてくれたから、しなきゃならなかったことが楽にできたの。一緒にいると楽しいわ」レインはまたワインを、さっきよりも長い時間をかけて飲んだ。

「あなたをほしいと思うのも、わたしをほしがっているあなたを見るのも楽しい」

「きみがほしくなると、喉から空気が絞り出されて、脳に酸素がいかなくなるんだ。そんなのは予定外だった」

「予定なんかほうりだして、衝動に身を任せろって言いたくならない？」

「いつもそうだよ」

今度はレインも笑い、ワインを飲み、立ち上がってもう一杯ついだ。そしてもうひと口飲むと、ドアへ歩いていった。「わたしは違うわ。っていうか、めったにそうならない。でも、ルールを支えている例外は尊重しなきゃ」

彼女はドアを開き、〝入室お断り〟の札を外のノブにかけた。そしてドアを閉じ、鍵をかけ、ドアに寄りかかった。「このなりゆきが気に入らなかったら、そう言って」

マックスは自分もごくりとワインを飲んだ。「何も言うことはないよ」

「よかったわ、ルール違反をするつもりで来たから」

マックスは、自分の顔に大きくへらへらした笑いが浮かんでいるだろうと思った。かまうものか。「本当に？」

レインは彼のほうへ戻ってきた。「正々堂々と勝負できるかどうか自信がなかったの」

「そのドレスは正々堂々とした戦法じゃないな」

「そう？」レインはワインを飲み干し、グラスを置いた。「じゃあ脱がなきゃいけないわね」

「僕にやらせてくれ。頼むから」マックスは黒にふちどられたミルクのように白い肌を指先でなぞった。「僕に」

「どうぞ」

マックスは現実的になることも、プロ意識も忘れた。義務を果たすためにはいちばんいいと考えた、感情的・物理的な距離のことも忘れた。彼女の存在感、水のようにやわらかな肌の感触、くらくらする香り、彼女のヒップをつかんで抱き寄せ、キスしたときの熱く甘い唇以外、すべてを忘れた。

レインは彼に両腕をまわした――その感触、その香り、その味わいで――やがてマックスが求め、必要とし、頭に思い浮かべるものはそれだけ――彼女だけになった。

これは間違いだった。彼女をいま、こんなふうに抱いてしまうのは間違いであり、許されないことに近い。しかし、そうとわかっていても、抵抗しがたいスリルが増すばかりだった。

マックスは彼女の肩からドレスを引きはがし、肌に歯をたてた。そして彼女の頭が後ろにのけぞると、彼女の喉の奥の甘いあえぎへとゆっくり唇を戻していった。

「予定といえば」彼はつぶやき、レインのもう片方の肩もあらわにした。「きみにはいろいろな予定を考えておいたよ」

「だといいなと思っていたの」レインはベッドの上の、バッグを置いた場所を手探りした。「これがいるでしょう」そう言って、コンドームを出した。

「そのうち、心拍回復装置と消防車も必要になる」

「口だけじゃないのかしら」

マックスはにやりとした。「きみには本気で夢中になるかもしれない」もう一度唇を重ね、すり合わせる。「こいつは例の〝皮をむいて〟ってやつなのかい？　ワンピースのことだけど」

「ええそうよ」

「それはすてきだ、実は大好きでね」彼は唇を重ねたまま、ゆっくりとそれにとりかかり、じりじりと進めていって、やがて二人はいまにも体が震えそうになった。すると彼は体を離し、レインが足元に落ちたワンピースの外へ出てこられるように手をとった。そしてじっと彼女を見つめた。

レインは絹とレースでできたうっとりするほど女らしい下着をつけていて、その絹とレースがひらひらと胸の上で揺れ、その下着のせいで胸がいやおうなしに盛り上がり、いまにもあふれそうにみえた。黒い絹が彼女の上半身をすべりおり、ウエストのところできゅっと締まり、腰をぴったりおおって、端はセクシーな細いガーターベルトになり、薄い黒のストッキングをつっている。

「何か忘れられないようなせりふを思いつこうとしているんだが、頭に血が行っていないとむずかしいな」

「とりあえず言ってみて」

「すごい」

「まさにそう言わせたかったの」レインは手を伸ばし、彼のシャツのボタンをはずしはじめた。「あなたがわたしを見るときの目が好き。はじめて会ったときからそうなの。いまわたしを見ている目はとくに好き」

「目で見ていないときもきみが見えるんだ。そんなのははじめてだよ、ちょっと落ち着かないな」

「おたがいを見るように決められている人間がいるのかも。だからこんなに早くこんなことになっているのかも。どうでもいいけど」レインは彼のシャツを引っぱって脱がせると、両手で彼の胸を撫で上げていき、首の後ろで手を組んだ。「どうでもいいわ」もう一度そう言い、思いきり唇を重ねた。

彼女にわかっているのは、自分がずっとこんなふうに感じていたいこと、体じゅうをしびれさせる興奮で震えていたいこと、熱く湧きあがる期待でわななきたいことだけだった。男の――この男の関心と欲望をすべて引きつけて得られるパワーを知りたかった。

むこうみずになりたい、生涯でたった一度、ほしいものを思う存分飲みこみたい、いまだけを、この歓びだけを、この情熱のことだけを思いたい。

マックスが彼女の体を回すと、レインは背中をそらして彼にぴったり寄りそい、彼の首に腕をまわして、彼の手が自由に体をさわれるようにした。レースの、絹の、肌の上を。マックスは彼女の首を、肩のカーブをむさぼりながら、彼女に触れ、彼女をあおった。彼の手に腿を割られると、レインの息が止まり、あえぎになってもれた。腿を彼の腿に押しつけ、ヒップを揺らし、熱い快楽の波に乗る。

マックスは自分が彼女を抱き上げ、ベッドに横たえて、どこかロマンティックに、こまやかに、次の段階へ移るところを思いえがいた。しかし、なぜか実際には、二人はきちんとターンダウンされたシーツの上で体をからませあい、相手に触れ、相手を味わおうと必死にもがいていた。

彼女の髪は広がり、白いシーツを背景にしてあざやかな炎のようにみえた。その香り、彼女の肌の香りはマックスの五感を麻痺させ、やがて彼はレインを飲みこまなければ、もう息ができなくなりそうな気がしてきた。

「いろんなことをして」彼女の口が荒々しく飢えたようにマックスの口をおおった。「全部して」

マックスは欲求と欲望の嵐の中で迷い、その熱に溺れながらも思う存分彼女を味わい、彼女もマックスを味わった。そしてレインが彼の下で、上で動き、彼をおおうと、マックスは無我夢中でもっと多くを求めるあまり、気持ちよりも手荒になってしまった。

レインの肺は悲鳴をあげ、心臓は痛いほど駆けていた。肌はあまりに熱く、溶けて骨から離れてしまいそうだ。ああ、何てすてき。

彼の手はとても力強く、口は飽くことを知らなかった。レインは奪われる陶酔の中で、身も心も歓びにひたった。彼はスナップや、信じられないほど小さなフックを相手に悪戦苦闘し、レインは彼がうまくできずに悪態をついたときには、息が切れるほど笑った。彼が中へ入ってきて、彼女に一線を越えさせたときには、衝撃で息が止まった。

そのすべてを要求していたのはレインだった。早く、早く、早く！　そして体を弓なりにして開き、彼が突き入ると叫び声をあげた。視界がぼやけ、はずんでいた心臓が止まる。次の瞬間、すべてが、何もかもが水晶のように透きとおり、鼓動は早鐘のように打ち、体は疾走し、二人はたがいを奪い合った。

レインには彼の顔が見えた。その線とくぼみ、朝から剃っていないひげの影、そして彼の目、虎のような目は彼女の目だけを見つめている。やがてその目が翳《かげ》り、かすみがかかっていき、その一瞬あとに彼はレインの髪に顔をうずめ、彼女の中へ自分をそそぎこんだ。


レインの体は汗にまみれ、歓びに満たされ、心は夏の湖のようにおだやかだった。マックスの体がのっていて動けなかったが、自分にも彼にも満足していた。彼の切れ切れの息遣いが聞こえる。そうさせたのは自分だとわかっていることくらい楽しいものはない。彼の髪をもてあそびながら、レインは目を閉じてうとうとした。

「そっちは無事かい?」マックスがささやいた。

「とってもすてきな気分よ、ありがとう。そっちは無事?」

「体に力が入らないが、それがすごく気持ちいい」マックスが頭を動かしたので、唇が彼女の首の横をかすめた。「レイン」

目を閉じたまま、彼女はほほえんだ。「マックス」

「きみに言わなきゃ……言わないと」彼はレインだけでなく、自分にむかって繰り返した。

「こんなことになるとは思っていなかったんだ、僕が……今度の仕事を引き受けたときには」

「思いがけないことって好きだわ。いつのまにかそういうものを好きでいるのはやめたんだけど、どうして自分がずっと思いがけないことを好きだったか思い出してきたの。そういうことはただ起きるからなのよ」

「思いがけないことというのに、ドアのところにセクシーな黒いワンピースを着たきみがいるのも入るなら、僕もとっても好きだね」

「でももう一回やったら、思いがけないことじゃなくなるわ、それは繰り返し」

「それでもいいさ。ヘンリーはどうしたんだい？」

「ヘンリー？」

マックスは両肘をついて、レインを見おろした。「家に置いてきたんじゃないだろう？　ゆうべあんなことがあったんだから」

今度はかっとひらめく熱さではなく、ゆっくりと甘くほのぼのした気持ちが湧いてきた。彼は犬のことを心配してくれている。彼女の犬のことを。女と裸でベッドにいるときに、犬の心配をしてくれる男なら誰であれ、彼女のこれまでのヒーローの中でもトップに急上昇だった。レインは彼の顔を引き寄せて、キスの雨を降らせた。

「ええ、ひとりにはしてこなかったわ。ジェニーの家に預けてきたの。あなたってどうしてそんなに完璧なの？　わたしはいつでも、何にでも欠点を探すのよ、でもあなたは本当に……」彼女はマックスに唇を強く重ねて、長々と派手な音をたててキスをした。「完璧そのもの」

「そんなことはないさ」マックスは後ろめたさで胸がうずくのは嫌いだった。いつもはそんな感情は乗り越えるか、無視する。だがいまは、そればかりか、そこに心配がからみあっていた。彼の欠点がどんなものか知ったら、レインはどう思うだろう？　どう反応するだろう？

「僕は自分勝手で、ひとつのことしか考えないやつだよ」マックスは彼女に言った。「僕は――」

「自分勝手な人は、ふらりとアンティークショップに入って、お母さんへのプレゼントを探したりしない、だから違うわ」

うずきは痛みに変わった。「ただの思いつきだったんだ」

「ほら、思いがけないことよ。わたし、思いがけないことが好きだって言わなかった？　あなたが完璧じゃないなんて納得させようとしないでね。いま、あなたといてうれしすぎるから、そうじゃないなんて考えられないの。あらあら、あなたが何を考えてるかわかったわ」レインは彼の背中を撫でおろし、親しみをこめてお尻をぽんと叩いた。「彼女はこのことをお楽しみ以上のものに変えようとしているんだろうか？」

「そんなことを考えていたんじゃないよ。それに、もうとっくにお楽しみを超えてしまった」

「え」レインは心臓がどきどきしたが、目は彼の目を見つめていた。「本当？」

「こんなことになるとは思っていなかったんだ、レイン」マックスは顔を近づけ、そっと唇を触れ合わせた。「少々ややこしいことになる」

「わたし、ややこしいのは平気よ、マックス」レインは両手で彼の顔をはさんだ。「これが何なのか、何でないのか、この先、明日はどうなるのかって心配することもできるし、二人でこれを楽しむこともできる。それにおたがいを楽しむこともね。ひとつわかっているのは、今夜家で目をさましたとき、あなたと一緒にいたいんだとわかってうれしかったことなの。ずっとそんな気持ちを味わってなかったんだもの」

「うれしい？」

「満ち足りて、安心していて、前向きで、ほどよくうれしかったの。でも、家じゅうを踊ってまわるようなうれしさとは違うのよ。だから、手に負えないほどことをややこしくするためにあなたが言えるのって、せいぜい、ブルックリンに妻と子どもが二人いる、くらい」

「いないよ。妻子がいるのはクイーンズだ」

レインはマックスをつねり、それから彼の体をひっくり返してあおむけにさせた。「ハハ。すごくおかしいわ」

「ブルックリンに住んでるのは前の妻」

彼女はマックスにまたがり、髪を後ろへ払った。「お忙しいこと」

「ふむ、きみは栓抜きを集めるんだろう。男の中には女を集めるのもいるんだよ。僕の現在の愛人はアトランタにいるが、手を広げようかな。きみはメリーランドでのいい子ちゃんにしよう」

「いい子ちゃん？　わたし、誰かのいい子ちゃんになるのが昔からの夢だったのよ。どこに署名するの？」

マックスは体を起こし、レインに両腕をまわしてただ彼女を抱きしめた。ややこしいことがいくつもある、と彼は思った。それを数えあげる気にはなれなかった。だから、いずれはただそれに向き合うしかない。彼女も。だが、今夜ではない。今夜の彼はレインの言ったとおり、ただ楽しむつもりだった。

「しばらくいてくれるかい？　しばらくいてくれ、レイン」

「そんなこと言われるなんて思わなかったわ」

「行かないでくれ」口からその言葉が出たとたん、マックスは女にそんなことを言ったのははじめてだと気づいた。眠っていないせいか、セックスで消耗したからだろう。単に相手がレインだからかもしれない。

「もう夜中の三時すぎよ」

「そのとおり。だからベッドに戻っておいで。あと二時間くらい、ぴったりくっついていてうとうとしよう、それから朝食を注文すればいい」

「とってもすてきだけれど、それもまたの機会にしておいて」レインは体をよじってワンピースを着、下着は省略した。おかげでマックスの頭からは、うとうとするという考えがすっかり消えてしまった。

「それじゃ、ただベッドに戻ってくれ」

「もう帰らなきゃ」レインは笑い、マックスがつかまえようとすると、手の届かないところへ踊るように逃げた。「家に帰って、二時間寝て、着替えて、町へ戻ってヘンリーを受け取って、家に連れて帰って、それからまた町へ戻ってお店に行かなきゃならないの」

「ここにいれば、家へ帰る途中でヘンリーを拾えるし、移動が少なくてすむじゃないか」

「それで、次のクリスマスまでもちそうなくらいたっぷりの粉を、ゴシップ製造器に入れてやるわけ」レインもそうしたことを気にする程度には――自分が作り上げた女の中では――小さな町の住民だった。「女が朝にこんな服を着て、ホテルから出てきたら、みんな眉をつりあげるわよ。とくにこのギャップでは」

「シャツを貸そう」

「もう行くわ」レインはランジェリーをバッグに詰めこんだ。「でも、今夜一緒に夕食を食べる気があれば……」

「時間と場所を言ってくれ」

「八時に、うちで。わたしが作る《クック》から」

「作る？」マックスの目がゆっくりと二度、まばたきし、それから輝いたようにみえた。

「料理を？」

「いいえ、政府に対する悪巧みを計画《クック・アップ》しようと思って。料理にきまってるでしょ」レインは鏡のほうを向き、ぱんぱんになったバッグから小さいブラシを出して、髪をとかした。「何が好き？」

　マックスはぽかんと彼女を見た。「料理で？」

「何か考えておくわね」思うように髪が整ったことに満足し、レインはブラシをバッグに戻して、彼のところへ行った。そしてベッドにかがみこみ、軽いキスをした。「それじゃまたあとで」

彼女がドアを閉めていったあとも、マックスはそのままの場所にいた。動かずに、唇に彼女の感触を残したまま、ドアを見つめていた。

何ひとつ状況を理解する助けにはならなかった。二人のあいだに起きたことも、彼女に対する気持ちも、彼女の素性も。なぜなら、彼女に対するマックスの判断は間違っていないのだから。彼がこんなに混乱したことははじめてだったが、それは分泌線とは何の関係もなかった。

もしレイン・タヴィッシュが数千万ドル規模の窃盗にかかわっているなら、探偵許可証を食べてみせる。

だが、それではウィリアム・ヤングが彼女に会いにきた理由の説明にならない。彼が死んだこととの説明にならない。彼女の家が荒らされた説明にもならない。

しかし、説明はあるはずだ、だからそれは探り出す。自分はその方面では腕利きなのだ。そして探り出したら、レインの疑いを晴らしたら、依頼人を満足させたら、仕事をやりおおせたら、彼女にすべてを話そう。

たぶん、少しは怒るだろう。

現実を見ろ、ギャノン、と彼は思った。彼女は怒り狂うぞ。だが、きっと説得してみせる。

マックスは他人を説得するのも腕利きなのだった。

足を踏み入れてしまったこの混乱から抜け出す最良の方法は、論理をもって進めることだ。論理的に考えれば、ジャック・オハラの娘のエレインは、父親との縁を切って、名前を変え、環境を整えて、自分のための人生を始めたのだ。すべてがその方向を指していた。マックスのカンも含めて。

だからといって、ビッグ・ジャックや、ウィリーや、その仲間が、彼女の存在や、居場所を知らないことにはならない。折々の接触、あるいは接触しようとしたことがないともいえない。

たしかに、レインの金銭的な状況にはまだ怪しい点があるが、それはこれからも探ってみる。けれども、あっちこっちで家の頭金とか、事業を始めるための数千ドルくらい、たいした額ではない。二千八百万ドルと端数の分け前に比べたら。

ウィリーはたぶん、彼女を訪ねていって、助けを、身を隠して彼女の父親に伝言を送る場所を提供してもらうつもりだったのだろう。目的が何であったにせよ、彼はもうモーゼのように死んでいて、尋ねることはできない。自分の分け前で何かすることもない、とマックスは思った。

となれば、残りの分け前はかなり増えるんじゃないか？

レインは自宅に心配するような価値のあるものは置いていない。その点は疑問の余地なしだ。家に押し入った人間が何かを見逃していたとしても、レインがあそこに何かを隠していたとしたら、シーツをあたためて遊ぶために、ひと晩留守にしたりするはずがない。

論理的に考えて、彼女は何も持っていない。宝石が盗まれたとき、彼女はエンジェルズ・ギャップにいた。だいたい、ビッグ・ジャックの庇護と影響から抜け出したとき、彼女はまだやっと十歳になるかならないかだったのだ。

ともかく、彼女の潔白を証明し、あらゆるリストから彼女の名前を除外するには、万全の準備をしなければならなかった。彼女の店をよく調べてみなければ。

早くすませれば、早く先へ進める。マックスは時間をたしかめ、夜明けまでにはたっぷり三時間あると判断した。

さっそくとりかかろう。

7

泥棒の遺伝子を受け継いでいる人間が、自分の店の防犯に、十二歳の子どもでもスイスアーミーナイフとちょっとした想像力があれば破れそうな、ありきたりの鍵と、時代遅れの警報装置しかつけていないことに、マックスは驚いた。

まったく、もしこの……レインとのことが本物の付き合いに変わったら、家と店の防犯について、彼女とじっくり話し合わなければ。ここのようなタイプと大きさの町にある店なら、防犯格子や、ゲートや、監視カメラはいらないだろうが、彼女は中にも外にも防犯灯すらつけていなかった。ドアはといえば、お粗末きわまりない。もしマックスが本当に泥棒で、手際など気にしなかったら、二度ほど強く蹴ればじゅうぶんだろう。

いまレインが使っている、警報装置とは名ばかりのもののおかげで、夜間の侵入は拍子抜けするくらい簡単だった。どこかの夢遊病者が夜明け前にマーケット通りをぶらつこうと考えた場合にそなえて、マックスは警報を解除し、裏口の鍵をこじあけた。その前に、ホテルから歩いてきて、ゆっくり時間をかけ、そのブロックを徒歩でまわってみてもいた。簡単だからといって、手順をおろそかにしていいことにはならない。

町は静まり返っていたので、どこかの建物の中でボイラーのスイッチが入れば、そのごうごういう音が聞こえてくるほどだった。それに、静寂を破って不吉に鳴り響く、貨物列車の長くもの悲しい汽笛も。エンジェルズ・ギャップのダウンタウンとおぼしき場所の夜には、飲んだくれも、麻薬中毒者も、ホームレスも、売春婦も、ストリートの人間たちもいなかった。

ここは本当にアメリカなのか、地方の商工会議所が印刷した絵葉書の中へ入りこんでしまったのかと思いたくなる。

何だか、とマックスは思った。薄気味悪いな。

坂になった歩道の街灯は古めかしいランタン形で、ひとつ残らず灯っていた。店先のウインドーはどれも薄いガラス。〈リメンバー・フェン〉と同様、ゲートも、防犯格子もない。

これまで誰かがレンガを投げこんで、品物をとってさっさと逃げていったことはないんだろうか？　あるいは、ドアを蹴破って、すばやく盗んでいったことは？

いくら何でもこれはまずいだろう。

マックスは午前三時二十七分のニューヨークを思い浮かべた。探そうと思えば、スリルもトラブルもある。歩行者もいるし、車の往来もあり、どこの店も夜は鎖で守られる。

そんなふうに、むこうで人口ひとりあたりの犯罪数が多いのは、人々がそういうものだと思いこんでいるからなのだろうか？

面白い理論だ、いつか暇ができたら少し考えてみなければ。

しかしいまは、警報も鍵も片づいたので、マックスは〈リメンバー・フェン〉の裏口をそっとあけた。

全部で一時間だ、と自分に言い聞かせた。そのあとはホテルへ戻り、少し眠る。ニューヨークが朝を迎えたら、依頼人に連絡して、あらゆる証拠はレイン・タヴィッシュが、みずからの意志では事件に関係していないことをさしていると報告しよう。

そうすればマックスも——自分の気持ちのうえでは——彼女に状況を説明する権利ができる。説明し、言葉をつくしてレインの怒りを鎮められれば、彼女の知恵を借りられる。マックスはレインがビッグ・ジャックとダイヤモンドの行方を追うのに、大いなる力になってくれるはずだと思っていた。

そして、それを見つけたときの報酬を受け取るのにも。

マックスは音もなく後ろ手にドアを閉めた。ペンライトのスイッチをつけようと手を伸ばす。

だが、細い光線が飛び出すかわりに、頭の中で光が爆発した。

目をさますと真っ暗闇で、マックスの頭は小さな甥っ子が鍋の蓋を打ち合わせていたときのように、楽しげに激しく鳴っていた。どうにか体をころがし、背中とおぼしき場所を下にした。頭がガンガンし、ぐるぐるまわっているので、たしかではなかったが。

手を持ち上げて、まだ頭の正面に顔がついているかたしかめようとすると、あたたかく濡れたものが流れているのを感じた。

おかげで、怒りが痛みを突き抜けた。待ち伏せされて殴り倒されただけでもまずいのに、救急処置室なんかに行って、縫ってもらわなければならなくなったりしたら最悪だ。

頭の中がはっきりしなかったが、ともかく体を起こして座った。どうやら頭はまだ正しい位置についているようだとわかったものの、いまにも肩から転がり落ちそうだったので、もう少し安全だと思えるまで両手で支えておいた。

立ち上がり、明かりをつけなければならない。自分の状態と、何が起こったのかを調べなければ。マックスは血をぬぐって、痛む目を開き、裏口のドアがあいているのを見て顔をしかめた。

彼を後ろから殴った人間はとっくに逃げたらしい。マックスは同じことをする前に、店の中をざっと見ておこうと立ち上がりかけた。

そのとき、裏口が突然、警官であふれた。

マックスはヴィンス・バーガーと、自分に向けられた警察用の銃をまじまじと見つめ、言った。「ああ、ちくしょう」

「いいか、僕を家宅侵入罪で逮捕することはできるだろうさ。だが、そいつは困るんだ。僕は必ず切り抜けるよ、だが困るんだ。それでも――」

「もう家宅侵入罪で逮捕ずみだ」警察署のオフィスで、ヴィンスはデスクチェアにゆったり座り、来訪者用の椅子に手錠でつながれて座っているマックスに、ユーモアのかけらもなく笑いかけた。

もうあんまり都会ふうでも、気取ったふうでもないな、とヴィンスは思った。こめかみに絆創膏を貼って、額にかなり大きいこぶができていると。

「それから窃盗未遂――」

「僕は何も盗んでない、くそっ、わかってるくせに」

「ああ、それじゃきみは真夜中に商店に押し入って、ただぶらぶら見てまわるつもりだったのか。ウインドーショッピングみたいにな、ただし店の中でだが」ヴィンスが証拠袋を持ち上げ、振ってみせると、マックスの侵入道具と携帯情報端末《PDA》ががちゃがちゃと音を立てた。

「そして屋内のこまごました修理にそなえて、こういうものを持って歩くわけか?」

「聞いてくれ――」

「侵入道具の所持でも逮捕できるんだぞ」

「そいつはただのPDAだ。誰だってPDAくらい持っている」

「わたしは持っていない」

「そりゃ驚いた」マックスはむっつりと言った。「僕はレインの店に入らなきゃならない理由があったんだ」

「デートする女性の店や家に片っ端から押し入るのか？」

「彼女の家に押し入ったことなんかない、それに僕より先に店にいたのが誰であれ、僕を気絶させたのが誰であれ、押し入ったのがそいつであることはきわめつけの基本だよ、ワトソンくん。きみは彼女を守ろうとしている、それはわかるさ、でも——」

「そのとおり」気さくな男といった感じの目が、消し炭のように硬くなった。「彼女はわたしの友人だ。とてもいい友人だ、それに、友人にはニューヨークのろくでなしなんかとかかわってほしくない」

「ジョージアのろくでなしだよ、実際は。ニューヨークには住んでいるだけだ。依頼人のためにある調査をしているところなんだ。内密の調査を」

「きみはそう言うが、許可証はなかった」

「財布だってなかったじゃないか」マックスは言い返した。「僕を殴り倒したやつが持っていったからだ。ちくしょう、バーガー——」

「わたしのオフィスで汚い言葉を使うな」

困り果て、マックスは頭をそらして目を閉じた。「僕は弁護士を頼まなかった、だがお願いがあるんだ——そのためなら涙だって流せるかもしれない——アスピリンをくれないか」

ヴィンスはデスクの引き出しをあけ、びんを取り出した。引き出しをバシンと閉めたのは、単にマックスの顔がゆがむのを見たかったからかもしれないが、立ち上がって水をくんできてはくれた。

「僕が自分で言ったとおりの人間なのはわかっているんだろう」マックスは薬を受け取り、それを水で飲んで、薬がオリンピック記録を破る速度で血管に流れこんでくれるよう祈った。「僕のことは調べたはずだ。免許のある探偵だってことも。昔は警官だったことも。それに、あんたが時間を無駄にして、僕を叩いて楽しんでいるあいだに、彼女の店にいたやつはまた姿を隠しちまった。あんたがしなきゃならないのは――」

「わたしが何をしなきゃならないか、きみに言ってもらう必要はない」ヴィンスの声はおだやかで、マックスに、その下の冷たい怒りを甘くみないように思わせるにはじゅうぶんだった――とりわけ、椅子に手錠でつながれているときは。「きみはレインに全部話したのか？元警官が私立探偵になって、このギャップで事件を探っていると？」

まったく運がないよ、とマックスは思った。ノーマン・ロックウェルふうなのに、都会にいるような厳しい警官と対立するとはね。「問題はレインと僕の関係のことか、それとも僕が店の中に入ったことか？」

「わたしにはどっちでも似たようなものだ。きみが調べている事件は何だ？」

「依頼人と話すまで、詳しいことは言えない」そして依頼人は、彼が法の細かい点をいくつか迂回して逮捕されたと聞いたら、いい顔をしないだろう。迂回したことではなく、つかまったことにだが。とはいえ、それは別の問題だ。

「いいか、僕があの店に入ったときには、もう誰かがいた、その同じやつがレインの家を荒らしたんだ。いま僕たちが心配しなきゃならないのはレインのことだよ。警官を彼女の家に行かせて、たしかめ――」

「わたしに仕事の進め方を指図すると、きみにはこれ以上やさしくしてやれなくなるぞ」

「僕をプロムへ誘いたいならかまわないよ。レインを保護してやらなきゃだめだ」

「その仕事はきみがうまくやってくれていただろう」ヴィンスがデスクの端に腰かけたので、マックスは彼が長いおしゃべりをするつもりで腰を据えたようだなと思い、心が沈んだ。「わたしがニューヨークから来た男に遺体保管所《モルグ》で会ったすぐあと、きみがニューヨークからあらわれたのは面白いな」

「ああ、そのことではいまだに笑いが止まらないよ。ニューヨークには八百万からの人間がいるんだ、多少の差はあれ」マックスはそっけなく言った。「そのうちの何人かがときどきここを通るくらい、当たり前のことだと思うがな」

「あまり当たり前とは思えないね。わたしの見たところではこうだ。ある男がレインの店から出てきて、何かに驚いて通りへ飛び出し、死んだ。きみがあらわれ、レインを夕食に付き合わせ、口説いているあいだに、誰かが彼女の家に侵入して荒らした。お次はきみも知っているとおり、夜中の三時半に、侵入道具を持ったきみが彼女の店にいた。何を捜しているんだ、ギャノン？」

「心の平穏」

「その点は幸運を祈る」ヴィンスがそう言ったとき、廊下を勢いよく歩いてくる足音が聞こえてきた。

レインが部屋へ入ってきた。彼女はスウェットスーツ姿で、髪を後ろで縛っているので、顔がすっかり見えていた。目の下には寝不足の隈があり、目にはとまどいのまじった懸念の色があふれていた。

「いったいどうしたの？　ジェリーがうちに来て、お店でトラブルがあったからすぐに来て、あなたと話してくれって言っていたわ。トラブルってどんなこと？　何が——」彼女は手錠に気づき、立ち止まってそれを見つめ、それからゆっくりマックスの顔へ視線を上げた。「どういうこと？」

「レイン——」

「きみはしばらく黙っていたほうがいい」ヴィンスはマックスに警告した。「きみの店に誰かが侵入したんだ」レインにそう言った。「僕の見たかぎりでは、何も壊されてはいない。盗まれたものがあるかどうかは、あとできみ自身でたしかめる必要があるだろう」

「わかったわ」レインは座りたかったが、椅子の背に手を置いて体を支えるだけにした。

「いいえ、やっぱりわからない。どうしてマックスに手錠をかけているの？」

「匿名の通報があって、きみの店の所在地に泥棒が入っていると言われた。行ってみると、彼がいたんだ。中に。すてきな鍵あけ道具セットを持っていたよ」

彼女は息をし——空気を吸い、吐き出し——そしてマックスの顔に目を移した。「わたしのお店に押し入ったの？」

「違う。いや、そうだ、理屈では。だが、誰かが先に押し入っていたんだ。そいつが僕の頭を殴り、それから通報したおかげで、僕が逮捕されたってわけだよ」

レインは彼のこめかみの絆創膏をしげしげと見たが、懸念の色はもう彼女の目から消えていた。「それじゃ、あなたが真夜中にあそこで何をしていたかの説明にはならないわ」わたしがあなたのベッドを出たあとに、と彼女は思った。あなたのベッドでひと晩過ごしたあとに。

「説明はできる。きみと二人だけで話したい。十分。十分だけくれないか」

「聞きたいわ。彼と話をさせてくれる、ヴィンス？」

「やめたほうがいい」

「僕は私立探偵なんだ。彼もそれは知っている」マックスは親指でヴィンスをさしてみせた。「僕はある事件と依頼人を抱えていて、手がかりを追っているところなんだ。これ以上は話せる立場にないが」

「だったらわれわれ全員の時間が無駄になる」ヴィンスは言った。

「十分だけだ、レイン」

探偵。事件。その衝撃を受け止めるあいだに、彼女は父親をその中に加えた。痛み、怒り、あきらめがごちゃごちゃな三重奏になってレインの中を駆けめぐったが、どれひとつとして表には出なかった。「時間をくれると助かるわ、ヴィンス。二人だけで話がしたいの」

「そうだろうと思った」ヴィンスは立ち上がった。「では、きみのためにそうしよう。ドアのすぐ外にいる。下手なまねはするな」彼はマックスに言った。「さもないと、古いあざに加えて新しいのをつけることになるぞ」

マックスはドアがかちりと閉まるまで待った。「ずいぶん守ってくれる友達がいるんだね」

「十分間のうち、関係ない意見で無駄にしたい時間はどれくらい?」

「座らないか?」

「座ることはできるわ、でも座らない」レインはヴィンスの〈ミスター・コーヒー〉マシンのところへ行った。衝動に負けて、マックスの顔を殴ってしまわないうちに、手をふさいでおきたかったのだ。「いったい何の悪だくみをやっているの、マックス?」

「僕は〈リライアンス保険〉の仕事をしているんだ、だから依頼人の了解を得る前にきみに話すのは、権限を越えることになる」

「あらそう? でもわたしと何時間もセックスしたあと、うちのお店に押し入るのはご心配の権限越えにはならないようね」

「知らなかったんだ。まさか……」ちくしょう、とマックスは思った。「謝ってもいい、だがそうしたところできみには何の違いもないだろうし、こんなことになった言い訳にもならない」

「まあ、ようやくここまできたわね」レインはコーヒーを飲んだ。苦くて真っ黒だった。

「おたがい、同じ地点にたどり着いたようね、やっと」

「僕に腹を立ててもかまわないよ、もしそうしたいなら――」

「あら、ありがとう。ぜひそうさせていただくわ」

「でもきみはその先へ行かなきゃならない。レイン、きみは面倒に巻きこまれている」

レインは眉を上げ、わざとらしく彼の手錠を見つめた。「面倒に巻きこまれているのはわたしかしら？」

「きみがエレイン・オハラだと知っている人間はどれくらいいる？」

レインはまばたきもしなかった。マックスは彼女がこれほど演技がうまいとは思ってもいなかった。

「ひとりはあなたね、どうやら。その名前は使っていないの。ずっと以前に継父の名前に変えたのよ。それに、そのことがどうしてあなたに関係あるのかわからないわ」彼女はコーヒーを飲んだ。「さっきの話に戻りましょう、一緒に裸で転げまわってから一時間後、あなたがわたしの店に押し入って逮捕されたってところに」

罪悪感がマックスの顔をよぎったが、レインは少しもうれしくなかった。「それとこれとは関係ないんだ」

彼女はうなずき、コーヒーを置いた。「そんな答えばかりじゃ、十分間もらったのも無駄ね」

「ウィリアム・ヤングはきみの店の外で死んだ」彼女がドアのほうへ一歩踏み出したとき、マックスは言った。「彼は死んだ、目撃者の証言によれば、きみの腕の中で。きみは彼が誰か気づいたはずだ」

レインの防壁が一瞬崩れ、悲しみがもれだした。彼女はすぐにそれを引き戻した。「それは説明というより尋問ね。わたしに嘘をついて利用した人の質問に答える気はないわ。だからあなたがここで何をしているのか、何が目的なのかを話したほうがいいわよ、さもないとヴィンスを呼んで、告訴の手続きを進める」

マックスは少し間を置いた。レインが本気でそうするつもりであると確信するには、それでじゅうぶんだった。レインは彼を振り捨て、ドアに鍵をかけ、立ち去るだろう。そんなことになる前に仕事のほうを捨てなければならないと気づくには、それでじゅうぶんだった。

「今夜きみの店に押し入ったのは、きみへの疑惑を晴らすためだ、そうすれば朝にはきみが無関係だと依頼人に報告して、きみにも本当のことを話せるから」

「無関係って何に？　本当のことって？」

「少しでいいから座ってくれないか。首を伸ばしているのはもう疲れた」

レインは腰をおろした。「座ったわ。気分はよくなった？」

「六週間前、〈リライアンス〉が二千八百四十万ドルと評価し、保険を請け負った複数のダイヤモンドが、ニューヨーク市の〈インターナショナル・ジュエリー・エクスチェンジ〉のオフィスから盗まれた。二日後、同じ建物にオフィスを持つ宝石商のジェローム・マイアーズの死体が、ニュージャージーの建設現場で発見された。調べたところ、マイアーズが内部から盗みを手引きしていたことがわかった。そして、彼がウィリアム・ヤングとジャック・オハラにつながりがあり、彼らと組んでいたこともわかった」

「ちょっと待って、ちょっと待ってよ。父が二千八百万ドル以上もの盗みに加担したなんて信じているの？　千万？　それに、殺人にも関係しているですって？　盗みのほうは馬鹿ばかしいし、殺人のほうはありえないわ。ジャック・オハラは大物になる夢を見ていたけれど、実際は二流だもの。それに、誰かに怪我をさせることなんて絶対にない、仕事のためにだなんて」

「人は変わるよ」

「そこまで変わりはしないわ」

「警察はジャックやウィリーを告発するに足る証拠を持っていないが、二人と話をしたがっているのはたしかだ。ウィリーはもう誰とも話せないだろうから、残るのはビッグ・ジャックになる。保険会社は巨額の請求金を払うとなると、かなり怒りっぽくなるんだよ」

「そこであなたの出番ってわけ」

「警察より自由がきくからね。それに、必要経費も多く使える」

「報酬も多いし」レインは付け加えた。「あなたの取り分はいくらなの？」

「取り戻した額の五パーセント」

「それじゃ今回の場合、あなたがその二千八百万あまりを取り戻したら、もらえるのは……」レインは目を細くして計算した。「百四十二万ドルものお金が豚の貯金箱入りね。悪くないわ」

「それだけのことはしている。今回の仕事には相当な時間をかけてきたんだ。ジャックとウィリーが噛んでいるのはわかっている、ほかに第三の仲間がいることも」

「わたし？」レインもこれほど怒っていなかったら、笑いだしていただろう。「それじゃわたしが、ええと、黒いジャンプスーツと目出し帽を用意して、ニューヨークへ出かけ、何千万もの宝石を盗み、分け前をもらったあとに、家に戻って犬に餌をやったというの？」

「違う。きみにジャンプスーツが似合わないという意味じゃないよ。仲間はアレックス・クルーだ。その名前に聞き覚えは？」

「ないわ」

「さっきの宝石商もきみのお父さんも、盗難事件の前に彼といるところを見られている。クルーは二流じゃないが、今回はこれまでで最大の仕事だろう。時間の都合があるから手短に言うと、彼は好感の持てる男じゃない、それに彼がきみに目をつけたら、やっかいなことになる」

「なぜその人がわたしに目をつけるの？」

「きみはジャックの娘だし、ウィリーはきみと話したすぐあとに死んだからだ。彼は何を話したんだ、レイン？」

「何も話したりしてないわ。んもう、最後に彼に会ったのはわたしが子どもの頃だったのよ。気づいたときには……店に入ってきたときは彼だなんてわからなかった。あなたは間違った相手を追いかけているわ、マックス。ジャック・オハラはそんな仕事を準備する方法も、実行する方法も知りっこない——もし何かの奇跡で、父がその件に加わっていたとしても、分け前を持ってとっくに逃げてしまっているわよ。そんな大金、父には使い方もわからないでしょう」

「だったら、ウィリーはなぜここに来たんだ？　彼は何におびえた？　なぜきみの家と店が押し入られた？　きみの家に入ったやつは何かを捜していたんだ。店でも同じことをしていたか、しようとするところを僕が邪魔したんだろう。きみは利口だから、ひとつひとつを結びつければわかるはずだ」

「誰かがわたしに目をつけているとしても、それはあなたがその人たちをここへ連れてきたからでしょう。わたしは何も持っていないわ。父とは五年以上も話していないし、会ったのはもっと前。わたしはここで快適な生活を築き上げたの、だからその生き方を守っていくつもりよ。あなたや、父や、いもしない仲間なんかに壊されてたまるものですか」

レインは立ち上がった。「手錠ははずしてもらってあげるわ、ヴィンスとのいざこざからも解放してあげる。そのかわりにわたしには二度とかかわらないで」

「レイン」

「もう黙って」彼女は手で顔をぬぐった。はじめて見せた疲れの兆候だった。「わたしは自分のルールを破って、衝動にまかせてあなたと付き合った。自業自得なのよ」

レインはドアへ歩いていき、ヴィンスに疲れた笑みをみせた。「いろいろ面倒をかけてごめんなさい。マックスを釈放してあげて」

「なぜだ？」

「馬鹿ばかしい誤解だったのよ、ヴィンス、それも大部分はわたしのせいなの。マックスはお店にはもっといい防犯システムをつけるべきだって説得しようとしていたんだけれど、わたしはいらないって反対していたの。わたしたち、そのことでちょっと喧嘩をしたものだから、彼はわたしが間違っているのを証明しようとして、お店に押し入ったのよ」

「ハニー」ヴィンスは大きな手の片方を上げて、彼女の頬を撫でた。「そんなのは大嘘だろう」

「報告書にはそう書いてほしいの、書かなきゃならないのだったら。そして、彼を釈放してあげて。あの人は探偵許可証だの、お金持ちの依頼人だの、高給取りの弁護士だのを持ち出して、不問にしようとするでしょうから、告発したって無駄よ」

「どういうことなのか知っておかなければならないんだ、レイン」

「わかっている」レインの新しい生活の頑丈な基礎が、わずかに揺らいだ。「少し時間をちょうだい、考えを整理したいの。いまはもうくたくた、まともに考えることもできない」

「わかった。何があろうと、僕はきみの味方だよ」

「そう願っているわ」

レインはもうマックスを見もせず、彼に言葉をかけることもなく出ていった。

彼女はくじけるつもりはなかった。これまでとてつもない苦労をし、ここまで来た以上、たかが、うっとりするような南部なまりで話す、ハンサムな男ひとりのためにくじけてしまうわけにはいかない。魅力たっぷりの人だけど、とレインは家の中を歩きながら思った。

魅力たっぷりの男に参ってはだめだとわかっていたのに。父親だって、魅力にあふれた、口のうまい山師ではないか？

　型どおりじゃないの。うんざりしながらそう思った。同じタイプに参ってしまうなんて、型どおりも型どおりで、いやになるくらい予想できたことだ。マックス・ギャノンは法律の側に立って嘘をつき、彼女をだましたのだろうが、それでも嘘をつき、だましたことに違いはない。

　いまやレインが苦労して手に入れたもののすべてが危険にさらされていた。もしヴィンスに、後ろめたいところはないと証明できなかったら、彼は二度と自分を心から信じてくれないだろう。証明できたら……だからといってまた信用してもらえるとはかぎらない。

　どちらにしても台無しだ、と彼女は思った。

　荷物をまとめ、引っ越して、新たにやり直すことはできる。それこそまさに、ビッグ・ジャックがまずい状況になるとやったことだ。自分まで同じことをするなんて、冗談じゃない。ここがわたしの家、わたしの居場所、わたしの人生なのだ。都会から来た出しゃばりの私立探偵にどたどたと踏み荒らされ、自分まで泥まみれにされたからといって、それを手放すわけにはいかない。

　心をめちゃめちゃにされても。レインはそう思った。怒りと不安の下で、心は打ち砕かれていた。レインはマックスの前で本来の自分をさらけだした。大きなリスクを冒し、彼を信じて自分をゆだねた。

なのに彼はレインを裏切った。彼女がいちばん大切に思う男たちはいつもそうだ。

レインがカウチに座りこむと、ヘンリーが撫でてほしいと腕に鼻を押しつけてきた。

「いまはだめ、ヘンリー。いまは勘弁して」

彼女の声の何かに、ヘンリーは同情のような音をたててくんくん鳴き、ぐるぐる回ったあげく、横の床に座った。

レッスン終了、とレインは心の中で言った。これからは、人生に登場する男はヘンリーだけにしよう。それに、もう哀れみごっこはやめて、考えるときだ。

彼女は天井を見上げた。

二千八百万ドルの宝石？　馬鹿ばかしい、ありえないこと、お笑い種《ぐさ》ですらある。大物きどりの、口ばかりのジャックと、やさしくて虫も殺せないウィリーがそんな大仕事をやってのけた？　何千万もの？　それもニューヨークの有名なビルから？　ありえない。少なくとも、二人の経歴と腕前と事件の背景から考えれば、ありえない。

それでも、現実味のあるものを窓から捨ててしまうと、あとには夢物語が残る。

もしマックスの言うとおりだったら？　もしその夢物語が実際に起きていて、彼が正しかったら？　何年もの歳月がたっているのに、レインはその可能性に胸がわくわくするのを感じた。

ダイヤモンド。獲物の中でも最高に魅力的なもの。何千万。すてきな数字だ。一世一代の仕事に違いない。最高の大仕事。もしジャックが……。

いや、それでもまだ腑に落ちない。

レインの中にある父親への、まだ死に絶えていない愛情は、彼がついに、とうとう大きな仕事をしたという幻を見せることはできるかもしれない。しかし、ジャック・オハラが人殺しに手を貸したなどとは、何を、誰をもってしても信じさせることはできないだろう。嘘つき、イカサマ師、かなり融通のきく良心を持つ泥棒――オーケイ、そういうことはビッグ・ジャックには手袋のようにぴったりはまる。でも、誰かに危害を加える？　ありえない。

父は決して武器を持ち歩かなかった。実のところ、銃恐怖症だったのだ。彼女が生まれる前、父がはじめて刑務所に入ったときの話をレインはいまもおぼえていた。ジャックは不法侵入先から車で逃げる途中に猫を轢いてしまい、車を停めてそれをたしかめたうえに、怪我をしたその猫を獣医のところへ連れていった。そして地元の警察が駐車場でその車を――むろん、盗難車だ――見つけたのだった。

回復した猫は長く幸せな一生を送った。ビッグ・ジャックは五年の刑期を二年で終えた。

そう、父がジェローム・マイアーズ殺しにかかわったはずはない。

とはいえ、ペテン師がペテンにかけられることだってあるのでは？　父は思っていたよりも大きな、たちの悪いことに引きこまれたのではないだろうか？　誰かがつやつやしたニンジンをぶらさげてみせ、父が飛んでついてくるように仕向けたのでは？

それならありうる。

だから父はウィリーをよこして彼女に何かを伝えるか、渡すかさせようとしたのだろう。

だがウィリーはその前に死んでしまった。

でも、彼はレインに警告しようとした。やつはもうきみのいどころを知っている。マックスのことだったのだろうか？　彼はマックスを見てあわて、通りに飛び出したのか？

〝犬《プーチ》を隠せ〟？　どういう意味だったのだろう？　ウィリーが犬の置物のたぐいを店に置いていったのか？　レインはウィリーが来たあとの店の様子を思い浮かべてみた。陳列品はすべて彼女が自分で並べたものだが、おかしなものは何も思いつかない。それに、ジェニーやアンジーも、見なれないものがあるとは言っていなかった。

ウィリーは〝小袋《ポーチ》〟と言ったのかもしれない。彼女が聞き間違えたのかもしれない。宝石なら小袋に入れる。でも、ウィリーは小袋など彼女に渡さなかったし、宝石の入った袋を身につけていたか、持ち物に入れていたのなら、警察が見つけているはずだ。

そしてこれもみんな、くだらない当て推量なのだ。彼女に嘘をついた男の話をもとにしての。

レインは大きく息を吐いた。わたしこそ嘘の生活をしているくせに、よくこんな思いあがった手に誠実さを抱えているふりができるものね？　ヴィンスとジェニーにすべてを話さなければならない。幼い頃に教えられた、警官への情報提供教育に反することになるが、何とかやれるだろう。いましなければならないのは、どういうふうに話すか考えることだ。

「散歩に行きましょう、ヘンリー」

その言葉は魔法のような効き目を発揮し、いびきをかいていた犬は、脚がばねになったように飛びあがった。そして玄関のドアまで走っていった。散歩をすれば頭の中のもやもや晴れるだろう、とレインは思った。友人たちにどう話せばいちばんいいか、考えを整理する時間もできる。

玄関のドアを開いてやると、ヘンリーは砲弾のように飛び出した。そして彼女は、家の前の小道の端に、マックスの車が停まっているのを目にした。彼は運転席に座っていて、黒いサングラスで目を隠していた。だが、その目は開いていて、家にそそがれていたに違いない。彼はレインがドアを閉めもしないうちに車から降りてきた。

「いったいここで何をしているの？」

「きみは面倒に巻きこまれていると言っただろう。そのいくつかは僕が運んできてしまったのかもしれないが、その前に来ていたものだってあるんじゃないか。どちらにしても、きみからは目を離さないよ、そっちが気に入ろうと入るまいと」

「わたしはスリーカードモンテのイカサマをおぼえた頃に、自分の身の守り方もおぼえたわ。だから必要な番犬はヘンリーだけ」

ヘンリーはリスを追って木にのぼろうとしているところで、マックスはちらりと彼を見ただけだった。「僕は離れない」

「わたしの家を見張っていれば例の五パーセントぶんが手に入ると思っているなら、がっかりすることになるわよ」

「きみがあの件に関係しているとは思ってない。前は思っていたが」彼女がふんと鼻を鳴らして歩いていってしまおうとしたとき、マックスは言った。「最初にきみを口説いたときは、きみが何か知っていると思っていた。きみのことをいくらか調べたら、どちらにしても腑に落ちないところがあったからね、だが仕事のためにきみに目を向けるのはやめたんだ」

「それはまた痛み入りますこと。もしそうなら、どうしてお店に押し入ったりしたの？」

「僕の依頼人が求めるのは事実なんだ、感情じゃなくて。彼らもおおむね僕の直感的な調査実績にもとづいて、いい料金を払ってはくれるが。僕はきみと一緒に家をすみずみまで見ただろう」彼が言うと、レインがぱっと頭をめぐらせた。「三千万近いダイヤモンドのいくらかでも家に隠している女性は、男に床掃除をさせたり、ごみを出させたりしないものさ。だから次のステップは、店の中を見て、きみが関係していることを示すものが何もないと証明することだった」

「ステップをひとつ抜かしたわよ、マックス。ホテルのあなたの部屋のベッドで、裸ではねまわったこととおおいに関係している部分じゃないかしら」

「オーケイ、それじゃこうしてみよう。天使の輪が見えるかい？」マックスは自分の頭のてっぺんを指でさした。

レインは喉の奥でおかしさのようなものがちょっぴり泡立つのを感じたが、容赦なくそれを飲みこんだ。「いいえ」じろりとにらんでから答えた。「でも待って……それは小さな角じやない？」

「オーケイ、ただイエスかノーかで答えてくれ。男がホテルの部屋のドアをあけたら、信じられないくらいすてきな女性がいたとする、彼はその女性に対するありとあらゆる感情で頭が――体のほかの部分も、ぐちゃぐちゃになっていた。その女性はほのめかした――いや、正確にいこう――その女性は密接な肉体的接触でひと晩楽しくやりましょうと、条件もつけずにはっきり言っていた。男は彼女の鼻先でドアを閉じるだろうか？」

　レインは春の雨で勢いよく流れている細い小川のそばで立ち止まった。「いいえ。今度はあなたが答えて。ある女が、その密接な肉体的接触をした相手の男性は彼女をだまし、本当の目的や関心ごとについて嘘を言っていたと知ったら、その嘘つきをあざだらけになるくらい蹴飛ばす権利はあるかしら？」

「ああ、あるとも」マックスはサングラスをはずし、そのつるの片方をジーンズの前ポケットにかけた。何のためにそうしたのかは二人ともわかっていた。

　僕を見てくれ。僕が言っていることを聞くだけじゃなく、理解しなければだめだ。大事なことなんだから。

「権利はあるよ、レイン、たとえその関心が方向を転じて、その男がそれまで経験したことのないものに変わり、彼のケツに嚙みついたとしても。僕はたぶん、ゆうべきみに恋してしまったんだ」

「よくそんなことが言えるわね」

「自分が言うのを聞いていてもそう思うよ。でも言わせてもらう。実は、きみの家のごみを捨てて、居間に掃除機をかけているあいだのどこかでつまずいて、それで両腕を振り回し、バランスをとろうとしていたんだが、密接な肉体的接触を何ラウンドもやるうちにばったり倒れてしまったんだ」

「どうしてわたしがそんな話を信じなきゃいけないの?」

「信じなくてもいい。僕のケツを蹴飛ばして、パンパンと手をはたいて行ってしまっても当然だ。でも、そうしないでくれたらとは思っている」

「あなたっていいタイミングでいいせりふを言うコツを心得てるのね。さぞ役に立つでしょう――わたしにはうさんくさく思えるけど」レインはしばらくそっぽを向き、腕をあたためようとさすった。

「仕事なら、それをやりおおせるために必要なことは何だって言う。でもこれは仕事じゃない。きみを傷つけてしまったね、すまなかった、でもあれは仕事だったんだ。いまでもどうすれば別な方法をとれたかわからないよ」

レインは苦笑した。「そうね、わたしもそう思う」

「きみを愛している。まるでレンガで頭を殴られたみたいで、まだちゃんとものが見えないんだ。どうすれば別な方法をとれたかはやっぱりわからないが、カードはすべてきみの手にあるよ、レイン。最後まで勝負をするか、投げ捨てて立ち去るかは好きにしてくれ」

わたししだいってわけね、とレインは思った。それこそまさに望んでいたものじゃない?

自分で選び、いちかばちかやってみること。でも、マックスが言わなかったこと、それでもおたがいにちゃんとわかっていることは、カードをすべて持っているからといって、無一文にならないとはかぎらない、ということだ。

　タヴィッシュなら、さっさと手を引き、カードを伏せてゲームを降りるだろう。でもオハラなら、彼女なら、山と積まれた魅力たっぷりの賭け金をそっくりさらっていこうと勝負に出るはずだ。

「わたしは人生のはじめの時期、ずっとある人が大好きだったの、その人は舌の上で真実がタンゴを踊っていても、それを口に出せなかった。ジャック・オハラは」

　レインはふうっと息を吐いた。「ほんとにろくでもない人だけれど、彼にかかると、虹の終わりには金の壷があるってことが本当に思えてくるのよ。彼がそう信じているから、こちらも信じさせられてしまうの」

　彼女は両手をおろし、マックスに向き合った。「次の時期では、彼を忘れようとしている女性といた。自分よりもわたしのために忘れようと努力してくれて、わたしもしばらくしてからやっとそれがわかった。彼女は最後には成功したわ。そのあと、わたしは父親代わりになってくれた、とてもまっとうで大好きな人と一緒だった。やさしい、愛情にあふれた人だけど、それでもあの生まれつきの嘘つきほど心をときめかせてくれることはないでしょうね。自分は何て人間なのかと思うわ。でも最近は、責任感のある、普通の、人に気を許して付き合ってもらえる人間になろうとしてきたの。それがあなたのおかげでめちゃくちゃよ、マックス」

「わかっている」

「もしもう一度嘘をついたら、お尻を蹴飛ばすなんて手間はかけてあげない。手をはたいて、離れていくだけにする」

「文句はないよ」

「わたし、あなたの追いかけているダイヤモンドは持っていないし、そのことについては何も知らないわ。父がいまどこにいるかも、どうやって連絡をとればいいかも、なぜウィリーが会いにきたのかも知らない」

「オーケイ」

「でももしそれがわかったら、もしわたしが手がかりをつかんで、あなたが例の五パーセントを手に入れたら、半分もらうわね」

マックスはしばらくぽかんと彼女を見つめていたが、やがて彼の顔にゆっくりと笑みが広がった。「ああ、間違いなくきみに首ったけだ」

「そのことはあとにしましょう。さあ家に入って。ヴィンスとジェニーに電話をして、二人に来てもらってわたしの罪を告白しなきゃ。そうすれば、わたしにまだ友達がいるのか、この町に居場所があるのかどうかわかるわ」

8

レインは思い悩んだ。何を話すか、どう話すかだけでなく、どこで話すかということも。はじめはキッチンでコーヒーと、冷凍庫に入れてあったコーヒーケーキを用意しようとした。しかし、それでは堅苦しすぎると思った。それに、友情の存続がかかっているときには、うちとけた雰囲気すぎる。

ヴィンスは警官だ、といまいちど自分に言い聞かせた。そしてジェニーは警官の妻。この何年か、彼らとどんなに親しくなっていようと、レインが過去を打ち明けたら、その固く結ばれた友情もほどけるかもしれない。そもそものはじめから、二人に嘘をついていたのだと打ち明けたら。

リビングルームのほうがいいだろう――そしてコーヒーケーキはしまっておいた。

これで支度はいいかと考えあぐねながら、小型のハンディクリーナーを出してきて、ソファにかけはじめた。

「レイン、何をやってるんだ？」

「りんごの木を植えてるの。何をしてるようにみえる？　家具から犬の毛をとってるのよ」

「オーケイ」

マックスが両手をポケットに突っこみ、また出し、その手で髪をかきあげているいっぽうで、レインはクリーナーをかけ、詰め物を入れなおしたクッションをふくらませ、シェニール織の掛け布の角度をあれこれ変えたりしていた。

「こっちまで落ち着かなくなってきた」

「あら、失礼」レインは後ろにさがり、仕事の出来ばえを検分した。詰め物の大部分はクッションに戻し、切られた側は下に向けたのだが、それでもソファは哀れにうらぶれてみえた。「わたしは警察署長と親友を呼んで、彼らがわたしについて知っていると思っていたことはほぼ全部、真っ赤な嘘だと話すのよ。二日間で二度、家宅侵入もされた。父は二千八百万ドルの泥棒、それも殺人までおまけつきの一味だと疑われている。しかもわが家のソファは、狂暴なフェレットに襲われたみたいなありさま。でも、あなたまで落ち着かなくさせてしまったなら、本当に申し訳ございません」

「事件のために雇われた探偵とセックスマラソンをしたって部分を忘れてるよ」

レインはクリーナーで手のひらをぽんぽんと叩いた。「それっておかしいこと？　いまのはわたしを笑わせようとして失敗したの？」

「いかにも。そいつで殴らないでくれよ、レイン。もう軽い脳震盪をやったんだから。たぶん。だからリラックスして。名前を変えて、生い立ちを編集するのは刑事犯罪じゃない」

「問題はそういうことじゃないでしょう。わたしはあの人たちに毎日嘘をついていたのよ。どうしてこんなにたくさんの信用詐欺がうまくいくんだと思う？　カモにされた人たちは被害を受けたことに気づいても、恥ずかしくて何もしないからよ。誰かに笑いものにされた、そのことがお金を失ったことと同じくらい耐えがたいの。それに、多くの時間もね」

マックスはクリーナーをとってテーブルに置いた。彼女に触れられるように。両手で彼女の肩をつかみ、その手を上へすべらせて、親指で彼女の頬を撫でてあげられるように。

「きみは彼らを笑いものにしようとしたわけじゃない、それに彼らだって、きみがアメリカを代表できる生い立ちの女性だから友達になったんじゃないだろう」

「わたしは七歳になる頃にはおとり販売をやれるようになっていたわ。たいしたアメリカ代表女性でしょ。着替えなきゃ」レインは副署長が家に来て起こされたときに着たスウェットを見おろした。「着替えたほうがいい？」

「いや」マックスは今度は彼女の肩に両手を置き、彼女が頭を上げて目を合わせるまでさすった。「ありのままのきみでいればいい」

「あなたは自分が何に参っているんだと思うの、マックス？　小さい町の商店主、更正したペテン師、嘆ける乙女？　あなたみたいな人をつまずかせるのは、そのうちのどれかしら？」

「きっと、頭のいい赤毛で、自分の御《ぎょ》し方を心得ていて、ときどきは衝動に従ってもみる人だよ」彼は頭を低くして、レインの額に唇をつけた。彼女の呼吸が速くなり、すすり泣きがもれそうになったものの、抑えられたのがわかった。「その女性にはいろいろな面がある。犬を可愛がり、友達のことで悩み、きっちりやるという点では少々頑固で、聞いたところでは料理もできる。実際家で、手際がよくて、強い心を持っていて――それにベッドではすばらしい」

「知り合って間もないにしては、ずいぶんたくさんの意見を持ってるのね」

「見てとるのは早いんだ。うちの母がいつも言っていたよ、〝マックス、あなたは運命の女性に出会ったら、斧でばっさりやられたみたいにダウンしてしまうわね〟」

レインの唇にひきつった笑いが浮かんだ。「どういう意味?」

「さあ知らないな、でもマーリーンが間違うことはない。僕は運命の女性に出会ったんだ」

マックスは彼女を抱き寄せ、レインは彼のぬくもりと慰めを、強い男性に抱きしめられる頼もしさを受け入れた。そして自分から体を離した。

愛が誰かに寄りかかることかどうかはわからないが、これまでの経験から、そうした甘えが往々にして、寄りかかる者も寄りかかられる者も、マットに倒れさせてしまうことは知っていた。

「いまの話は考えられない。考えられないの、それをどう感じているかも。いまはただ、次のステップに進んで、どこへ着地するのか見てみないと」

「それでいい」

ヘンリーが狂ったように吠えるのが聞こえ、すぐにタイヤが砂利を踏む音がした。レインはお腹の中が沈みこむのを感じたが、背中は伸ばしたままでいた。「来たわ」マックスが口を開く前に頭を振った。「ううん、覚悟を決めなきゃ。これに立ち向かわなきゃいけないのよ」

レインは玄関へ歩いていき、ドアをあけて、ヘンリーと遊んでいるジェニーを見つめた。ジェニーが顔を上げた。「本物の愛情よ」彼女はそう声をかけてきて、それから家のほうへ歩きだした。「わたしが朝の八時前にベッドから出てここへ来るなんて、本当の友情の証よ」

「早い時間にごめんなさい」

「何か食べるものがあるって言って」

「え……コーヒーケーキがあるわ、でも――」

「すてき。あなたは何を食べるの？」ジェニーはいつもの大きな、犬が吠えるような笑い声をあげたが、マックスの姿を目にすると、すぐにおとなしくなった。「あなたがここにいるなんて、どう考えればいいのかしら。都会の探偵なら、なぜそう言わなかったの？」

「ジェニー」レインは友人の腕に手を置いた。「こみいった事情があるの。あなたもヴィンスも、リビングに入って座ったら？」

「座るならキッチンにしない？　そのほうが食べ物に近いでしょ」お腹を撫でながら、ジェニーは奥へ向かった。

「それでもいいわ」レインは深呼吸し、ヴィンスの後ろでドアを閉めた。「オーケイ」

彼女は二人のあとを歩いて戻った。「ちょっと混乱させてしまうかもしれないけれど」そう話しはじめながら、ジェニーのためにいれておいたハーブティーのポットを置いた。「まず最初に謝りたいの。ただごめんなさいって言いたいの、この場で」

それからコーヒーをいれ、ケーキを切った。「あなたたちにも、誰にも、本当のことを言っていなかったから」

「スウィーティー」ジェニーはレインがガーネット色のガラスのデザート皿にきちんとケーキを並べているところへ行った。「何か困ったことになっているの？」

「そうらしいわ」

「それならわたしたちで何とかするわ。ねえ、ヴィンス？」

ヴィンスはレインをじっと見ていた。「座ったらどうだい、ジェン。彼女が話さなければならないことを話してもらうんだ」

「わたしたちで何とかするわよ」ジェニーはもう一度そう言ったが、ともかく座り、鋼鉄のような視線でマックスをにらみつけた。「原因はあなた？」

「違うわ」レインは即座に言った。「本当に違うのよ。わたしの名前はレイン・タヴィッシュじゃないの。つまり……以前に名前を変えたの、法的な手続きをとってね、そして十八歳からその名前を使ってきた、でも生まれたときにつけられた名前は違うの。それはエレイン・オハラ。わたしの父の名前はジャック・オハラというの、ヴィンスが父の経歴を調べれば、さまざまな前科がたくさんあることがわかるはずよ。だいたいは窃盗、それに詐欺。騙《かた》り」

ジェニーの目が大きく見開かれた。「お父さんはニューメキシコでバーベキューのお店をやっているんじゃないの？」

「ロブ・タヴィッシュ、つまり継父はそのとおりよ。実の父がパクられて――」レインは言葉を切り、ため息をついた。昔が戻ってくるのはあっという間だ。「ジャックはわたしが十一歳のとき、不動産詐欺で逮捕されて、刑務所に送られたの。父がつかまったのはそれが最初じゃないけれど、母もそのときにはもううんざりだったのよ。わたしが気づいたのはあとになってだったけれど、母はわたしのことが心配だったのね。わたしがただもう父をあがめていて、当時の年齢にしてはかなり順調に、父の足跡をたどっていたから」

「あなたも詐欺《コン・ゲーム》をしていたの？」

ジェニーの声には驚きと同じくらい、興味津々な響きがあって、レインは少しほほえんだ。「ほとんどは手伝いをしただけよ、でもそうね、やっていたわ。スリはわたしの得意技になりつつあった。手が器用だったし、みんなお財布が盗まれたと気づいても、小さな女の子を疑ったりはしないから」

「あら、まあ」ジェニーはそう言うのが精一杯だった。

「わたしはそういうことが好きだった。スリルがあったし、簡単だったし。父は……そう、父はそういうことをまさにゲームにしていたの。わたしは誰かのお財布を盗んだら、その人がその月の家賃を払えなくなるかもしれないなんて、これっぽっちも気づかなかった。どこかの夫婦から嘘の不動産取引で何千ドルもだましとったら、それがその人たちの老後の蓄えや、子どもの学費かもしれないってことも。詐欺は楽しみで、その人たちはカモだったの」

「でもきみは十歳だったんだろう」マックスが言った。「そんな子どもは大目に見てあげ《ギヴ・ア・ブ》なきゃ《レイク》」

「まさにそうなったといえるかもね。わたしは幸運をつかんだ《ゲット・ア・ブレイク》から。わたしの向かっていた方向を見て、母は自分の、そしてわたしの生活を変える気になったのよ。母は父と離婚して、遠くへ越し、名前を変えて、テーブルの給仕というまともな職についたわ。最初の何年か、わたしたちはあちこち移動した。父を振り切るためじゃないのよ——母は父にそんなことはしない。わたしたちの居場所はいつも父に知らせていたの、父が約束を守って、わたしを例のゲームに引き戻そうとしないかぎりは。父は約束を守ったわ。わたしたち三人の中で、誰がいちばんそれに驚いたのかはわからないけれど、父は約束を守った。わたしと母が引っ越しを続けたのは、いつも警察が難癖をつけてくるのから逃げるためで……」

レインはふっと口を閉じ、ヴィンスのほうへ弱々しい笑みを向けた。「ごめんなさい、でもいったん騙りや泥棒だというレッテルを貼られると、たとえそういう人にかかわりがあっただけだとしても、土地の警察は目をつけてくるの。母はまっさらな出発をしたかった、それだけなのよ。そして、わたしに一点のしみもない経歴を与えたかったの。母にとってたやすいことではなかったわ。母はジャックのことも愛していたから。それにわたしは母の味方にならなかったの。ゲームが好きだったし、それが終わりにされるのも、父から引き離されるのも、どうしてかわからなかった」

レインは並んでいるカップにコーヒーをつぎ足したが、自分のぶんには口もつけていなかった。「でも母は本当にがんばったわ、やがてわたしも母の中にあるものがわかりはじめた、自分で暮らしをたてることの誇りと喜びが。まっとうなやり方でね。しばらくすると、しょっちゅう引っ越しをすることはなくなった。夜中に荷物をまとめて、アパートメントやホテルの部屋からこっそり出ることもなくなった。だから母も約束を守ったのよね。ビッグ・ジャックは簡単に約束をするけれど、守ることはめったになかった。でも母は、何かをやると言ったら、必ずやりとげた」

皆が押し黙るなか、レインは冷蔵庫のところへ行って、レモンのスライスが入った水のピッチャーを出した。そしてグラスにそそぎ、飲んで、乾いた喉をうるおした。

「ともあれ、状況は変わったわ。母はロブ・タヴィッシュと出会い、さらに状況が変わったの、いいほうへね。ロブはすばらしい人で、母に首ったけで、わたしにもよくしてくれた。やさしくて、思いやりがあって、面白くて。わたしは彼の名前をもらった。自分をレイン・タヴィッシュに作り上げたの、なぜなら、レイン・タヴィッシュはごく普通の人間で、責任感を持っているから。彼女は自分の家を持ち、自分の事業をし、自分自身の人生を持つことができた。それは、彼女が人生の最初の部分に経験した、沸き立つような楽しさはないかもしれないけれど、恐ろしいどん底もない。それでいいと思った。だから、あなたたちに過去のことや、どういうふうに育ったかをきかれたときには、レイン・タヴィッシュに合っているようにみえる話を組み立てていたの。ごめんなさい。これで終わりよ。ごめんなさい」長い沈黙があった。「オーケイ、ウヴォ」ジェニーは目を丸くしてレインを見た。「この頭がぐるぐる回るのをやめたら、いろいろ言いたいことやききたいことが出てくると思うんだけど、まず最初にききたいのは、どうしてそのことが——そのことってたくさんあるけど——あなたが困った事態になっているのと関係あるのか、よ」

「たしか、過去からは逃れられないとか、過去は隠しきれないとかいう言葉があるでしょ。ウィリアム・ヤングよ」レインはヴィンスがゆっくりうなずくのを見て、彼が状況全体を理解しはじめているのを察した。

「通りに飛びだして亡くなった人ね」ジェニーが先をうながした。

「ええ。彼は以前、父と組んでいたの。兄弟みたいに仲がよくてね、そう、時間の半分はわたしたちと暮らしていた。わたしはウィリーおじさんって呼んでいたわ。彼がお店に入ってきたときはわからなかったの。本当よ、ヴィンス。最後に会ってからずいぶんたっていたし、ピンとこなかったの。やっと気がついたのは、事故が起きて、彼が……ああ、彼が死にかけていたときよ」

レインはまた水を飲んだが、今度は手が少し震えていた。「ウィリーは、わたしが彼だと気づかなくて、いわば追い払ったときに、とても悲しそうだった。そのすぐあとで、彼はあそこに横たわって、血を流していた。死にかけていた。よく父と一緒にデュエットしていた他愛ない歌を歌っていたわ。〝バイ、バイ、ブラックバード〟って。ホテルから逃げ出そうと荷物をまとめるとき、いつも二人が歌いだす歌だったのよ。やっと彼が誰かわかったけれど、もう遅かった。あなたには話さなかったわ、たぶん何かの罪になるんでしょうけど、彼を知っていることは話さなかった」

「なぜ彼はきみに会いにきたんだ？」

「話してもらうチャンスはなかったわ。わたしがそのチャンスをあげなかったの」レインは言い直した。

「そのことで自分を責めても時間の無駄だ」マックスがきっぱり言い、レインに涙を呑みこませた。

「そうね。思い返してみると、彼は落ち着かなくて、びくびくして、疲れていたのがわかるわ。彼は名刺を渡してくれた――それは話したとおりよ――手書きの電話番号つきの。わたしは本当に、彼が業界の人で、何かを売りたがっているのだと思った。何かを話したかったんだと気がついたのは、あとになってからだった」

　レインは自分のからっぽになったグラスを見つめ、横に置いた。「彼をよこしたのは父だと思うわ。ウィリーの特技のひとつは、人にまぎれることだったから。彼は小柄で、特徴のない人だった。ジャックは大柄で赤毛で人目を引くの。だから父がウィリーをよこして、わたしに何か伝えるか、渡そうとしたんじゃないかしら。でも、ウィリーにそのチャンスはなかった。彼はただこう言ったわ……こう言ったの、〝やつはもうきみのいどころを知っている〟って、それから、小袋を隠せって。小袋《ポーチ》って言ったんだと思う、それしか意味が通じないもの。犬《プーチ》っていうふうに聞こえたけど、それじゃおかしいでしょう」

「何だって？」マックスの言葉は鞭のようだった。「いままでそれを黙ってたのか？」

反対に、レインの声はミルクのように柔和だった。「そのとおりよ、あなたにタイミングをどうこう言う権利はないと思うけど。予防措置《インシュアランス》よ」

「その保険《インシュアランス》が問題なんじゃないか、ちくしょう。その小袋はどこなんだ？　それをどうした？」

レインの頬が燃え上がった。恥ずかしさではなく、怒りで。「ウィリーは小袋なんか渡さなかったわよ、ほかの何も。あなたのいまいましいダイヤモンドなんか持ってない。彼はうわごとを言っていたのよ、死にかけていたのよ」固く決心していたのに、目がうるみ、声がひび割れてしまった。「わたしの目の前で死のうとしていた、もう手遅れだったのよ」

「彼女にかまわないで」母熊が小熊を守るように、ジェニーはマックスに食ってかかり、それから体をずらしてレインに両腕をまわした。「かまわないでよ」

ヴィンスはきみの味方だというようにレインの肩を叩きながらも、マックスの顔に目を据えていた。「ダイヤモンドというのは？」

「六週間前、ニューヨークの〈インターナショナル・ジュエリー・エクスチェンジ〉から盗まれた、二千八百四十万ドル相当のダイヤモンドだよ。僕の雇い主の〈リライアンス〉が保険を請け負い、是が非でも取り戻そうとしているダイヤモンド。これまでの調査で、盗んだのはジャック・オハラとウィリアム・ヤングと第三の仲間、おそらくはアレックス・クルーと思われる」

「うはあ」ジェニーがつぶやいた。

「そのことについては、わたしは何も知らないのよ」レインは疲れた声で言った。「そのダイヤも持ってないし、見たこともないし、どこにあるかも知らない。嘘発見器テストを受けてもいいわ」

「だが、何者かが、きみがそれを持っている、あるいはそれを手に入れる手段を知っていると思っているんだろう」

　味方になってくれたことに感謝し、レインはジェニーの肩に頭をつけて、ヴィンスにうなずいた。「そうらしいわ。この家を調べてもいいわよ、ヴィンス。あなたとマックスで。お店も調べていい。電話の記録も、銀行の記録も、何でも好きなものを調べてもらってかまわない。ただ、わたしがいまの生活を続けられるように、内密にやってほしいだけ」

「お父さんがいまどこにいるか知っているか？」

「見当もつかないわ」

「そのアレックス・クルーというやつのことはどれくらい知っている？」

「聞いたのははじめて。ジャック・オハラがそんな大仕事にかかわったなんて、いまでもまだ信じきれないんだもの。それに比べたら昔は小銭クラスだった」

「お父さんに連絡しなきゃならないとしたら、どうやってやる？」

「それは考えたことがなかったわ」目がひりひりと熱かったので、レインは目をこすった。「全然わからない。いままで、父のほうから連絡してきたことは何度かあったけど。わたしが大学を卒業したすぐあとに、フェデラルエクスプレス便で手紙が届いたの。バルバドス行きのファーストクラスのチケットと、豪華ホテルのスイートの一週間ぶんの宿泊券が入っていた。父からだとわかっていたけれど、行かないつもりだった。でもね、バルバドスでしょう。父とはそこで会ったわ。とても楽しかった。ジャックといて楽しくならないなんてありえないの。父はわたしを自慢に思ってくれた――大学卒業やそれにまつわるもろもろのことを。母やわたしが父の生活から離れたことには、何のわだかまりも持っていなかった。それから二度ばかり、ふいにあらわれたことがあったわ。最後はわたしがここへ越してくる前、フィラデルフィアに住んでいたときよ」

「ニューヨークの事件はうちの担当じゃない――」ヴィンスは言った。「だが、きみの家と店への侵入は違う――それにウィリアム・ヤングのことも」

「父はウィリーに危害を加えたりしないわ、それがあなたの考えていることなら。今度のダイヤの十倍のお金のためだってしない。それに、父ならわたしの家に入って、あんなふうに中をめちゃくちゃにするはずがない。わたしにそんなことはしないわ。それを言うなら、誰にだって。父はわたしを愛してくれているの、父なりに、愛してくれているのよ。それに、あんなのは父の流儀じゃないわ」

「そのクルーとかいうやつについて、きみはどれくらい知っている？」ヴィンスはマックスに尋ねた。

「ジャックとウィリーはまずいやつと組んだと言える程度には。ニューヨークで引き込み役をやったのは、ある宝石商だ。彼は銃で撃ち殺された、犯罪組織の処刑式にね。遺体はニュージャージーの、黒焦げになった車の中から発見された」

マックスはちらりとレインを見た。「オハラをその宝石商、マイアーズに結びつけることはできるんだ。だが、オハラもヤングも、暴力を伴う犯罪行為をしたことはないし、武器で人を襲ったこともない。クルーについてはそうは言えない――殺人で有罪になったことこそないが、何件もの容疑がかかっている。やつは手だれで、頭がいい。今回の石は世間の注目《ホッ》の的《ト》だということがわかるくらいの頭はあるんだ、熱い《ホット》獲物だから、熱が冷めるのを待って、そのあと金に換えるか、国外へ運び出すべきだとね。そうなると、誰かが欲を出したり、待ちきれなくなる可能性はある」

「もしそれがアレックス・クルーで、その人がわたしを通じてダイヤを手に入れようとか、父をつかまえようとしているなら、がっかりするのが関の山よ」

「だからといって、あきらめるとはかぎらない」マックスは言った。「とすれば、彼はこの近くに来ただろうし、まだいるかもしれない。やつは僕の財布を奪っていった、だから僕が誰で、なぜここに来たかわかっているはずだ」マックスは無意識に、こめかみの絆創膏に手をやった。「やつもそのことについてしばらくはあれこれ考えなきゃならないだろう。彼の写真を持ってきているよ。クルーは顔をいじったり、見てくれを変えるのが好きでね、でも町の近くにいれば、きみたちの誰かが彼とわかるかもしれない」

「うちの連中に写真のコピーを見せたい」ヴィンスが割って入った。「この近辺にいると思われる容疑者については、ニューヨーク当局と協力しよう。レインはできるかぎりこの一件から遠ざけておくよ」

「それでいいだろう」

「ありがとう、ヴィンス。ありがとう」レインは両手を上げたが、またおろした。

「あなたったら、わたしたちが怒ると思っていたの？」ジェニーがきいた。「こんなことでわたしたちの付き合いがどうにかなると思っていたの？」

「ええ、思っていたわ」

「それはちょっと傷ついたわよ、でも本当に疲れているみたいだから、勘弁してあげる。この人はどうするの？」彼女は顎を上げてマックスをさした。「許してあげるの？」

「そうしなきゃならない気がするわ、状況を考えると」

「わかった、それじゃわたしも許してあげる。ああ、やっと気がついたけど、いまの話で頭がいっぱいで、食べるのを忘れてた。あれで埋め合わせをさせて」ジェニーはケーキをひと切れとって、食べ、それを口に入れたまま言った。「この事件がすっかり片づくまで、わたしたちの家にいたほうがいいんじゃないの」

「大好きよ、ジェニー」涙があふれてきそうだったので、レインは立ち上がって背中を向け、涙を抑えられるようになるまで、またコーヒーをいれるふりをした。「その申し出はうれしいわ、でもわたしはここにいなきゃいけないの、それに大丈夫よ。マックスが一緒にいてくれるから」

振り返ったときには、彼の顔を驚きがよぎっていくのがまだ見えた。レインはただほほえんで、ポットを持っていき、皆のカップにコーヒーをついだ。「そうでしょ、マックス？」

「ああ。もちろん。彼女のことは僕が守るよ」彼はジェニーに言った。

「脳震盪を起こしたのはあなたのほうなんだから、ただここにいるだけってことにしておきましょう。わたしは二階へ行って仕事用の服に着替えなきゃ。お店をあけなきゃならないもの」

「あなたに必要なのはね」ジェニーが反対した。「二階へ行ったら、何時間かベッドに入ることよ。一日くらいお店を閉めておいてもいいじゃない」

「警察も私立探偵も、わたしは普段どおり仕事をしているべきだって言うと思うけど」

「そうしてくれ。この件が片づくまで、店と家は警察が目を配るよ。さっきの写真がほしい」ヴィンスはマックスに言った。

「あとで届ける」

レインは彼らを玄関まで送った。

「きっと山ほどききたいことが出てくると思うわ。女同士でおしゃべりの夜といきましょうよ」ジェニーが言った。「そうすればあなたからいっぱいききだせるし。あのクルミの殻に豆を入れて動かすイカサマはやったことある？　ほら、あのあっと驚く意外なやつよ」

「ジェニー」ヴィンスは天をあおいだ。

「あら、だって知りたいんだもの、ほんとに。あとで教えてよね。三枚のカードを使うやつはどう？」ジェニーはヴィンスに車へ引っぱられていくあいだも声をあげていた。

「あとでね、でも詳しく教えてよ」

「彼女、たいしたものだな」マックスはヴィンスが妻を車へ乗せるのを見守った。

「ええ、また新たな、たいした面を見せてくれたわ。彼女とめぐりあったのは最高の幸運」

レインは車が見えなくなるのを待ってから、ドアを閉めた。「さて、わたしにはもったいないくらいうまくいったわ」

「きみは自分を許すより、僕を許すほうをうまくやっている」

「あなたは仕事をしていたんですもの。職業倫理は尊重するの」レインは軽く肩をすくめ、二階へ向かった。「気持ちを立て直して、町へ行かなきゃ」

「レイン？　僕はずっとここにいるときみに言ったら、何度か話し合いをすることになるだろうと思っていた。だけど、きみのほうから僕はずっとここにいると言ってくれた。なぜなんだ？」

レインは手すりに寄りかかった。「理由はいくつかあるわ。まず、わたしは泣き虫の臆病者じゃないけれど、頭がからっぽの勇者でもないの。ここにひとりっきりでいるつもりはないわ、町から遠いし、わたしによからぬことをしようとしている人がまた来るかもしれないし。他人の宝石のために、自分や飼い犬を危険にさらしたくないもの」

「賢明だ」

「だから、大都会から来た私立探偵さんを雇ったの、たぶんその人は、現在までの実績では怪しいけど、自分のことくらい自分で何とかできそうだから」

マックスはその言葉に顔をしかめ、もじもじと脚を動かした。「自分のことくらいちゃんとできるよ」

「それはよかったわ。次に、その宝石の取り戻しにはわたしの利害もからんでいるから、あなたが何をするのか正確に知っておけるよう、そばに置いておきたいの。わたしだって七十万ドルはあって困らないわ、みんなと同じように」

「現実的だね」

「最後に、セックスが好きだし、もうお預けにしなきゃいけない理由はないでしょ。あなたがここにいてくれたら、ベッドへ引っぱりこむのに楽だもの」

マックスがそれに対する言葉を思いつかないでいるので、レインは笑った。「シャワーを浴びてくるわ」

「オーケイ」彼女が二階へ上がっていったあとで、マックスはどうにか言った。「よくわかった」

三十分後、レインは短いグリーンのジャケットとパンツ姿で、春の朝のようにみずみずしくなって降りてきた。髪は後ろへ引っぱって両のこめかみで銀のコームをさし、あとは色あざやかな洪水のように、肩へまっすぐたらしていた。

彼女はマックスのところへ歩いてきて、真鍮《しんちゅう》の鍵束を渡した。「玄関と裏口のよ」そう説明した。「わたしより先に帰ってきたら、ヘンリーを外へ出して、少し遊ばせてくれると助かるわ」

「いいよ」

「わたしが料理をするときは、あなたがお皿洗い」

「了解」

「家の中はきちんとしておきたいの、それにあなたのあとからものを拾って歩く気はありませんからね」

「しつけはちゃんとされたよ。マーリーンに感謝だな」

「さしあたってはそんなところね。じゃあ行ってきます」

「ちょっと待ってくれ、いまのはきみのルールだろう。今度は僕のだ。この番号を持っていって」彼は一枚の名刺を彼女の手に押しつけた。「僕の携帯電話のだ。家に帰るときには電話してくれ。どんな理由であれ、まっすぐ家に帰ってこないときには、それも連絡すること」

「わかったわ」レインはポケットに名刺を入れた。

「もし何か起きたら、気にかかることがあったら、その番号にかけてくれ。どんな小さなことでもかまわない、聞いておきたいんだ」

「それじゃ、セールスの電話があったら、それも知らせるわね」

「僕は真面目なんだよ、レイン」

「はいはい、わかりました。ほかには？　すごく遅刻しちゃう」

「お父さんから連絡がきたら、教えてくれ。教えてくれよ、レイン」マックスは彼女の顔を見て繰り返した。「どちらにも義理立てしようとしたって、お父さんのためにはならない」

「あなたが父を刑務所に送る手伝いなんかしないわ。そんなことできないわよ、マックス」

「僕は警官じゃない。誰かを刑務所に入れたりしないよ。宝石を取り戻して、報酬をもらいたいだけだ。それに、その仕事に取り組んでいるあいだは、僕たち皆が五体満足でいるようにしたい」

「何があろうと、父を警察に突き出さないって約束して。それならわたしも、連絡がきたらあなたに教えるって約束する」

「これで取引成立だ」マックスは手をさしだし、レインと握手をした。それからその手を引っぱって、彼女を腕の中へ倒れこませた。「今度は行ってきますのキスをしてくれないか」

「いいわ」

　レインは彼の腰をつかみ、爪先立ちになって、唇を重ねた。彼女はマックスの唇をゆっくりと奪い、揺れながら彼の中へ入り、角度を変えてじらし、歯を使ってあおった。彼の手が髪の中へ入り、指が髪をつかむのを感じる。レインは体の中に熱が湧き上がり、それが彼を駆り立てるのを感じると、手で円をえがき、マックスのお尻をぎゅっと握った。

鼓動ははずんでいたが、レインは主導権を握っている感覚を楽しみ、頭をまわして、彼の耳に口を近づけた。

「これで力が出るわ」そうささやき、体を離した。

「今度は僕が行っておいでのキスをするよ」

レインは笑い、彼の胸をパンと叩いた。「だめよ。自分の持ち場を守っていてね、そうしたらお帰りなさいのキスをさせてあげる。七時には帰るわ」

「待っているよ」

マックスは彼女と一緒に出かけ、町までついていってから、別れてホテルへ行った。

フロントに寄り、チェックアウトするから勘定を頼むと言った。

女性従業員は彼の顔をしげしげと見た。「まあ、ミスター・ギャノン、大丈夫ですか？　事故にでもあわれたんですか？」

「意図的なものだよ、でも大丈夫だ、ありがとう。すぐまた降りてくるから」

彼はエレベーターに乗った。すぐにこれまでのメモや報告書に取り組もうと決めていた――レインの家に落ち着いたら。ゆっくりくつろぐのも悪くない。彼のようにたびたび旅行をする人間は、手早く、最小限の手間で荷物をまとめるやり方を心得ているものだ。マックスはガーメントバッグのストラップを片方の肩にかけ、ノートパソコンケースのストラップを反対側の肩にかけ、入ってから十五分で部屋を出た。

フロントに戻り、勘定書を見て、クレジット伝票にサインをした。

「快適にお過ごしいただけましたでしょうか」

「ああ」マックスは彼女の名札に目をやった。「出ていく前にひとつききたいんだが、マーティー」彼はかがみこみ、ノートパソコンのケースからファイルを出し、それをめくってジャック・オハラ、ウィリアム・ヤング、アレックス・クルーの写真のところを開いた。そしてそれを上に向けて、デスクに置いた。「この中の誰かを見たことがあるかい？」

「まあ」彼女は目をぱちくりさせてマックスを見た。「なぜですか？」

「この人たちを捜しているんだ」その言葉に、千ワット級のほほえみを付け加えた。「どうだい？」

「まあ」マーティーは同じことを言ったが、今度は写真に目を落とした。「見たことはないと思います。申し訳ありません」

「いいんだよ。奥には誰かいる？　ちょっと出てきて、見てもらえるかな？」

「ええ、たぶん。マイクがいます。少々お待ちください」

　マックスは二人めの従業員に、今度は誘いかけるような笑みはなしで、同じことをやってみたが、結果は同じだった。

　バッグを車のトランクに入れてホテルを出ると、彼はあちこちへまわった。まずは、ヴィンスのところへ写真を持っていき、コピーができるまで待った。それから半径十マイル内のホテルやモーテル、B&B（朝食付きの安宿）を当たった。

　三時間後、努力の報いに得た具体的なものはひどい頭痛だった。マックスは強い鎮痛薬をキャンディのように四錠口にほうりこみ、それからサンドイッチ屋でテイクアウト用をひとつ買った。

レインの家に戻ると、彼は薄切り肉のサンドイッチを気前よく切り分け、感謝でいっぱいのヘンリーにやり、これが二人だけのささやかな秘密になることを願った。頭痛が不快なずきずきにまでおさまったので、マックスは今日の残りは荷ほどきと、仕事場所の設置と、メモの見直しに費やそうと決めた。

服をどこに置くかで、十秒間、自問自答した。お姫様は彼をベッドに入れたいとおおせだった。となると服は手近なところに置くのがいいだろう。

レインのクローゼットをあけ、服をかきわけた。そのいくつかを着ている彼女を想像し、そのどれも脱いでしまった彼女を想像する。レインは彼の母と同じく、靴に対しておかしなほど執着を持っているようだった。

もう一回短く自問自答したあと、ある程度は引き出しのスペースをもらってもいいだろうと結論した。レインの下着を並べなおすのは変態になったような気がするので、自分のものは、カラフルな軍隊のようにきちんとたたまれたセーターやシャツと同じ引き出しに入れた。

ヘンリーをぴったりあとに従えて、彼はレインのホームオフィス、それから居間、次は客室と見ていった。客室にあった、装飾の多い小型のライティングデスクは、第一希望とはいかないまでも、望みうるスペースとしては最適だった。

マックスは仕事の用意を整えた。メモを入力し、進行報告書を作成し、両方を読んで、いくつか手直しをした。Eメールとヴォイスメールをチェックし、必要なものには答えを送った。

それから、愛らしい小さなデスクを前に座り、天井を見上げて、いくつもの推理が頭の中で動きまわるにまかせた。

やつはもうきみのいどころを知っている。

やつとは誰だ？　レインの父親か。ウィリーがレインの居場所を知っていたなら、ビッグ・ジャックも知っている可能性はある。だが、レインの話では、ジャックはこれまでずっと、間を置いて娘に接触している。となると、その言葉はあてはまらない。やつはもうきみのいどころを知っている。マックスの頭の中の矢印は、アレックス・クルーをさしていた。

オハラの過去に暴力行為はないが、クルーにはある。オハラはダイヤモンド商人の後頭部に二発というのはやりそうにない。それに、同じく過去の線にそって考えると、ウィリーが長年の友のジャック・オハラにおびえて逃げ出す理由もない。

第三の仲間から逃げたとみるほうが可能性は高く、それもきわめて高かった。マックスはその仲間をアレックス・クルーとみていた。そして、そう考えると、クルーはギャップにいることになる。

しかし、それもウィリーがどこにダイヤを隠したのかは教えてくれない。

彼はレインにダイヤを渡そうとしていたのだろう。何だってウィリーは、あるいは彼女の父親は、クルーのような男の前にレインを引っぱり出そうとしたんだ？

マックスはそのことを頭の中であれこれ考えたが、答えは出なかった。デスクの椅子はきゅうくつで、彼は歩いていってベッドに体を伸ばした。目を閉じて、少し眠れば頭もすっきりするだろうと自分に言い聞かせた。

そして石のように眠りに落ちた。

9

今度はマックスのほうが、目をさますと毛布をかけられていた。いつもの習慣で、彼は眠りこんだときと同じように目をさました。つまり一瞬で、完全に。

腕時計を見、まるまる二時間も眠りこんでいたと知って驚いた。だが、まだ七時にもなっていなかったし、レインが帰ってくる前には起きて動いているつもりでいたのだ。

ベッドから出て、しつこく残っている頭痛を抑えようとまた二錠薬を飲み、それから彼女を捜しに下へ行った。

キッチンから何歩かのところで、そのにおいがただよってきて、誘うようにマックスの五感に指を引っかけ、残りの距離を歩かせた。

それに彼女は何てすてきなんだろう、とマックスは思った。レインはきちんとしたシャツとパンツ姿で、ウエストのところにふきんをはさみ、ガス台にのった平鍋の中でぐつぐついっているものをかきまわしていた。長い木のスプーンを使い、それをリズミカルに動かしながら、カウンターの小型CDプレイヤーから鳴り響く曲にあわせてヒップを揺らしている。マックスはマーシャル・タッカーだと気がつき、自分たちは音楽の分野でもぴったりだなと思った。

ヘンリーは床に脚を伸ばし、見たところすでにだいぶ嚙まれたらしいロープの輪を嚙んでいた。テーブルには、斑点の散った青い花瓶に、明るい黄色の水仙が飾られていた。カウンターの上の肉屋サイズのまな板の横には、新鮮な野菜がずらりと並んでいる。

マックスはこれまで家庭的な光景に興味がなかった——というか、そう思いこんでいた。しかし、これには体の中心をがつんとやられた。どんな男でも、と彼は思った。これから四十年か五十年は、こんな場面には上々の気分でいられるだろう。

ヘンリーは尻尾を二度パタパタやり、それから立ち上がってはねまわり、ぼろぼろになったロープをマックスの腿にぶつけた。

鍋の横でとんとんとスプーンの汁を落とし、レインが振り返って彼を見た。「気持ちよく眠れた？」

「ああ、でも起きたときのほうが気持ちよかったよ」ヘンリーを落ち着かせようと、マックスは手を伸ばしてロープを引っぱったが、気がつくと白熱した綱引きの相手にされてしまっていた。

「あぁ、相手になっちゃったわね。この子、何日でもそうやっているわよ」

マックスはロープをもぎとり、廊下のずっとむこうへ低く投げた。ヘンリーはタイルと、その先の硬い木の床に足をとられながらも走り、猛烈な勢いで追いかけた。「思ったより早く帰ってきたんだね」

レインは彼が近づいてくるのを見守っていたが、マックスが彼女の体をまわしてカウンターに背中をつけさせると、眉を上げた。彼はレインの両側に手をついて動けないようにし、それからかがんで彼女の唇にとりかかった。

レインは両手を彼のヒップに置いて体を支えようとしたが、手の力が抜けてしまった。彼女はゆっくりと溶けはじめ、体はゆるゆると攻められて揺れた。鼓動が重くなる。頭がパチパチ音を立てる。どうにか目をあけたときには、マックスは体を元に戻して、にっこり笑っていた。

「お帰り、レイン」

「ただいま、マックス」

まだ彼女を見つめたまま、マックスはヘンリーがうきうきと持って帰ってきたロープをもう一度引っぱってやった。「とてもいいにおいがするね」彼はまたかがんで、レインの首のにおいをかいだ。「きみのほかに」

「一緒にチキンとフェットチーネの軽いクリームソースがけを食べようと思っていたの」

マックスは鍋に、それからぐつぐついっているクリーム状のソースに目をやった。「僕をからかって《トーイ》いるんじゃないだろうね？」

「あら、そうよ、そっちの意味じゃないけど（トーイにはいちゃつくの意味がある）。冷蔵庫にピノ・ノワールのボトルを冷やしてあるの。あなたがあけて、二人ぶんついでくれない？」

「それならできる」マックスは後ろへさがり、ヘンリーともうひと勝負してロープを取ると、また投げた。「本当に料理しているね」彼はワインを持ってきて言った。

「たまに料理をするのは好きよ。たいていはひとりだから、そんなに手間はかけないけど。いい変化だわ」

「役に立ててうれしいよ」彼女がさしだした栓抜きを受け取り、てっぺんについている小さい銀の豚をしげしげと見た。「本当に集めているんだ」

「何となくね」レインは琥珀色のワイングラスを二つ、カウンターに置いた。ソムリエの仕事と、犬との遊びを交互にやっているマックスを見るのは楽しかった。彼を休憩させてあげようと、レインはしゃがんで下の棚から缶を出した。

「ヘンリー！　ごちそうをあげる！」

　犬は即座にロープを放し、狂ったように飛んだり、震えたり、吠えたりしはじめた。マックスには、レインがミルク・ボーン・ビスケット（アメリカの犬用ビスケット）を持ち上げてみせたとき、ヘンリーの目に待ち遠しさの涙が浮かんでいるようにみえた。

「いい子にしないとごちそうはないわよ」レインがまずそう言うと、ヘンリーはお尻を床につけ、落ち着こうと懸命になるあまり震えた。レインがビスケットを投げると、ヘンリーはベテランの右外野手が平凡なフライをとるように、空中でそれをくわえた。そして泥棒でもしたかのように走って逃げた。

「何だい、あれにコカインでもつけておいたの？」

「あの子の名前はヘンリーよ（ヘンリーにはヘロインの意味がある）、それにあの子はミルク・ボーン中毒なの。あれで五分は夢中になっているわ」レインはフライパンを出した。「チキンをソテーしなきゃ」

「チキンをソテー」マックスはうめくように言った。「すてきだ」

「ほんとに扱いやすい人ね」

「侮辱にはならないな」マックスはレインが冷蔵庫から鶏の胸肉の包みを出し、肉を細く切りはじめるまで待った。「それをしながら話ができるかい？」

「ええ。腕はいいの」

「それはよかった。それで、店はどうだった？」

　レインは彼が横に置いてくれたワインをとり、飲んだ。「今日、小売りの世界の状況がどうだったか知りたいの、それとも何か不審なものを見たかどうか？」

「両方」

「今日はとてもうまくいったわ、たまたまだけれど。とくにね、とってもいいシェラトン（十八～十九世紀のイギリスの家具製作者）のサイドボードが売れたの。お店も、わたしのオフィスも、倉庫も、何か動かされたようにはみえなかったわ——奥の部屋の床に小さく血がついていた以外はね、あれはあなたのでしょ」レインはフライパンに油をたらし、それから彼に目を向けた。「あなたの頭はどう？」

「回復してきたよ」

「よかった。それと、ミセス・フランクウィストのほかには怪しい人も見なかった。彼女は月に一、二度、うちのものの値段に文句をつけにくるの。それで、あなたのほうはどんな一日だった?」

「忙しかったよ、うとうとするまでは」マックスが話してきかせるあいだ、レインは細切りにしたチキンを熱くなったフライパンに入れ、それからサラダの準備にかかった。

「そういう日が多いんでしょう、あちこち行って、たくさんのことを尋ねて、それでもはかばかしい返事をもらえない日が」

「たとえノーでも答えには変わりない」

「そうね。どうしてサヴァナ出のすてきな男性がニューヨークへ行って、私立探偵になったの?」

「まず最初に、彼は警官になろうと決めたんだ、というのは、問題を解決して、正しい状態にすることが好きだったから。少なくとも、できるかぎり正しく。でも、それはうまくいかなかった。彼はほかの人たちとうまくやっていけなかった」

レインは少し笑い、サラダに戻った。「本当?」

「あんまりね。それにあれやこれやの規則、そういうものにいらいらしてきたんだ。きつすぎる襟みたいに。そして彼は、自分が本当に好きなのは石の下をのぞいてみることだと気がついた、でもどの石かは自分で選びたかった。そうするために、私立探偵になったんだよ。

そうするためと、いい暮らしをするために……僕はいい暮らしをするのも好きなんだ、ついでに言うと」

「当然だわ」レインはチキンに少しワインをかけ、火を弱め、フライパンに蓋をした。

「それで、いい暮らしをするためには、石を選ぶのも、もっといい暮らしをしている人たちを見つけるのもうまくなければならない。石の下で起きているとんでもないことを僕に全部調べさせて、それにお金を払えるくらいの人たちを」マックスは厚切りのにんじんをつまみ食いした。「南部の男が北へ行くと、北部の連中《ヤンキー》はたいていの場合、そいつが動きものろく、頭ものろく、行動に出るのものろいと思っている」

レインはドレッシングの材料を小さなステンレスのボウルで混ぜ合わせていた作業から目を上げた。「みんな間違えるのよね」

「ああ、こっちには有利になるよ。それはさておき、僕はコンピューターのセキュリティに興味を持った——サイバーワークさ。その方向へ進もうとしたが、それじゃじゅうぶんには稼げない。だからそのささやかな才能を混ぜ合わせたんだ。〈リライアンス〉は僕の仕事ぶりを気に入って、お抱えにしてくれた。全体的にみて、僕たちはきわめてうまくいっている」

「あなたの才能にはテーブルのセッティングも入っている？」

「その技術は子どもの頃に身につけたよ」

「お皿はそっち、ナイフやフォークはそこ、ナプキンはその引き出しの中」

「わかった」

マックスが仕事にかかるあいだに、レインはパスタ用の湯を沸かしはじめた。チキンの具合を見て、火を調節し、またワインを手にとった。「マックス、今日は今回のことをあれこれ考えてみたの」

「そうするだろうと思った」

「あなたが父に公平な扱いをしてくれることは、二つの理由で信じるわ。あなたはわたしのことを気にかけてくれているし、父が最終目標じゃないから。それは宝石を取り戻すことでしょ」

「それで二つだね」

「もうひとつあるわ。あなたはいい人だから。ピカピカに輝いているわけじゃないけど」レインがそう言うと、マックスは手を止めて彼女を見た。「ピカピカの人って、きっとわたしみたいな人間はいらいらするだけよ、だってそういう人だといつも自分の姿がはね返って見えてしまうんだもの、わたしはいつまでも追いつけないし。でも、いい人なら、都合しだいで真実を曲げるにしても、約束は守ってくれる。それがわかっていると、いろいろな意味でとても安心できるの」

「きみとは守れない約束はしないよ」

「ほらね、そうやってぴったりの言葉を言うんだから」

レインとマックスがキッチンでパスタを食べていた頃、アレックス・クルーは州立公園内に借りた田舎風のキャビンで、まずまずのカベルネを飲みながら、レアステーキの食事をとっていた。

田舎風なのは気に入らなかったが、プライヴァシーを保てるのはよかった。エンジェルズ・ギャップの〈ウェイフェアラー〉の部屋は、彼にはもてなしが手厚すぎた。

マクスフィールド・ギャノン。彼は食事をしながらマックスの探偵許可証を念入りに検分した。賞金目当てのフリーエージェントか、例の保険会社に雇われた私立探偵か。いずれにしても、目障りだ。

彼を殺してしまってはまずかっただろう――気を失った探偵を見おろし、邪魔をされたことに激怒しながら、殺してしまおうかと考えるのは楽しかったが。

しかし、あんなみじめったらしい小さな町でもたもたしている田舎警察といえども、殺人となればやる気を起こすだろう。クルーにとっては、彼らが駐車違反切符を切ったり、地元の若者を追いまわしたりしてくれているほうが好都合なのだった。

それに、あの目障りなやつの身分証を奪い、匿名で通報するほうがはるかにいい手だし、簡単だった、とクルーはワインを飲みながら考えた。このマクスフィールド・ギャノンが夜中の三時半に、閉まった店の中で何をしていたか、地元の警察に釈明するところを想像すると愉快だった。これで状況はいい具合に混乱して、時間稼ぎになっただろう。それに、ジャック・オハラにも、娘を通じてはっきりメッセージが伝えられたはずだ。

とはいえ、腹立たしいことには変わりない。ゆっくり店を調べる時間がとれず、居場所も変えなければならなかった。手間がかかるといったらない。

小さな革の手帳を出し、今回の余分な貸しのリストを作った。オハラを見つけたら——もちろん見つけてみせる——この罪をひとつひとつ言って聞かせながら、やつを痛めつけて、残りのダイヤモンドのありかを白状させよう。

リストがだんだん長くなっていくことからみて、オハラはかなり痛めつけてやらなければならないようだった。そのときが待ち遠しい。

オハラの娘と探偵も支払い義務のリストに加えようか。それはこの大いなる計画でのボーナスのようなものだった。苦痛を与えることはすなわち力だと考える人間にとっては。

マイアーズのときは手早く、情け深くしてやった。手引き役に雇ったあの欲深で、間抜けな宝石商には。しかしそれは、マイアーズがしたことといえば、愚かにも自分が獲物の四分の一をもらって当然だと考えただけだったからだ。それに、もっと分け前をやると言われて、まわりを囲まれた建築現場で、夜中にひとりでクルーに会おうとするほど欲深だっただけだったからだ。

まったく、それを考えると、あの男に生きる値打ちはなかった。

だが、生きる値打ちがあろうとなかろうと、マイアーズはあぶなっかしくて、始末する必要があった。いずれはクルーにまでたどりつかれただろう。マイアーズは誰かに自慢するか、さもなければ金をばらまいて、つまらない車か、女か、あの階級のやつらがほしがるものに使いまくったに違いない。

クルーが彼の頭に銃を向けると、マイアーズはおいおい泣き、命乞いをし、赤ん坊みたいにしゃくりあげた。まったく、興ざめな見ものだったが、ほかに何もできなかったのだろう。

マイアーズはメールボックスロッカーの鍵まで渡した。彼はそこに、宝石の袋を腹に入れたボロ人形アンディ《ラギディ・アンディ》を隠していたのだ。

うまいものだ、本当に。クルーもそのささやかな巧みさには、オハラをほめざるをえなかった。何百万ドルもの価値のある宝石を、何のへんてつもないものの中に隠すとは。誰もが見過ごしてしまうものの中に。おかげで、警報が鳴り、建物が封鎖され、警官たちがなだれこんできても、あのすばらしい宝石がまだ建物の中にあり、子どもの人形みたいな無邪気なものの中に隠されているとは、誰も思わなかった。あとは、捜査の目が別の場所へ向いているあいだに、その平凡なものの中にある非凡なものを取り戻すだけだった。

そう、クルーもそうした面白い点はジャックをほめてやってもよかったが、だからといって、貸しをすべてさっぴいてやるわけにはいかなかった。

彼らが約束どおりに何年ものあいだ、莫大な価値のある宝石をただとっておくとは信じられない。泥棒が約束を守るなど、どうして信じられる？

だいいち、クルー自身が自分のぶんをとっておこうと思っていないのだ。

それに加えて、彼はすべてを手に入れたかった。はじめからすべてを手に入れるつもりでいた。他人は道具にすぎない。役目を果たせば道具は捨てる。壊してしまえればもっといい。

だが、彼らはクルーをだまし、彼の指をすり抜けて、獲物の半分を持ち去った。そしてクルーに何週間もの時間と労力をかけさせた。クルーは、彼らがビッグ・ジャックの大好きなしみったれた詐欺でつかまり、あげくの果てに今回の盗みのことを自白して、クルーの所有すべきものの半分を失うのではと、気が気でなかった。

彼らはもう死んでいるはずだったのだ。そのひとりがまだ生きていて、息をして、歩き、隠れているという事実は、クルー個人に対する侮辱だった。彼は決して侮辱を許さなかった。

クルーの元々の計画は単純で明確なものだった。最初にマイアーズを、ギャンブルの借金が原因であるかのように見せかけて、処刑ふうに殺す。次にオハラとヤング、どじな馬鹿者たち。彼らはクルーが命じたとおりの場所にいなければならなかったのに、指示に従う頭もなかったのだ。

もし指示どおりにしていたら、クルーは計画どおり彼らに連絡し、マイアーズの死を案じる種をまき、いま食事をしているのと似たり寄ったりの静かな、人けのない場所で会う手はずをしたのだが。

そこでなら、ほとんど何の苦労もなく二人を片づけられただろう。どちらも武器を持ってくる度胸もないのだから。クルーは彼らをニューヨークの仕事に結びつけるに足るじゅうぶんな証拠を残していき、どんな阿呆な警官にも泥棒が仲間割れしたかのようにみえる現場をつくっておいただろう。

しかし、二人は彼の前から消えた。身を隠そうなどという気を起こして、彼の入念な計画を台無しにした。もうひと月以上になる。ようやく足跡を見つけ、ウィリーを追ってニューヨークへ戻ったが、あと少しのところで逃げられ、さらなる時間、さらなる労力、さらなる金を使って、メリーランドまで彼を追いかけ、ひと月以上も使ってしまった。

なのに、交通事故のせいでつかまえそこなった。

頭を振り、クルーは血のしたたるステーキをまたひと切れカットした。もうウィリーから直接宝石を取り戻すことはできない、だからツケはビッグ・ジャックにまわされる――それとほかの者に。

問題はどうやるかで、そのさまざまな可能性は残りの食事のあいだ、クルーを楽しませてくれた。

すぐあの娘に直接当たり、彼女を脅して父親の居場所と宝石のありかを吐かせようか？　しかし、もしウィリーが彼女にこれといった情報をやる前に死んでいたら、労力の無駄だろう。

それに、このマクスフィールド・ギャノンも考えに入れておく必要がある。少し調べてみて、彼がどんな男か知っておいたほうがいい。鼻薬のきく、素直なやつかもしれないではないか？　彼があの娘について何か知っているのはたしかだ、でなければ彼女の店に忍びこむわけがない。

あるいは。クルーの心臓にある考えが矢のようにささった。娘はもうギャノンと組んだのかもしれない。それはまずい、とクルーは思い、何度もこぶしでテーブルを叩いた。それでは今回の件に関係している者全員にとってまずすぎる。

クルーは半分の分け前で手を打つつもりなどなかった。そんなことは承知できない。だから、彼のものになるべきもう半分も取り返す手を見つけてみせる。

鍵はあの娘だ。彼女が何を知っていて、何を知らないかはまだわからない。だが、ひとつ単純な事実がある。彼女はジャックの娘であり、あの泥棒にとって掌中の珠だということだ。

彼女は餌に使える。

それを考えながら、クルーは椅子にもたれ、ナプキンできちんと口をぬぐった。まったく、ここでは意外なほど食べ物がうまいし、静けさも気分を落ち着けてくれる。

静か。人目につかない。すてきなこぢんまりした森の保養地。クルーは笑みを浮かべ、もう一杯ワインを飲んだ。静かで人目につかず、誰かが……同業者と話をしても、邪魔をする近所の人間もいない。その話し合いがちょっと激しいものになっても。

クルーはキャビンを見まわし、田園の暗闇が窓に迫ってくるのを見つめた。

これはかなりいい、と彼は思った。まったく、実にいいぞ。

目をさましたとき、ベッドに男がいるというのはひどく奇妙な感じだった。男がひとりいるとかなりスペースをとるのがひとつ、それにレインは朝に目をあけたとき、自分がどうみえるのか心配することに慣れていなかった。

二つめのことはそのうち気にしなくなるだろうと思った。これからもしばらく、目をさましたときベッドにこの男がいるのなら。そして、ひとつめのことについては、好きなときにもっと大きなベッドを買って埋め合わせをすればいい。

問題はこうだ。自分はこの男と、しばらくのあいだベッドを——それは人生の比喩ではないのか？——共有することをどう感じているのか？　これまではそんなことをじっくり考える時間がなかった。時間をとらなかったのよ、とレインは訂正した。

そこで目を閉じ、ひと月先のことを思いえがいてみた。庭には花が咲き乱れ、彼女は夏服のことや、納屋から屋外用の家具を出すことを考えているだろう。ヘンリーには毎年恒例の、獣医の健診の予約を入れる。

ジェニーのベイビー・シャワー（出産予定の母親にベビー用品を贈るパーティー）の計画を立てている。

レインは目をあけ、ちらりとマックスを見た。

彼はまだそこにいた。顔は枕にうずめ、髪は可愛らしくもつれている。

そう、いまからひと月後に彼がそこにいると思うと、とてもうれしくなった。

六か月ではどうかしら。レインは目を閉じ、想像してみた。

もうすぐ感謝祭。いつものようにきっちり計画を立てて——ジェニーが何と言うかは気にしない。強迫観念でもないし、うんざりもしないもの――クリスマスの買い物を終わらせているだろう。年末年始のパーティーを計画し、お店と家をどんなふうに飾りつけるか考えているだろう。

薪を一コード（燃料用木材の単位。約三・六立方メートル）注文し、毎晩、火をつけるのを楽しむ。上等なシャンペンを何本かストックしておこう、そうすればマックスと一緒に……。

あら、やっぱり彼がいる。

レインは今度は両目をあけ、じっくり彼を見た。そうよ、彼はいる。彼女のささやかな想像の中にひょいとあらわれ、すぐ横にいて、目覚まし時計より早く起こしてくれるヘンリーが目をさましかけているときも、眠っている。

レインはいまの想像に六か月を足して一年にしても、彼はやっぱりいるだろうという気がした。

マックスが目をあけた。黄褐色の目がきらりと光り、レインはびっくりして声をあげた。

「きみが見つめている音が聞こえた」

「そんなことしてないわ。考えごとをしていたの」

「その音も聞こえた」

マックスの腕がさっと伸びて、彼女にまわった。レインは彼に抱き寄せられて組みしかれると、マックスがやすやすとみせた力に、他愛もなくときめいて下腹がうずくのを感じた。

「ヘンリーを出してあげなくちゃ」

「彼ならもう少し待てるよ」マックスの唇が彼女の唇を奪い、ときめきは興奮になった。

「わたしたちは習慣を大事にするのよ」レインはあえいだ。「ヘンリーとわたしは」

「習慣を大事にする人間はいつだって、新しい習慣を身につけようとしているだろう」マックスは彼女の脈が打っている首すじに鼻をつけた。「朝のきみはどこもあったかくてやわらかい」

「一分ごとにもっとあったかく、やわらかくなっていくわ」

マックスの唇が彼女の肌の上でカーブをえがき、それから彼は頭を上げて、レインの目をのぞきこんだ。「たしかめてみよう」

マックスは彼女のヒップの下へ手を入れ、持ち上げた。そして彼女の中へ入った。明るい青の目がかすむ。

「ああ、本当だ」彼は淡い朝日の中で愛撫しながらレインを見つめ、見つめつづけた。「きみの言ったとおりだよ」


ヘンリーはくんくん鳴き、前脚をベッドの横にかけた。そして、自分を外へ出す時刻はすぎたのに、なぜ二人の人間がまだ目を閉じたままそこにいるのか突き止めようとするみたいに、首をかしげた。

彼は一度だけ吠えた。明らかにクエスチョンマークつきで。

「オーケイ、ヘンリー、ちょっと待って」

マックスがレインの腕を指先でなぞった。「やってあげようか？」

「あなたはもうやったでしょ。ありがとう」

「ハハ。僕が犬を外に出そうか？」

「ううん、決まったやり方《ルーティン》があるから」

レインがベッドを出ると、ヘンリーはドアへ走っていき、また戻り、彼女がクローゼットからローブを出すあいだ、その場ではねまわっていた。

「その毎日の習慣《ルーティン》にはコーヒーも入っているのかい？」マックスがきいた。

「コーヒーなしじゃ毎日が始まらないわ」

「神に感謝だ。シャワーを浴びてくるよ、そうしたら下へ行く」

「どうぞごゆっくり。おまえは本当に外へ出たいの、ヘンリー？　絶対に、間違いなくたしか？」

その口調と、ヘンリーの猛烈な反応を見て、マックスはこの脇芝居も朝の儀式のひとつなのだろうと思った。レインの笑い声が響くなか、犬が階段を駆け上がり、駆け下りているのが聞こえるのはいいものだった。

マックスは笑ったままシャワーへ入った。

下では、ヘンリーが四本の脚全部を使って飛びはね、レインはマッドルームのドアの鍵をあけていた。彼女はいつもの習慣で、ヘンリーが犬用のドアから身をくねらせて出るのではなく、飛ぶように出ていけるよう、そして自分は朝の空気を深呼吸できるよう、外側のドアの鍵をはずした。

彼女は春の球根植物に目を奪われ、かがんで紫とピンクを植えたヒヤシンスの香りをかいだ。腕を組み、立ち止まって、ヘンリーが朝の巡回をし、そばの裏庭にある木の全部に後ろ脚をあげるのを見守った。彼は最後には森へ走っていき、リスを何匹かおどかして、鹿を追い立てることができるかどうかやってみるだろう。でも、その小さな冒険は、縄張りに綿密にしるしをつけてからだ。

レインは鳥のさえずりに、せわしない小川のせせらぎに耳をすませた。マックスのおかげでまだ体があたたかく、彼を思ってまだ体があたたかい。彼女はこんなに完璧でおだやかな朝に、心配事を持てる人なんているだろうかと思った。

家の中に戻り、外側のドアを閉めた。そしてハミングをしながら、キッチンへ戻った。

ドアの後ろから彼があらわれ、レインは心臓が喉まで飛び出しそうになった。口を開いて叫ぼうとしたとき、彼が静かにしろというように唇に指を当て、声を抑えさせた。

10

あまりの驚きに息が止まってしまい、レインはよろりと一歩後ずさり、壁にぶつかり、手は悲鳴をあげようか、それとも抑えようかと迷うように喉をさまよった。

彼がにこにこ笑いかけ、まだ唇に指を当てているあいだに、レインはあえぎながら息を吸いこみ、たったひとこと、張りさけそうなささやき声とともに吐き出した。

「パパ!」

「びっくりしただろう、レイニー」ジャックは後ろからさっと手を出し、しおれかかった春のスミレの束をさしだした。「わたしの可愛い娘のごきげんはどうだい?」

〝斧でばっさり〟とマックスは言っていたが、レインはそれがどういうものかやっとわかった。「ここで何をしているの? どうやって――」どうやって家に入ったのかをきく前に思いとどまった。鍵をあけるのは父のお気に入りの趣味なのだから、きくだけ馬鹿ばかしい。

「もう、パパったら、いったい何をしたのよ?」

「おやおや、それが久しぶりに会った大好きなパパへの挨拶か？」彼は大きく腕を広げた。

「抱き合ってもらえないのか？」

ジャックの目はきらめき、レインの目と同じように青かった。髪は――彼の自慢かつ喜びの源でもある――赤信号の色をしており、梳《と》かしたところはゆたかなたてがみのようで、それが大きく陽気な顔を囲んでいた。鼻と頬には、クリームに振りかけたショウガのようにそばかすが散っている。

黒と赤の大きなチェックのフランネルシャツ、それからジーンズという格好で、どちらもこの土地への挨拶として選んだらしく、どちらも着たまま眠ったようだった。服に合わせたブーツはまっさらにみえた。

ジャックは首をかしげ、夢を見ているような、子犬のような笑みをレインに向けた。

これにはレインの心も抵抗できなかった。ジャックの腕に飛びこみ、抱きしめると、彼もしっかりレインを抱きしめ、うれしくてたまらないように何度もくるくると回った。

「それでこそうちの娘だ。わたしのベイビーだ。ハラの国（ジャックの姓オハラには「ハラの子孫」の意味がある）のわがプリンセス・レイニー」

まだ床から一フィートも足を浮かせたまま、レインは父の肩に頭をつけた。「わたしはもう六歳じゃないのよ、パパ。八歳でも、十歳でもない」

「それでもいまもわたしの娘だろう？」

ジャックはシナモンスティックのようなにおいがし、ユーコン川のグリズリーの体格をしていた。「ええ、そうだと思うわ」レインは体を離し、おろしてくれるよう、ジャックの両肩をそっと押した。「どうやってここまで来たの？」

「列車、飛行機、車。最後は自分の二本足で。これが、おまえがこの土地に持った家なんだな、スウィーティー・パイ。景色がすばらしい。だが気がついていたか、ここは森の中じゃないか？」

レインは思わずほほえんだ。「あらほんと？　わたしが森を好きでよかったわ」

「そこのところは母親譲りだな。ママはどうしてる？」

「元気よ」レインはジャックが何の他意もなく、本当に心からの気遣いでそうきくたびに、なぜ自分が後ろめたい気持ちになるのかわからなかった。「いつ来たの？」

「ゆうべ着いたばかりだよ。おまえの森の楽園に着いたのは遅かったから、もう夢の国に行っているだろうと思って、勝手に入った。カウチで寝たんだ、言わせてもらえば哀れな格好でな」ジャックは腰の後ろを手で押さえた。「いい子にしておくれ、スウィーティー、そしてパパにコーヒーをいれてくれないか」

「わたしもちょうど……」コーヒーと言われてはっと思い出し、レインの声はとぎれた。マックス！「いまひとりじゃないのよ」パニックがじわじわと喉をつたった。「二階でシャワーを浴びている人がいるの」

「ドライブウェイに車が停まっていたからわかったよ、ニューヨークのプレートがついた高級なやつだ」ジャックはレインの顎の下を軽く叩いた。「さあ言っておくれ、おまえはよそから来た女友達とパジャマパーティーをしていたんだろう」

「わたしはもう二十八よ。女友達とのパジャマパーティーは卒業して男とのセックスになったの」

「頼むから」ジャックは心臓の上に手を置いた。「おまえは友達とひと晩すごしたんだというこことにしよう。これも父親が順を追って受け入れなきゃならんことなんだろうな。コーヒーはどうなった、ダーリン？　さあいい子だから」

「わかった、わかったわ、でもパパが知らなきゃならないことがいろいろあるのよ……わたしの泊り客について」レインはコーヒー豆の袋を出し、豆をグラインダーに入れた。

「いちばん肝心なことはもうわかってるよ。そいつはわたしのベイビーにふさわしくない。ふさわしいやつなんかいないが」

「すごくこみいった話なの。彼は〈リライアンス保険〉の仕事をしているのよ」

「そうか、だったらかたぎの仕事を持っているわけだ、九時五時人間か」ジャックは広い肩をすくめた。「まあ我慢しておくよ」

「パパ――」

「その若造の話はちょっとあとにしよう」ジャックはレインがコーヒーの粉を計ってフィルターに入れると、鼻をくんくんさせた。「世界で最高の香りだな。そいつがすることをしているあいだに、ウィリーがおまえに預けた包みをとってきてくれないか？　ポットはわたしが見ているから」

レインは彼を見つめたが、そのあいだ、ありとあらゆる思い、あらゆる言葉が頭の中をぐるぐるまわり、やがてひとつの恐ろしい確信にまとまった。ジャックは知らないのだ。

「パパ、わたしは……彼は……」レインは頭を振った。「座りましょう」

「あいつがまだ来てないなんて言わんでくれよ」かすかないらだちがジャックの顔をよぎった。「地図がなきゃ自分のバスルームで迷子になるやつだが、あいつにはここへ来るだけの時間がたっぷりあったはずだ。あいつがくそ携帯の電源を入れていれば、連絡をとって、予定は変更だと伝えられたんだが。おまえに言うのはつらいがね、レイニー、ウィリーおじさんは老いぼれてもうろくしてきたよ」

楽な方法はないわ。コーヒーがポットに落ちていくあいだ、レインはそう思った。楽な方法などない。「パパ、彼は死んだわ」

「わたしはそこまで言わないぞ。単に忘れっぽいだけだ」

「パパ」レインは父の両腕をつかみ、ぎゅっと握りながら、娘への甘い笑みが彼の顔から消えていくのを見つめた。「事故があったの。ウィリーは車に轢かれたのよ。それで……死んでしまった」

「そんなはずがあるか。かわいそうに。何かの間違いだよ」

「ウィリーは何日か前、うちの店に来たの。わたしは彼だとわからなかった」レインは父の腕が震えはじめていたので、自分の手でさすってあげた。「ずいぶん月日がたっていたし、彼だとわからなかったのよ。ウィリーはわたしに電話番号を渡して、連絡してくれって言った。てっきり何か売りたいものがあるんだと思ったの、それに忙しかったから、よく見ていなかったのよ。それから彼は出ていって、その直後、ほんの何秒かあとのような気がするわ、ものすごい音がした」

ジャックの目はうるみ、レインの目も同じだった。「ああ、パパ。そのときは雨が降っていたのよ、なのにウィリーは通りへ飛び出したの。どうしてかはわからない、でも飛び出したの、車のほうも停まれなかった。わたしは走って外へ出て、そうしたら……やっと彼が誰だか気づいたけれど、もう遅かった」

「ああ、そんな。そんな。そんな」ジャックは腰をおろし、椅子に深々と沈みこんで、両手に顔をうずめた。「あいつがいってしまうはずがない。ウィリーが」

ジャックは落ち着こうと体を揺らし、レインは彼に両腕をまわして、頬と頬をつけた。

「わたしがあいつをここへ来させたんだ。ここへ来るように言ったんだ、わたしの考えでは……。通りに飛び出したって？」

彼の頭が上がった。涙が頬を流れ、レインは父がこれまで一度としてそれを、あるいは激しい感情を恥じたことがないのを知っていた。「あいつは通りに飛び出すほど子どもじゃなかったぞ」

「でもそうしたのよ。何人もの人が見ていたの。彼を轢いてしまった女の人はひどいショックを受けていたわ。でもその人にはどうしようもなかったの」

「あいつは走ったのか。走ったのなら、理由があったはずだ」ジャックは涙の下で青ざめていた。「あいつが渡したものをとってきてくれ。とってきて、わたしに渡すんだ。誰にも話すんじゃないぞ。これまであいつを見たこともない、そう言うんだ」

「ウィリーからは何も渡されてないわ。パパ、わたしは宝石のことは知ってるの。ニューヨークの仕事のことも知っている」

ジャックはレインの両肩に手を置き、あざができそうなほど強くつかんだ。「あいつが何も渡さなかったのに、どうして知っているんだ？」

「いま上にいる人よ。彼は〈リライアンス〉に雇われているの。会社は宝石の保険を請け負っていたのよ。彼は調査員なの」

「保険屋のお巡りか」ジャックは椅子からぱっと立ち上がった。「おまえのシャワー室にお巡りがいるのか、何てことだ！」

「彼はウィリーを追ってここへ来たのよ、それでウィリーがわたしに関係あると思った。パパとわたしに。その人は宝石を取り戻したいだけよ。パパを警察へ引き渡すことに興味はない。だからパパの持っているものを渡してちょうだい、このことはわたしがどうにかするから」

「おまえはお巡りと寝ているのか？　うちの娘が？」

「そんなことを話している場合じゃないでしょう。パパ、誰かがわたしの家に、お店に押し入ったのよ、あの宝石を捜しているんだわ。わたしは持っていないのに」

「あのクルーのやつだ。あの人殺し野郎」ジャックの目はまだ濡れてうるんでいたが、その奥では炎が燃えていた。「おまえは何も知らないんだぞ、わかったか？　おまえは何も知らない、わたしにも会っていない。話もしていない。この一件はわたしが片をつける、レイン」

「そんなこと無理よ。ねえパパ、パパはひどいトラブルの渦中にいるのよ。あの宝石にそんな値打ちはないわ」

「二千八百万ドルの半分となればかなりの値打ちさ、ウィリーが自分のぶんをどうしたかわかれば、その額で交渉することになるんだ。あいつはおまえに何も渡さなかったんだな？何も言わなかったか？」

「小袋《ポーチ》を隠せって言ったわ、でも渡されてないもの」

「ポーチ？　あいつはダイヤを取り出したんだな？」

「彼はポーチを渡してくれていない、って言っただけよ。彼は……死にかけていたの、だから何を言っているのかよくわからなかった。はじめは〝犬《プーチ》〟って言ったんだと思ったもの」

「それだ」ジャックの顔にいくらか生気が戻ってきた。「あいつの取り分は犬の中なんだ」

「犬？」心底驚いたせいでレインの声がうわずった。「犬にダイヤモンドを食べさせたの？」

「本物の犬じゃない。おいおい、レイン、わたしらをどんな人間だと思っているんだ？」

レインはただ両手で顔をおおった。「もうわからないわ。全然わからない」

「宝石は犬の置物の中にあるんだ、小さい黒白の犬だよ。警察はウィリーの所持品を持っているだろうな。あれも持っているだろうが、自分たちが何を手にしたかはわかっちゃいない。そっちはわたしが何とかする」

「パパ――」

「心配せんでくれ。もう誰もおまえに迷惑はかけないから。誰もわたしの娘に手を出したりしない。このことについてはだんまりを通すんだぞ、あとはわたしがやる」ジャックはレインを抱きしめ、キスをした。「もうバッグをとって出ていくから」

「行っちゃだめ」レインはいそいで彼のあとを追いながら引きとめた。「マックスはクルーが危険だと言っているわ」

「マックスというのがその保険会社のタレコミ屋か?」

「ええ」レインはそわそわと階段へ目をやった。「いいえ、タレコミ屋じゃないわ」

「何でもいいが、そいつはクルーについちゃ間違ってない。わたしがあいつの正体を知っているとは、誰も思わないだろうが」ジャックはつぶやいた。「あいつがやったことをもな。クルーはわたしがあいつの偽名や作り話をそっくり信じると思ってたらしい。こっちはしゃべれるようになってこのかた、ずっとこの商売をやってるんだぞ、違うか?」ジャックはダッフルバッグを肩にかけた。「あいつとかかわるべきじゃなかった、しかしまあ、多少の差はあれ、二千八百万ともなれば、おかしなやつと仲間になるものさ。とうとうそのせいでウィリーを殺されてしまったが」

「パパのせいじゃないわ。パパが悪いんじゃない」

「クルーはマーティン・ライルと名乗っていたが、わたしはやつの正体を承知のうえで仕事を受けたんだ。あいつが危険なやつだとわかっていて、はじめから裏切るつもりで、仕事を受けた。ウィリーはわたしにくっついてきただけだ。だが落とし前はつける。おまえにはもう何もさせやしない」ジャックはレインの頭のてっぺんに短いキスをすると、玄関へ向かった。

「待って。ちょっと待って、マックスと話をして」

「それはやめておこう」彼はふんと鼻を鳴らした。「おたがいのためにひとつ頼まれておくれ、お姫様」ジャックは今度はレインの唇に指をつけた。「わたしはここへ来なかったんだよ」

レインは小走りに去っていく父が、〝バイ、バイ、ブラックバード〟を口笛で吹いているような気がした。ジャックはいつだって、大男のわりに動きがすばやかった。あっという間に小道のカーブを曲がって消えた。

まるでここにいなかったかのように。

レインはドアを閉め、そこに額をつけた。どこもかしこも痛かった。頭も、体も、心も。去っていくときの父の目にはまだ涙が浮かんでいた。ウィリーへの涙。パパは悲しむだろう、とレインにはわかっていた。自分を責めるだろう。そして、そんな状態でいたら、何か馬鹿なことをやりかねない。

いや、馬鹿なことなんかじゃない。レインは訂正し、キッチンへ入って、むやみに歩きまわった。むこうみずで、愚かなことかもしれないけれど、馬鹿なことではない。

止めるのは無理だっただろう。たとえせっせっと頼んでも、強く訴えても、涙を流しても。ジャックは去っていくときにその重さを背負っていっただろうが、去っていくことに変わりはない。

そう、大きな人なのに、いつだって動きがすばやいんだもの。

マックスがキッチンへやってくるのが聞こえ、レインはあわてて食器棚からマグカップを出しにかかった。

「ちょうどよかったわ」彼女は明るく言った。「コーヒーがはいったところ」

「朝のコーヒーは人生で最高の香りだね」

レインは振り返り、彼の言葉が心の中で父の言葉そっくりに響いているあいだ、彼を見つめていた。マックスの髪はシャワーでまだ濡れていた。レインの家のシャワー。彼はレインの石鹸のにおいがしている。彼はレインのベッドで眠った。彼女の中へ入った。

わたしはそのすべてを彼に与えた。なのに、父親が十分間やってきただけで、信頼も、事実も引っこめようとしている。

「父が来たわ」自分に問いかける前に、口に出してしまっていた。

マックスはとったばかりのマグを置いた。「何だって?」

「いま出ていったばかり。ほんのちょっと前に。わたし、あなたには話さないつもりだった、何も言わないつもりだったのよ。父をかばうつもりだった。条件反射ね、きっと。いくらかは。父を愛しているのよ。ごめんなさい」

「ジャック・オハラがここに来たのか？　この家にいたのに、僕に話してくれなかったのか？」

「いま話しているじゃない。これだってわたしにとってはどんなに大変なことか、あなたにはわからないわ、でも話しているでしょう」レインはコーヒーをつごうとしたが、手が震えてしまっていた。「父に手を出さないで、マックス。あなたが父に手を出したら耐えられない」

「ちょっとひとマス戻ろう。きみのお父さんはここに来た、この家の中に。そしてきみは僕に夕食を作ってくれて、一緒にベッドに入った。僕が二階できみと抱き合ってるときに、お父さんは隠れていて――」

「違うわ！　そうじゃないの！　父がここにいるなんて、今朝まで知らなかったのよ。いつここへ来て、中に入ったのかも知らない。カウチで眠ったらしいわ。わたしはヘンリーを外に出してやって、キッチンに戻ってきたら、父がいたの」

「それじゃ、いったい何を僕に謝っているんだい？」

「あなたに話さないつもりだったこと」

「ええと、たった三分間だろう？　参ったな、レイン。そんな真っ正直さのバーを置かれたら、こっちは頭をぶつけっぱなしになってしまうよ。ちょっと待ってくれ」

「もうどうすればいいのかわからなくて」

「彼は二十八年間もきみの父親なんだ。僕はきみに恋してまだたった二日。きみの気持ちはわかるよ。オーケイ？」

レインは震えながら息を吐いた。「オーケイ」

「余裕もそこまでだけどね。お父さんは何て言っていた？　何をしてほしいって？　どこへ行った？」

「父はウィリーのことを知らなかったの」レインの唇は震えたが、彼女はがんばって唇を結んだ。「泣いていたわ」

「座るんだ、レイン、コーヒーを持ってくるから。座って、しばらく休んで」

レインは彼に言われたとおりにしたが、さっきまで痛かったところすべてが、いまは震えていた。彼女はコーヒーがストーンウェアの器に流れこむ音を聞きながら、自分の手を見つめて座っていた。「わたしもあなたに恋しているんだと思うわ。そんなことを言っている場合じゃないかもしれないけど」

「言われたらうれしいさ」マックスは彼女の前にマグを置き、自分も座った。「いつでも」

「わたしは遊びのつもりじゃないのよ、マックス。それを知っておいてほしいの」

「ベイビー、きみならきっと遊ぶのもうまいだろうね。なかなか。でも、ものすごくうまくはないよ」

そのからかうような口調こそ、浮かんできそうな涙を抑えるのに必要なものだった。レインは面白がっているような尊大さをのぞかせて彼を見つめた。「あら、うまいわよ。あなたから老後の貯金や、心や、プライドをだましとって、しかもそのてっぺんにリボンをつけて渡したのは自分の考えだったんだって思わせることもできたのよ。でも、わたしはあなたの心にしか興味がないみたいだから、それは本当にあなたの考えだったんでしょ。ジャックは一度も母に正直になれなかった。母を愛していたのに。いまも愛しているのよ、それを言うなら。でも正直にはなれなかった、母に対してすら。だからうまくいかなかったの。あなたとわたしが真剣に付き合うなら、勝率を高くしておきたいわ」

「それじゃ、まずお父さんをどうしたらいいか決めることから始めよう」

レインはうなずき、彼が持ってきてくれたコーヒーのマグをとった。落ち着いて、正直になろう。「父は獲物の分け前をわたしに渡すため、ウィリーをここへ寄こしたの。安全に保管しておくためね、わたしの見たところでは。もしそれがうまくいっていたら、わたしは宝石を受け取り、そのあとで父に返していたと思うわ。父には相当口やかましく言ったでしょうけど、きっと返していた」

「血は濃いからね」マックスは言った。

「わたしにわかったかぎりでは、父はウィリーが連絡してこないので心配になったの――それに、彼の、ウィリーの携帯電話も電源が切られていたから。それで父は計画を変更して、ここへ犬をとりにきたの」

「犬《ドッグ》って？」

「ええとね、犬《プーチ》だったのよ、小袋《ポーチ》じゃなくて。っていうか、犬《プーチ》の中に小袋《ポーチ》が入っているの。んもう、これじゃ下手なコントだわ。でも、わたしは小袋《ポーチ》入りの犬《プーチ》なんかもらっていない、それで父は警察がウィリーの所持品と一緒にそれも持っていったんだと考えているの。それに父はクルーが――そうそう、父はクルーだとはっきり言っていたわ――ここまでウィリーを追ってきたと思っている、あなたと同じようにね、それでウィリーがおびえて、通りに飛び出したんだと」

「コーヒーが足りないな」マックスはつぶやいた。「犬の話に戻ろう」

「ああ、本物の犬じゃないのよ。犬の置物ですって。ジャックの昔からの手なの。とった獲物を何かありきたりなものの中に隠すのよ、そうすれば誰の目にも留まらないでしょ――それを取り戻そうとしている人の目も逃れられるわ――ほとぼりが冷めるまで。一度なんか、希少なコインをわたしのテディベアに隠したのよ。アパートメントの建物をのんびり出て、ドアマンとおしゃべりして、十二万五千ドルをパディントンに入れたまま消えたの」

「お父さんはきみを仕事に引っぱりこんだのか？」

マックスの驚きように、レインはコーヒーマグに視線を落とした。「わたしには普通の子ども時代はなかったのよ」

彼は目を閉じた。「お父さんはどこへ行くつもりなんだ、レイン？」

「わからないわ」彼女は手を伸ばし、マックスに手を重ね、やがて二人は目を合わせた。「本当に知らないの。父は心配いらないって言ったわ、自分がすべて片をつけるって」

「ウィリーの所持品はヴィンス・バーガーが持っているんだろう？」

「彼には言わないで、マックス、お願いだから。もし父があらわれたら、彼は逮捕せざるをえないわ。そんなことに協力なんてできない。わたしがそんなことに手を貸すことになったら、あなたとわたしに――わたしたちに先はないわ」

マックスは考えこみながら、テーブルを指で叩いた。「ウィリーのモーテルの部屋は調べたんだ。犬の置物なんてなかったよ」彼はあの部屋を思い浮かべ、つぶさに思い出してみた。「そんなものは思い出せないが、見過ごしてしまった可能性はあるな、単なる部屋の飾りだと思って。かなりおおまかな意味での〝飾り〟だが」

「だからうまくいくのよ」

「わかった。きみからヴィンスに頼んで、ウィリーの所持品を見せてもらうことができるかい？」

「ええ」レインはちゅうちょなく答えた。「できるわ」

「そこから始めよう。そのあとはプランBだ」

「プランBって？」

「なりゆきまかせ」

簡単に昔のカンを取り戻せたことには少々気が滅入った。簡単以上だ、とレインは思った。ヴィンスに話をする必要もなかったのだから。とはいえ、友人を裏切り、警察に嘘をつくことには変わりない。

マッコイ巡査部長とはいちおう顔見知りで、相手にするのが彼だとわかると、彼について知っていることを全部、頭の中にすばやく並べた。既婚者、生まれも育ちもギャップ、子どもは二人。たしか二人で、どちらももう大人になっているはずだ。孫もいたような気がする。

観察とカンでそれだけのことを揃えた。

二十ポンドほど肥満ぎみ、ということは食べるのが好きなのだろう。デスクの上のナプキンにベーカリーのデニッシュがのっているから、たぶん奥さんは彼にダイエットをさせようとしているのだろうが、彼のほうは買い食いでこっそり欲求を満たしているらしい。

結婚指輪をしている、装飾品はそれだけだ、それに爪も短く切ってある。握手をすると、手はたこでごつごつしていた。彼は立ち上がってレインに挨拶し、できるだけ腹を引っこめた。レインは彼にあたたかく笑いかけ、相手の頬が赤くなったのに気づいた。

彼なら扱えそうだ。

「マッコイ巡査部長、お久しぶりです」

「ミズ・タヴィッシュ」

「レインと呼んでくださいな。奥様はお元気ですか?」

「女房は元気です。とても元気で」

「赤ちゃんのお孫さんは?」

マッコイ巡査部長はとろけるように笑い、歯がのぞいた。「もう赤ん坊じゃあないですよ。坊主は二歳になりまして、娘をへとへとにさせてます」

「可愛い盛りでしょう？　もう釣りには連れていったんですか？」

「先週の週末、川に連れていきましたよ。なかなかじっとしていませんが、いずれできるようになるでしょう」

「さぞ楽しみでしょうね。わたしの祖父も何度か釣りに連れていってくれたんですよ、でもミミズのことになると、全然意見が合わなくて」

マッコイはわかりますというふうに笑った。「タッドは、あの子はミミズが大好きですよ」

「あなたにぴったりの男の子さんね。あら、ごめんなさい。巡査部長、こちらはわたしの友人で、マックス・ギャノンです」

「ええ」マッコイはあざのできたこめかみをじろじろ見た。「この前の晩、逮捕された人でしょう」

「それは全部誤解だったんです」レインはいそいで言った。「マックスが今朝一緒に来たのは、わたしが頼りにしているからなんです」

「はあ」マッコイはマックスが手をさしだしたので握手をし、それからまたレインに目を戻した。「頼りにですか？」

「これまでこういうことをしたことがないものですから」レインは両手を上げ、気弱な、じれた様子をしてみせた。「ヴィンスがもう話したかもしれませんが、わたし、ウィリアム・ヤングと知り合いだったことに気がついたんです。うちの店の外で、あのひどい事故で亡くなった人ですけれど」

「署長はそんなことは言っていませんでしたが」

「彼にも話したばかりなんです、それで何か――手続きが変わるわけじゃないと思いますけれど。あとになるまで……わたし、あとになるまで思い出さなかったんです。ウィリアムは父の知り合いだったんですよ、わたしが子どもの頃に。彼には――ウィリアムには――わたしが、ええと、十歳のとき以来、会っていなくて。彼がお店に来たときも、とても忙しかったものですから」

レインの目は嘆きでうるんだ。「彼だとわからなかったんです、ろくに注意も払いませんでした。彼は名刺を置いていって、都合のいいときに電話をしてほしいと言いました。それから、お店を出ていってすぐに……彼を思い出さなかったのが、追い払ってしまったのが申し訳なくて」

「もう仕方のないことですよ」マッコイは引き出しからティッシュの箱を出し、レインに勧めた。

「ありがとう。どうもありがとう。そんなわけですから、彼のためにできるだけのことをしてあげたいんです。父にも、できるだけのことはしたと言えるようにしておきたいんです」

それは本当だった。事実に基づいて動くほうがうまくいくのだ。「わたしの知るかぎり、ウィリアムに身内はいませんから、葬儀に必要な手配はわたしがしたいんですが」

「書類は署長が持っていますが、わたしでもチェックできますよ」

「そうしていただけたら本当に助かります。ここに来たついでに、ウィリアムの所持品を見せてもらえますかしら。それはできます？」

「いけない理由はないでしょう。座りませんか？」マッコイはレインの腕をやさしくとって、椅子のところへ連れていった。「さあ座って、所持品を持ってきますから。でも何も持っていかないでくださいよ」

「ええ、ええ、わかっています」

マッコイが部屋を出ていくと、マックスは彼女の横に座った。「バターみたいになめらかにやってのけたね。あの警官のことはどれくらい知っているんだ？」

「マッコイよ。二度ほど会ったことがあるわ」

「釣りっていうのは？」

「ああ、あれね。彼のデスクの事件ファイルの下に、釣りの雑誌がはさんであるでしょ、だからそうだろうと思っただけ。でもウィリーおじさんの埋葬の手配はするわ」レインはそう付け加えた。「ここに、エンジェルズ・ギャップにね、でもほかにウィリーの望みそうなところがあれば別だけれど……」

「彼もここなら気に入るよ」

マッコイが大きな箱を持って戻ってきたので、マックスはレインと同じように立ち上がった。「あまり所持品はなかったんですよ。軽装で旅行していたようでね。衣類、財布、時計、鍵が五つに、キー・リング――」

「まあ、わたしがいつかのクリスマスにあげたキー・リングだわ」レインは鼻をすすりながら手を伸ばし、それを握った。「信じられる？　いままでずっと使ってくれていたなんて。ああ、それなのにわたしは彼だと気づきもしなかったのよ」

　鍵を握りしめ、レインは座りこんで泣いた。

「泣かないでくれよ、レイン」

　マックスはマッコイに、男ならではの途方に暮れた視線を向け、レインの頭を撫でた。

「女の人は泣かずにいられないことがありますよ」マッコイはティッシュを取りにいった。彼が戻ってくると、レインは三枚ティッシュをとり、顔をふいた。

「ごめんなさい。こんなの本当に馬鹿みたいでしょう。ただ、彼が本当にやさしくしてくれたことを思い出してしまって。そのあと付き合いが途絶えたんです、どういうものかわかりますよね？　うちの家族が引っ越して、あとはそれっきりでした」

　自分を落ち着かせながら、レインはもう一度立ち上がった。「もう大丈夫です。ごめんなさい、もう大丈夫」彼女は紙の封筒をとり、鍵を中に入れて、自分で箱に戻した。「ほかのものも教えてもらえます？　もう泣いたりしませんから」

「いいんですよ。本当にいま見ますか？」

「ええ。そうします、ありがとう」

「洗面道具がありますね――剃刀、歯ブラシ、おきまりのものです。所持金は四百二十六ドルと十二セント。レンタカーを使っていて――ニューヨークの〈エイヴィス〉のトーラスです、それから道路地図」

マッコイがリストを読み上げていくあいだ、レインはそれぞれの品物を見ていった。

「携帯電話——電話帳には連絡先はひとつも登録されていませんでした。ヴォイスメッセージが二つほどあったようですが。それをたどれるかどうかやってみますよ」

きっと父からだ、とレインは思ったが、うなずくだけにしておいた。

「時計には文字が彫ってありました」マッコイは、レインがその時計を手の中で裏返すとそう言った。「〝一分ごとに一〟。意味はわかりませんな」

レインはマッコイにとまどった笑みを向けた。「わたしもです。何かロマンティックなものなんじゃないでしょうか、昔好きだった女性からとか。そうだとしたらすてきでしょう。わたしはそう思いたいですわ。これで全部ですか？」

「ええまあ、旅行中でしたし」マッコイは時計をレインから受け取った。「男は旅行のとき、個人的なものはあまり持たないものですからね。ヴィンスが彼の住所を見つけ出すでしょう。心配いりませんよ。まだ最近親者は見つかってないんです、もし見つからなかったら、遺体はあなたにお引渡ししますから。お父さんの昔の友達を埋葬しようとは、やさしいことですなあ」

「それくらいしかできませんから。どうもありがとうございました、巡査部長。ご親切に、長いこと付き合ってくださって。葬儀の準備をしてもよくなりましたら、あなたかヴィンスが知らせてくださると助かります」

「ご連絡しますよ」

レインは署を出ると、マックスの手をとり、彼は手のひらにさっきの鍵が押しつけられるのを感じた。「器用にやったね」彼は言った。「あやうく見逃すところだった」

「多少なりとも腕が鈍ってなかったら、あなただって見逃していたわよ。ロッカーの鍵みたいね。貸しロッカーでしょう。空港や鉄道の駅、バス停なんかには、もう貸しロッカーはないのよね？」

「うん。ああいうガレージタイプの保管ロッカーのものにしちゃ小さすぎるな、それに、どのみちそういうロッカーはたいていコンビネーション式の鍵か、カードキーだ。これはメールボックスのものだろう」

「それを突き止めなくちゃね。でも犬はなかったわ」

「ああ、犬はなかった。もう一度モーテルの部屋を調べることになるが、あそこにはないと思うな」

レインは彼と一緒に外に出ると、ふるさとに選んだ町をいとおしく眺めた。この見晴らしのいい、坂になった通りの上からは、川の一部や、対岸の丘に並ぶ家が見えた。そのむこうには山々がそびえ、広がる通りや建物、公園や橋をぐるりと囲んでいる。山は風光明媚《めいび》な壁となり、葉をつけはじめた木々の緑のかすみや、花開いた野生のミズキのちらちら光る白でおおわれていた。

毎日屋たち——レインの父は平凡な生活を送る平凡な人々をそう呼んだ——が自分のするべきことをしている。車を売り、食料を買い、敷物に掃除機をかけ、歴史を教えている。

庭には草木が植えられるか、植えられる準備がされている。二軒ほど、復活祭からもう三週間もたつというのにまだ飾りのはずされていない家が見えた。色あざやかなプラスチックの卵が低い木の枝に揺れ、春の緑色をした草の上には、空気でふくらますウサギが隠れている。

レインにも掃除機をかける敷物、買わなければならない食料、手入れをしなければならない庭があった。そのおかげで、手にはさっきの鍵があっても、自分もまた毎日屋でいられるのだと思った。

「さっきのことでわくわくしなかったなんてふりはしないわ。でも、この一件が終わったら、もう一度喜んで引退する。ウィリーにはできなかったし、父は絶対にやらないでしょうけど」

マックスの車へ歩きながら、レインはほほえんだ。「あの時計をウィリーにあげたのは父なのよ。キー・リングはただの目くらましだったけど、あの時計は父がいつかの誕生日に、ウィリーにあげたものなの。本当にお金を払って買ったんじゃないかと思うけど、たしかじゃないわ。でも、父が文字を刻ませたときはわたしも一緒にいたの。〝一分ごとに一〟」

「意味は？」

「カモは一分にひとり生まれる」レインは言い、車に乗った。

11

〈レッド・ルーフ・イン〉のフロントには前と同じ従業員がいたが、マックスは相手の目から、自分がおぼえられていないことを見てとった。ウィリーが最後にいた部屋へ入るためにいちばん単純で手っ取り早い方法は、通常の料金を払うことだった。

「一一五号室を頼みたいんだが」マックスは言った。

従業員はコンピューターの画面を調べ、空室かどうかチェックすると肩をすくめた。「あいておりますね」

「思い出の部屋なの」レインはなつかしそうな笑みを浮かべ、マックスに体をすりよせてみせた。

マックスは現金を渡した。「領収証を頼むよ。そこまで思い出にひたりきってはいないからね」

鍵を手にすると、二人はいそいでウィリーのいた部屋へ向かった。

「ウィリーはきっとわたしの家も知っていたわ。父は知っていたもの、だからウィリーも知っていたはず。ただ会いにきてくれただけだったらよかったのに。彼はきっと誰かがすぐあとを追いかけてきていることを知っていて——あるいは、そうじゃないかと恐れていて——お店のほうが安全だと思ったのね」

「彼はここにひと晩しかいなかった。荷物を出してもいなかった」マックスは部屋のドアへ近づいていった。「一週間ぶんは服があったな。スーツケースはあいていたが、洗面道具以外は何も出していなかった。またさっと移動できるようにしておきたかったんだろう」

「昔はいつだって、またさっと移動できるようにしていたもの。母はきっかり二十分で全部荷造りできたのよ、新しい先でそれを広げるのだって、同じくらい速かった」

「お母さんは面白い人らしいね。うちの母は、その朝どの靴をはくか決めるだけだって、もっとかかる」

「靴は簡単に決められないわ」マックスの母親の気持ちがわかり、レインは彼の腕に手を置いた。「わたしの心の準備のために時間をかけてくれなくても大丈夫よ、マックス。わたしは平気」

　彼はドアをあけた。レインが中へ入ると、そこはごくありふれた、モーテルのダブルルームだった。こういう部屋に気分が滅入る人間もいることはわかっていたが、彼女にはいつも、その個性のなさがちょっとした冒険のように思えた。

　こういう部屋にいると、自分がどこにいる気分にもなれる。どこへでも行ける。誰にでもなれる。

「子どもの頃、よくこういうところに寄ったわ、ひとつところから別のところへ行くときに。そういうのって大好きだった。自分がスパイで、極悪非道のドクター・ドゥーム（A・ロス作のコミック『ファンタスティック・フォー』の悪役）を追っているとか、名前を変えて旅をしている王女様のつもりになって。父がいつも楽しいゲームにしてくれたの。

　いつも自動販売機でキャンディやソフトドリンクを買ってくれてね、母は感心しないふりをしていた。でも、そのうちに、それはもうふりじゃなくなったんだと思う」

レインは安物のベッドカバーをなぞった。「さて、思い出の小道をたどるのはもうじゅうぶん。ここには犬なんてないわ」

　マックスはすでに一度探しており、警察も部屋じゅう調べていき、ホテルの掃除係も入ったことはわかっていたが、もう一度手順どおりに調べた。

「あなたが何かを見逃すことなんてめったにないでしょ？」マックスが調べ終わると、レインは言った。

「そうあろうと努力しているよ。僕らのつかんだ手がかりでいちばん有望なのはあの鍵らしいな。地元の保管施設を当たってみる」

「そしてあなたは言わないつもりらしいけど、ウィリーがニューヨークからここへ来るまでに、犬を隠せた場所は百万くらいある」

「それもたどってみるよ。必ず見つけてみせるさ」

「ええ、あなたならきっとできるわ。そっちがそれにかかっているあいだ、わたしは仕事に戻るわね。ジェニーをあまり長いこと、あそこでひとりにしておきたくないの、いまの状況だと」

マックスは部屋の鍵をベッドにほうった。「送っていくよ」

一緒に車に戻ると、レインはズボンのしわを伸ばした。「あなたも賛成しなかったでしょうね。モーテルの部屋や、ゲームのこと。あの頃の生活も」

「十歳の頃のきみにとって楽しかったのはわかるよ。それに、お母さんがそこからきみを抜け出させた理由もわかる。お母さんはきみのために正しいことをやったんだ。ところでお父さんのことでひとつ言いたいんだが……」

レインは批判されるものと覚悟し、怒ってはいけないと自分に言い聞かせた。「何？」

「男で……ええと、そういう暮らしをしている者の多くは、妻とか子どもとか、責任のかかるようなものは捨ててしまうだろう。でもお父さんはそうしなかったんだね」

レインの肩から力が抜け、縮こまっていた胃はほぐれて、彼女はマックスに輝くような笑みを向けた。「ええ、父はそうしなかった」

「そしてそれは、きみが本当に可愛らしい赤毛ちゃんで、器用な指を持っていたからという理由だけじゃない」

「それがあっても邪魔にはならなかったけど、ええ、それだけが理由じゃなかったわ。父はわたしたちを愛していたの、彼ならではのジャック・オハラ流に。ありがとう」

「どういたしまして。僕たちに子どもができたら、やっぱり僕も自販機のキャンディを買ってあげるだろうが、特別なときだけにしておくよ」

レインは喉が詰まってしまい、声を出すには咳払いをしなければならなかった。「話が飛びすぎじゃない」彼女は言った。

「進む方向がわかった以上、ぐずぐずしていても仕方ない」

「いまの地点からそこまではかなりの道のりがあると思うけど。それに、カーブや急な曲がり角も」

「それじゃ、おたがいに道中を楽しむことにしようか。ここでカーブのひとつをまわろう。僕は別にニューヨークに住んでいなくてもいいんだ、それがきみの考えていることなら。このあたりは子どもを三人育てるのにうってつけじゃないかな」

レインは窒息こそしなかったが、それに近くはなった。「三人？」

「ラッキーナンバーだ」

彼女はサイドウインドーから外を見た。「そうね、あなたはいまのカーブをうまくまわったわ。おたがいに相手をよく知るまで、少しスピードを落とそうかって考えてみたことはある？　ええと、そうね、まる一週間くらい？」

「ある状況では、人間はいつもより早く相手を知るものだよ。いまの状況もそのひとつだろう」

「十歳になる前の、いちばん好きな思い出は？」

「むずかしいな」マックスはしばらく考えこんだ。「自転車に乗る練習。父が横を走っていて——こーんなに大きく笑ってね、目はとても心配そうだったけど、当時の僕にはわからなかった。あのときの感じ、風を受けて、胃が落っこちるみたいにあせって、気がつくとペダルをこいでいた。きみのほうは？」

「シアトルの〈リッツ・カールトン〉で大きなベッドに座っていたこと。そのときはとてもお金持ちだったから、スイートだったの。パパがシュリンプ・カクテルだの、フライドチキンだののすばらしいルームサーヴィスを頼んでくれてね、わたしがどちらも好きだったから、それにキャビアもよ、そのときまで食べたことがなかったの。ピザと、ホット・ファッジ・サンデーもあった。八歳の子どもには夢の食事ね。わたしは気持ちが悪くなってしまって、パパがそれで遊ぶようにってくれた百ドルぶんの一ドル札を持って、ベッドに座っていたわ」

レインはひと呼吸置いて言った。「同じ世界にいたとはいえないわね、マックス」

「いまは同じ世界にいる」

レインはマックスへ目を戻した。彼は揺るがず、強くみえた。器用な手はパワフルな車のハンドルに置き、日の光で縞模様になっている髪は風に乱れ、危険な猫のような目は色つきレンズのむこうに隠されている。

ハンサムで、自制心があって、自分に自信を持っている。それに、こめかみの蝶々形の絆創膏は、彼が常に成功をおさめるわけではないしるしだが、さりとて負けっぱなしではいない。

理想の男性だわ、とレインは思った。これからあなたとどうなるのかしら？

「あなたをつまずかせるのってむずかしい」

「もう大きくよろけたよ、スウィートハート、きみに参ったときに」

笑い声をあげ、レインは頭をそらせた。「いまのはいまいちだったわね、でも効き目はあったわ。わたしってきっといまだに、打てば響く口をきく男に弱いのよ」

マックスはレインの店の前に車を停めた。「閉店のときに迎えにくる」体を乗り出して、彼女に軽いキスをした。「働きすぎないように」

「何だかおかしなくらい普段どおりね。奇妙なことだらけの中の、ささやかな日常」レインは手を伸ばして、彼の絆創膏をそっと撫でた。「気をつけてね、いい？　アレックス・クルーはあなたが何者か知っているんだから」

「近いうちに顔を合わせたいものだね。やつには貸しがある」

その普段どおりはほぼ一日じゅう続いた。レインは客の応対をし、送る商品を梱包し、注文しておいた品物を荷ほどきした。いつもなら大好きなたぐいの日だった。やることはたくさんあるけれど、どれもいそいではいない。品物と、それを気に入って、あるいはすばらしいと思ってお金を払ってくれた人々を一緒に送り出す。彼女が気に入って、あるいはすばらしいと思って、店に置くことにした品物を、届いた荷の中に見つける。

それでも、一日が長く感じられた。

レインは父の身を、そして、彼が悲しみにとらわれてどんな無茶なことをするかを案じた。マックスの身も案じ、クルーが彼を狙ったらどんなことになるかを案じた。

マックスと自分との関係にも頭を悩ませた。頭の中で審査し、評価し、分析しているうちに自分でうんざりしてしまった。

「わたしたちだけになったみたいね」客が出ていったあと、ジェニーが言った。

「休憩をとったら？　しばらく休んでいなさいな」

「うれしい。あなたもそうしてね」

「わたしは妊娠してないもの。それに書類仕事があるし」

「たしかにわたしは妊娠してるわ、でもあなたが座るまでは座らない。だから座ってくれないと、妊婦を立たせて、脚をぱんぱんにさせることになるわよ」

「脚が腫れてるの？　まあ、ジェニーったら――」

「オーケイ、それはまだよ。でもそうなりかねないわ。たぶんなる、そしたらあなたの責任よ。だから座りましょ」

ジェニーはレインを小さな、背もたれがハート形になったソファに押しやった。「これ好きだわ。買おうかなって十回くらい考えたけど、すぐに置くところが全然ないって思い出すの」

「好きな家具なら、場所は見つかるものよ」

「あなたはいつもそう言うけど、お宅はアンティーク品の倉庫にはみえないわよね」ジェニーはクッションのつややかな薔薇を連ねたストライプ模様を指でなぞった。「でも、あと一週間売れないでいたら、降参するわ」

「お宅のリビングの、あの小さなくぼみにおさめたらきっとすてきよ」

「そうね、でもそうするとカーテンを替えなきゃならないわ、それに小さなテーブルもないと」

「もちろんよ。それにすてきな小さいラグも」

「ヴィンスに殺されちゃう」ジェニーはため息をつき、組んだ手をお腹のでっぱりの上にぽたんと置いた。「オーケイ、そろそろ荷おろしをして」

「最後の荷はもうほどいたわ」

「気持ちの荷おろしよ。何のことかわかってるでしょう」

「どこから始めたらいいのかわからない」

「最初に頭に浮かんだことから始めて。水面下ではいろいろなことがぶくぶくいっているんでしょう、レイン。あなたのことはよくわかっているから一目瞭然」

「この二日間でいろいろ知ったあとでも、わたしのことがわかってると思う?」

「ええ、そうよ。だから栓を抜いて。まず何が浮かぶ?」

「マックスはわたしを愛していると思っている」

「本当?」かつてのようにすばやく動くのは簡単ではなかったが、ジェニーはクッションに両肘をついて、重い体をまっすぐにした。「それはあなたのカン？　それとも彼がそう言ったの？　はっきり口に出して？」

「はっきり口に出したわ。あなた、一目惚れなんて信じないわよね？」

「信じますとも。化学反応とかそういうののせいでしょう。公共放送サーヴィス《PBS》の番組がひとつ、まるごとそのテーマでやっていたもの。たしかPBSだった。学習《ラーニング》チャンネルだったかも。とにかく」ジェニーはその問題を追い払った。「人を惹きつけることとセックスと男女関係についてあらゆる研究をしてたわ。たいがいは、化学反応とか、本能とか、フェロモン、それに基づいたものってことになるんだけれど。それから、ヴィンスとわたしが出会ったのは、小学校一年のときだって知っているでしょ。わたしは学校からまっすぐ家に帰って、母にヴィンス・バーガーと結婚するって言ったのよ。そこへ至るにはしばらくかかったけど。州法は六歳児の結婚にはかなり厳しいから。でも、最初の日から、正しい化学反応が起きていたことはたしかよ」

　レインは何度そのときのことを想像しても飽きなかった――人との付き合いが大好きなジェニーと、口下手のヴィンス。それに、レインはいつも二人のことを、ぷくぷくした子どもの体に、大人の頭がついている姿で思い浮かべてしまうのだった。「あなたたちはずっとおたがいをわかりあってきたのよね」

「問題はそこじゃないわ。何分か、何日か、何年ものこともあるし、ときにはピンとくるだけよ、ピン、って」ジェニーは指を鳴らしてそこを強調した。「だいたい、何で彼があなたに恋しちゃいけないの？　美人で頭がよくてセクシーなんだもの。わたしが男だったら、あなたにぞっこんよ」

「それはまた……やさしいことを言ってくれるのね」

「それに何より、面白くって謎めいた過去があるじゃない。あなたのほうは彼に対してどんな気持ちなの？」

「とろんとなって、むずむずして、馬鹿みたいな気分」

「ねえ、わたしは最初からあの人が気に入ってたわ」

「ジェニーったら、あなたが気に入ったのは彼のお尻でしょ」

「だから何？」ジェニーはくすくす笑い、やっとレインが笑い声をあげたので安心した。

「オーケイ、お尻はさておき、彼は思いやりがあるわ。お母さんへのプレゼントを買っていたもの。あのアクセントもすてきよね、仕事もかっこいいし。ヘンリーも彼が好きでしょ、ヘンリーは人柄を見抜く名人よ」

「本当ね。そのとおりだわ」

「それに、あの人は結婚恐怖症にかかってもいないし、自由主義なんて言葉も使わないでしょうね。加えて」ジェニーはやさしく言った。「彼はあなたの味方だわ。それははっきり顔に出ていた。あなたの味方、それだけでも親友から最高点を獲得よ」

「それじゃ、心配するのはやめたほうがいいのかしら」

「状況しだいね。彼はベッドではどう？　闘士？　それとも詩人？」

「うーん」思い返しながら、レインは唇をなめた。「詩人のような闘士ね」

「まあ、すごい！」ぶるっと体を震わせると、ジェニーは後ろへ倒れた。「それって最高よ。早く結婚しちゃいなさい」

「そうね。そうするかも。今度のことを片づけるまでにだめにならなければ」

ドアが開いてベルが鳴ったので、レインはそちらへ目を向けた。「わたしが出るわ。座っていて」

そのカップルは四十がらみで、レインはお金持ちの旅行者だと見当をつけた。女のほうのジャケットはバター色をした薄手のスウェードで、靴とバッグはプラダだ。上質のアクセサリー。洗練された、スクエアカットのダイヤモンドのついたリングが、チャンネルセット（溝の中に宝石を列状にはめこんだもの）の結婚指輪と組になっていた。

男のほうはイタリアものらしいカットの革ジャケットを、ほどよく色あせたリーヴァイスの上に着ていた。彼が後ろ手にドアを閉めようと振り返ったとき、手首のロレックスが見えた。

二人とも日に焼けていて、体が引きしまっていた。カントリークラブね、とレインは思った。毎週日曜にはゴルフかテニス。

「いらっしゃいませ。何かお探しですか？」

「ちょっと見てみようと思って」女のほうが笑顔で答え、まなざしで、レインにあれこれ説明されたり、売りこまれたりしたくないと告げた。

「ご自由にごらんください。何かご用がありましたら、声をかけてくださいね」二人をのんびりさせるため、レインはカウンターへ行き、オークションカタログの一冊を開いた。

彼らの会話が聞こえてきた。間違いなくカントリークラブ人種だ、とレインは思った。そして、彼らがまた出発する前に、最低五百ドルは落としていくだろうと、ひとりでささやかな賭けをした。

もし負けたら、オフィスの砂糖菓子入れに一ドルを入れるのだ。負けることはめったにないので、菓子入れはあまり動かされない。

「ちょっとお願い」

レインは目を上げ、ジェニーがソファから降りる前に手を振って押しとどめた。そして女性客に例の店主スマイルを向けて、そちらへ歩いていった。

「これはどういうものなのかしら？」

「ああ、面白いでしょう？　チェス用のテーブルなんですよ、一八五〇年頃の。イギリス製で。黒檀にペンワークと象牙の象嵌《ぞうがん》がほどこしてあります。状態もすばらしいものです」

「うちのゲーム室に合いそうだわ」女は夫を見た。「どう思う？」

「目新しいだけのものにしちゃ少し高いな」

なるほど、とレインは思った。奥さんが見てまわっているあいだに、旦那さんのほうと交渉しなきゃね。別にかまわないわ。

「支柱が二重らせんになっていますでしょう。完璧な状態です。本当に珍しいんですよ。ロング・アイランドのあるお屋敷から出たんです」

「これは？」

レインは歩いていって妻と並んだ。「十九世紀後半。マホガニー製です」ディスプレーテーブルの端に指先を走らせながら答えた。「上の部分には蝶番《ちょうつがい》、ガラスには斜角がついています」そこをそっと持ち上げてみせた。「このハート形がすてきでしょう？」

「本当ね」

レインは妻が夫に送ったサインを読んだ。両方ともほしいわ、と言っていた。うまくやって。

彼女は離れていき、レインはジェニーにうなずいて、妻がいま目を向けているワイングラスのコレクションについてしそうな質問に答えてと頼んだ。

それからの十五分間は、夫のほうの相手をし、ぎりぎりまで値引きさせたと思わせた。レインは品物を売り、夫は使命を果たした気持ちになり、妻はほしいものを手に入れた。

みんなが満足。レインはそう思いながら伝票を書いた。

「待って！　マイケル、いまこれを見つけたの」妻が頬を紅潮させ、笑い声をあげながら小走りにカウンターへ来た。「妹はこういうものが大好きなのよ。他愛ないほどいいんですって」彼女は黒と白の陶器の犬を持ち上げてみせた。「値札がないわ」

レインはじっとそれを見つめた。訓練を積んだ笑みは唇に浮かんだままだったが、耳の中ではどくどくと鼓動が打っていた。さりげなく、ごくさりげなく、彼女は手を伸ばして、その置物を受け取った。背中の下を、冷たい指で押された気がした。

「他愛ないというのはぴったりですね。申し訳ありませんけれど」レインの声はまったく自然で、かすかな笑いさえにじんでいた。「これは売り物じゃないんです。うちの在庫じゃないんですよ」

「でもあの棚にあったわ、すぐあそこに」

「友人のものなんです。うっかり置いたんでしょう。あそこにあったなんて気がつきませんでした」女が抗議する前に、レインはそれをカウンターの下の棚に置いて、見えなくしてしまった。「妹さんの好みに合いそうな、同じようなものがきっとありますわ。それがありましたら、がっかりさせてしまったお詫びに、五割引にさせていただきます」

五割引となれば、どんな抗議も静まるものだ。「そうね、あそこに猫の置物があったわ。シャム猫の。さっきの犬より上品だけど、スーザンにはあれでもじゅうぶんキッチュでしょう。もう一度見てくるわね」

「どうぞ。それじゃ、ミスター・ウェインライト、品物はどちらへお送りしましょうか？」

レインは売買をすませ、気さくにおしゃべりをし、客たちをドアまで送りさえした。

「うまく売ったわね、ボス。お客がどんどん別の品物を見つけて、買い物に加えていくのって大好き」

「奥さんのほうは見る目を持っていて、旦那さんのほうはお財布を持っていた」体がふわふわ浮いているような気がしたが、レインはカウンターに戻って、さっきの犬を出した。「ジエニー、これを棚に置いた？」

「それ？　いいえ」口をすぼめ、ジェニーは歩いてきてそれをじっくり見た。「ちょっと可愛いわね、変てこだけど。うちにはちょっとフリーマーケットっぽいんじゃない？　ドールトンとかミントンとか、そういうものじゃないわよね？」

「ええ、違うわ。きっとオークションの品物に間違ってまぎれこんできたのね。あとで調べてみる。あら、もう五時よ。あなたは早じまいにしたら？　今朝は一時間以上もわたしの穴を埋めてくれたんだもの」

「そうさせてもらってもいいかしら。クォーター・パウンダー（マクドナルドの大型ハンバーガー）が食べたくってしょうがないの。署に寄って、ヴィンスが〈シェ・マクドナルド〉で夕飯を食べられるかどうかきくわ。もし何かが持ち上がって、発散したかったら、わたしは電話みたいに口が堅いわよ」

「わかっているわ」

　レインはジェニーが帰り支度をして、ドアを出るまで、書類をめくっていた。そして彼女が何かの用で戻ってきたときのために、それからもたっぷり五分間待ち、さも忙しそうに仕事を続けた。

　やがてレインは店の表へ歩いていき、〝閉店〟の札をかけると、鍵をかけた。

　さっきの犬の置物をとり、奥の部屋へ持っていって、そこの鍵をたしかめた。誰も不意には入ってこられないとわかって安心し、デスクに置物を置いて、しげしげと見てみた。

いまそのつもりで探してみると、接着剤の線が見えた。底に押しこまれた小さなコルクの周囲にかすかにある。うまい仕事ぶりだったが、それを言うなら、ビッグ・ジャックがぞんざいだったことはない。コルクの横には消えかかったスタンプがあった。〝メイド・イン・タイワン〟。

そう、こういうささいなところまで考えるのがジャックだ。レインは置物を振ってみた。何も音はしない。

舌を鳴らし、レインは新聞紙をとって、デスクに広げた。真ん中に犬を置き、それから工具を入れてある棚のところへ行った。小さな、頭の丸いハンマーを選び、首を傾け、腕を振りかぶった。

そしてやめた。

自分がやめたことで、レインは一点の疑いもなく確信した。わたしはマックスを愛している。

息をつくと、腰をおろし、犬を見つめながらハンマーを横に置いた。

マックスを愛しているから、ひとりではできないのだった。つまり、一緒にやるということだ。そして、その次に何が来るにせよ、それも彼と一緒にやる。

これが、とレインは思った。彼女の母親がロバート・タヴィッシュと見つけたものなのだろう。ジャックとは胸躍ることや冒険がいろいろあったけれど、本当には持てなかったもの。母はチームの一員であったし、たぶんジャックにとっては生涯でたったひとり、愛する女性だ。それでも、核のところでは、二人はカップルではなかった。

母とロブはカップルなのだ。そして、それこそレインが自分にも望んでいるものだった。もし誰かと恋に落ちるとしたら、カップルの片割れでありたかった。

「いいわ、それじゃ」

レインは立ち上がり、荷造り用の道具からエアパッキングをとった。そして安物の陶器の犬を、アンティークのクリスタルを包むようにていねいに、念入りに包装した。幾重ものエアパッキングの上から、さらに茶色の梱包紙でくるみ、その包みを薄紙を詰めた紙袋に入れ、在庫品からとって包んでおいたもうひとつの品物と一緒にした。

作業が終わると、その日の最後に売った品物の発送を手配し、書類をファイルした。六時きっかりになると、入口のところでマックスを待った。

彼は十五分遅れてきたが、それでレインは完全に落ち着く時間ができた。

彼が縁石のところに車を停めるやいなや、レインは外に出て、ドアに鍵をかけた。

「きみはいつも時間に正確だね」彼女が車に乗ると、マックスはそうきいた。「きっと、いつも五分早いんだろう」

「そのとおりよ」

「僕はたいていだめだな、時間どおりにっていうのは。それは僕たちがともに長い道のりを行くにあたって、問題になりそうかい？」

「そうね。いまみたいなまだ初めの甘い時期、あなたがあらわれるとわたしはまつげをぱちぱちさせて注意を引こうとしているのに、そっちは遅刻したことに何も言わない。そうなったら、喧嘩になるわ」

「単に確認しておきたかっただけだよ。その袋の中身は何？」

「ものが二つばかり。鍵のほうは運に恵まれた？」

「考え方によるな。この鍵のはまる錠は見つからなかったが、だめなのをいくつか除外できた」

マックスはレインの家の前の小道に車を入れ、彼女の車の後ろに停めた。「ヘンリーはどうして車が来た音を聞いても、犬用のドアから出てこないんだ？」

「だって誰が来たのかわからないでしょ？　あの子が話したくない人かもしれないじゃない」

レインは車を降り、彼がトランクをあけるあいだ待った。そして、フライドチキンのバケツトを見ると顔を輝かせた。

「チキンを買ってきてくれたのね」

「それだけじゃないよ、ホット・ファッジ・サンデーの材料も」彼は二つの袋を持ち上げてみせた。「シュリンプ・カクテルにピザもいいなと思ったんだが、二人とも胸焼けがするだろうと思ってね。だから今夜は、カーネル（ケンタッキー・フライド・チキンの創始者でシンボルのカーネル・サンダースのこと）とアイスクリームだけだ」

レインは紙袋をおろして、彼の首に両腕をまわし、熱いキスをした。

「カーネルなら毎晩でも食べられるよ」マックスは声が出せるようになると言った。

「秘伝のハーブとスパイスのせいよ。食べるたびに感動しちゃうもの。わたし、あなたを愛しているんだってわかったわ」

彼の目に同じ感情が湧き上がるのがみえた。「ほんとに？」

「ええ。ヘンリーに話してあげましょう」

ヘンリーはチキンのほうに興味があるようだったが、レインがテーブルを整えるあいだ、短いレスリングと、大きなミルク・ボーン・ビスケットで我慢した。

「こういうものならペーパータオルにのせて食べればいいんじゃないか」マックスが言った。

「このうちではだめ」

レインはチキンをきれいに盛りつけ、マックスは可愛くて女らしいやり方だなと思った。カラフルな皿は、ファストフードのチキンとコールスローをなかなかの祝宴に変えてくれた。

二人はワインを飲み、キャンドルを灯し、エクストラ・クリスピーを食べた。

「どうしてあなたを愛しているとわかったか知りたい？」レインは食事を楽しみ、同じく楽しんでいる彼を見つめながら答えを待った。

「僕がとってもハンサムでチャーミングだから？」

「それはあなたと寝ることにした理由」彼女は皿を片づけた。「愛しているかもしれないと思ったのは、あなたが笑わせてくれたからよ、それに、あなたはやさしいし頭がいいし、わたしが来月ゲームをしたときにも、まだそこにいたから」

「来月ゲーム？」

「あとで説明するわ。でも、あなたを愛しているに違いないって思ったのは、あることをひとりでやりかけて、やめたからなの。自分だけではやりたくなかった。あなたとやりたかったのよ、だって二人の人間がカップルになるなら、大事なこと、それにささいなことも、一緒にやるものでしょう。だけど、それを全部説明する前に、あなたにプレゼントがあるわ」

「からかっているのかい？」

「いいえ、わたしはプレゼントってものを真面目に考えているもの」レインは袋からひとつめの包みを出した。「わたしのお気に入りなの、あなたも気に入ってくれるといいけど」

興味をそそられ、マックスは丈夫な茶色の紙を破り、やがて大きく笑った。「こんなの信じられないよ」

「もう持っていた？」

「いや。母は持っているけどね。母もこれがお気に入りなんだ」

レインはそれを聞いてうれしかった。「お母さんはマクスフィールド・パリッシュの作品が好きなんじゃないかと思ったの、でなければ息子に同じ名前をつけたりしないでしょう」

「母は彼の版画をいくつか持っているよ。これは居間にあるやつだ。何ていう作品だっけ？」

「〝タルトを作るレディ・ヴァイオレッタ〟」レインはそう言いながら、額に入った版画を彼と一緒に見た。愛らしい女性がチェストの前に立ち、小さな銀の水差しを持っている。

「とてもセクシーな女性だな。ちょっときみに似ている」

「似てないわよ」

「赤毛だろう」

「それは赤毛とは違うわ」レインはモデルの赤みがかった金髪を指で叩き、それから自分の髪をつまんだ。「これが赤毛」

「どちらにせよ、この女性を見るたびにきみを思い出すよ。ありがとう」

「どういたしまして」レインは彼から絵を受け取り、キッチンカウンターに置いた。「いいわ、それじゃどうしてあなたを愛していると思ったか、それを記念するプレゼントをあげることにしたか、説明するわね。今日、お店にカップルが来たのよ」話しながら、ショッピングバッグをテーブルに置いた。「上流ふうで、資産を受け継いで二代めか三代めという感じ。莫大な財産家ではないけれど、豊かではある。二人はまるでチームみたいに動いて、それがすてきに思えたの。合図とか、リズムとか。そういうのがいいなと思ったのよ。わたしもあなりたい」

「僕がならせてあげるよ」

「あなたならしてくれるわね」レインは袋から例の包みを出し、はさみをとってきて、忍耐強く包装をはがしはじめた。

「その二人がお店にいて、上等のガラス器、豪華なディスプレーテーブル、とても珍しいチエステーブルを買っているときに、チームの奥さんのほうがこれを見つけたの。全然彼女の趣味じゃないのよ、言っておくけれど。妹さんの趣味らしいわ。奥さんはとっても興奮して、カウンターでレジを打っていたわたしのところへこれを持ってきたの。買いたいけれど、値札がついていないって。値札がついていなかったのは、わたしがはじめて見るものだったからよ」

レインはマックスの顔に理解したショックがよぎるのを見てとった。「驚いたな、レイン、犬《プーチ》を見つけたのか」

彼女はテーブルに包装をといた置物を置いた。「どうやらそうみたい」

12

マックスは置物をとってためつすがめつした。レインがやったように。振ってもみた。やはり彼女がやったように。

「ありきたりな、何だか垢抜《あか》けなくて安っぽい、陶器の犬でしょ」彼女は指で犬をとんとんと叩いた。「まさにビッグ・ジャック・オハラの手よ」

「きみにはわかるんだろうな」マックスはレインを見ながら、重さをたしかめるように置物を持ち上げた。「自分ひとりでさっさと割って、たしかめようとはしなかったんだね」

「ええ」

「それは高得点だ」

「すてき、でもあんまり長いことここで話し合っていると、ぱちんとはじけて、ものすごい叫び声をあげて、それを粉々に割っちゃうから」

「それじゃこうしよう」レインが止めようと口を開くのと同時に、マックスは置物をまともにテーブルに叩きつけた。愛嬌のある頭がころりと落ち、かかれた大きな目が無言の非難をこめて上を向いた。

「あらまあ」レインはふうっと息を吐くのが精一杯だった。「もうちょっとおごそかにやるのかと思っていたのに」

「待ちきれないほうが人間らしいだろう」彼はぎざぎざにあいた部分に指を入れ、引っぱった。「詰め物がある」そう言って、犬の体の部分をテーブルに叩きつけたので、レインはびくっとした。

「マッドルームにハンマーがあるのよ」

「ふーん」マックスは綿のおおいをとり、小袋を出した。「こいつは、これまでシリアルの箱から出したどんなものよりも、ずっと豪勢だろうな。ほら」彼はレインに宝石の小袋を渡した。「ここからはきみの番だ」

「それじゃあなたにも高得点をつけてあげる」

胸がわくわくした。血がブーンとうなりをあげていたが、それは置物を発見したことだけが原因ではなく、他人の所有物を手にしているからでもあることにレインは気づいた。一度泥棒になると、と彼女は思った。盗むのはやめられても、そのスリルは忘れられないものなのね。

口紐をほどき、くくられていた上の部分を開いて、手のひらにきらめくダイヤモンドの雨をそそいだ。

レインは声をあげた。似ていなくもないな、とマックスは思った。オーガズムへ導いたときに彼女があげた声と。そしてマックスを見上げた彼女の目は、ほんのわずかだけかすんでいた。「こんなに大きくて、輝いてる」彼女はつぶやいた。「これを見たら、外へ飛び出して、月の下で裸で踊りたくなるんじゃない？」マックスが眉を上げると、彼女は肩をすくめた。「いいわ、わたしだけなのね。これはあなたが持っていて」

「そうしよう、だがきみが握りしめてしまっているじゃないか、きみの指を折るのは気が進まないよ」

「あら、ごめんなさい。まだ更生するには努力が必要みたい。ハハ。手が開きたくないんですって」レインはてこで開くようにして指をゆるく開き、ダイヤモンドをマックスの手のひらに落とした。彼が眉を上げたまま見ているので、レインは笑って最後のひと粒を落とした。

「あなたがちゃんと見ているかどうか試しただけよ」

「きみの新しい面を見たな、レイン。それが気に入ったところからして、僕は少々屈折したところがあるらしい。ここの片づけを頼めるかい。僕は二つばかり用を足しにいかないと」

「ダイヤを持っていくのね？」

マックスは戸口のところで振り返った。「僕たち両方とも、そのほうが安全だからね」

「じゃあわかっているでしょうけど」レインは彼に呼びかけた。「わたしも数えておいたのよ」

マックスの笑うのが聞こえ、レインの中でまたしても何かがカチリといった。どういうわけか、運命は彼女にぴったりのこの男性を寄こしてくれた。正直だが、融通もきき、いまだに彼女に忍びよるある種の衝動にがくぜんとしたり、仰天したりしない。頼りがいがあり、そこにちょっと危険さがあって、それがまた刺激になる。

きっとうまくやれるわ。レインは新聞紙の真ん中へ破片を集めながら思った。わたしたちはうまくいく。

マックスが戻ってくると、彼女はさっきの犬の頭を食卓の飾りのように、レースの縁どりがついたナプキンにのせておいていた。彼はいったん見過ごしてから気づき、笑いをもらした。

「きみって人は、変わった、何をするかわからない女だね、レイン。僕にぴったりだ」

「おかしいわね、わたしもあなたのことをそう思っていたところなの、女って部分をのぞいて。何を持っているの？」

「ファイル、道具」マックスはファイルフォルダーを置き、紛失したダイヤモンドの詳しい説明がしるされたページを開いた。そして腰をおろし、宝石商用のルーペと、宝石用の秤を出した。

「その使い方を知っているの？」

「事件を引き受けたら、下準備をするものさ。だから、そうだよ、使い方は知っている。さて、みてみよう」

マックスはダイヤモンドを小袋の上に広げ、なかのひとつを選び出した。「見たところ欠点はない」彼はそのダイヤをつまみ上げた。「裸眼では、目に見える含有物も瑕もない。きみの目にはどうみえる？」

「完璧にみえるわ」

「こいつはフルカット（ブリリアント・カットで五十八面あるもの）で、重さは……」マックスはダイヤを秤にのせて量った。「ほほう、何と千六百ミリグラムあるぞ」

「八カラットも」レインはため息をついた。「ダイヤモンドのことはちょっと知っているのよ、計算方法も」

「オーケイ、よく見てみよう」小さなピンセットを使い、マックスはその石をつまんで、ルーペでじっくり調べた。「瑕はない、曇りも含有物もなし。ものすごい輝きだ。最高の光度等級だな」

彼はさっき持ってきたベルベットの小さい布地に石を置いた。「八カラット、フルカット、ロシアン・ホワイトというのをリストからのぞいてよさそうだ」

「これならすばらしい婚約指輪ができるわね。ちょっと高級すぎるけれど、別にいいでしょう？」マックスの表情――ほどほどの恐怖と、期待のこもったおかしみの入り混じった――を見て、レインは吹き出した。「冗談よ。ちょっとした。ワインを飲みましょうか」

「いいね」

彼はまた別のダイヤモンドを選び、同じ手順を繰り返した。「それで、いまの婚約指輪の話からすると、僕と結婚してくれるってことかい？」

レインは彼の肘のところにワインのグラスを置いた。「そうしたいわ」

「きみは自分のやりたいことを通す女性だと思うが」

「あなたは洞察力のある男性ね、マックス」ワインを飲みながら、レインは彼の髪を撫でた。「参考までに言うと、そのスクエアカットのほうがいいわ」かがみこみ、彼に唇を重ねた。「すっきりした、ごちゃごちゃしてない感じで、台はプラチナ」

「うけたまわっておくよ。このベイビーたちを見つけた報酬を考えると、ひとつくらい買えるだろう」

「見つけた報酬の半分でしょ」レインは念を押した。

マックスは彼女の髪を引っぱって、もう一度唇を重ねさせた。「愛しているよ、レイン。きみの何から何まで《エヴリ・ダム・シング》愛している」

「わたしにはひどい《ダム・シング》ところがいっぱいあるわ」レインは作業をしている彼の横に座った。「怖くて死にそうになるのが当然だと思うのよ。あなたとわたしの現状を考えたら、おびえて悩むのが当たり前でしょう。こんなすばらしいキラキラする宝石を、うちのキッチンテーブルに置いているのがどういうことなのか、わかっていれば震え上がるのが当たり前でしょう。誰かがそれを捜してうちに押し入ったんだとわかっているし。しかもその人たちはまた来るかもしれない。父のことだって心配でたまらなくなるはず――父が何をしでかすか、クルーが父を見つけたら何をするか、って」

レインは考えに沈みながらワインを飲んだ。「実際に心配なのよ。ここの奥では」そう言って、心臓の上に手を置いた。「いま言ったことが全部、この奥で起きているの、でも上のほうでは、その渦中にあっても、とっても幸せなの。これまででいちばん、というか、こんなに幸せになれるとは思わなかったくらい。心配も、不安も、恐怖さえ、それには勝てないの」

「ベイビー、僕は最高の結婚相手だよ。その点では、きみが不安になる理由はない」

「本当かしら？　それじゃどうしてこれまで誰にもつかまらなかったの？」

「誰もきみじゃなかったからさ。次に、誰が――僕らはクルーだと思っているが――押し入り、このダイヤを捜して家を荒らしたにせよ、ここでは見つけられなかった。また同じところへ戻ってきても意味はない。最後に、きみのお父さんはこれまでずっと危険を切り抜けてきた。いまでも自分なりのバランス感覚や機敏さが身についているはずだよ」

「その論理と判断は傾聴するわ」

レインはどちらも信用していない様子だった。マックスは足首に留めてある短銃身の三八口径を見せようかと考えたが、彼女が安心するか、おびえるか、わからなかった。

「われわれがここに持っているのはどんなものか、おわかりですか、ミズ・タヴィッシュ？」

「どんなものなの？」

「たった七百万少々――あるいは二千八百四十万ドルぶんのダイヤの四分の一だよ――カラ

ット数にいたるまで」

「七百十万ね」レインは敬意を表するように声をひそめた。「それがうちのキッチンテーブルの上に。自分がここに座って、これを見ているのに、父がこんなことをやってのけたのがまだ信じられないわ。いつだって、いつかやってみせるって言っていたけれど。〝レイニー、いつか、いつかいい日が来たら、わたしは大仕事をするぞ〟って。父がそう言うときはたいてい、自分自身をだまそうとしていたんだと思うのよ、マックス。なのにこれだもの」

レインはダイヤモンドをひとつつまみ、手の中できらきらさせた。「父は生まれてこのかた、ずっとこういう、大きな、きらびやかな獲物を求めていた。父もウィリーも最高にうれしかったでしょう」彼女はため息をもらし、石をほかの石のところに戻した。「オーケイ、現実を確認しましょう。これがわたしの家から出ていって、本来あるべきところに戻るのが早ければ早いほどいいわね」

「依頼人に連絡して、手配するよ」

「ニューヨークに戻らなきゃならないんでしょう？」

「いや」マックスは彼女の手をとった。「僕はどこへも行かない。一緒にこの件を終わらせよう。パイの四分の三はまだ見つかっていないんだ。お父さんはどこへ行きそうかな、レイン？」

「わからないわ。本当に見当もつかない。父の習慣も、行きつけの場所ももう知らないし。わたしはちゃんとした人間になりたくてたまらなかったから、父から自分を切り離したの。

それでもやっぱり……わたしって本当に偽善者だわ」

レインは両手で顔をこすり、そのまま髪をかきあげた。「父からお金をもらっていたの。大学時代に、こっちで少し、あっちで少し、って。郵便受けに現金の入った封筒が入っていたのよ、わたし宛に振り出された小切手だったこともたびたびあった。卒業したあともそう。思いがけなくささやかな贈り物があらわれるの、それはきちんと貯金するか、投資しておいたわ。それでこの家を買って、お店を始められたの。父のお金をもらったのよ。歯の妖精（子どもの抜けた乳歯と引き換えに、お金やプレゼントをくれる）なんかがくれたんじゃないってわかってた。父が盗んだか、誰かからだましとったのはわかっていたわ、なのにわたしは受け取った」

「それはきみが悪いと言ってほしいのか？」

「わたしはちゃんとした人間になりたかった」レインはまた同じことを言った。「でも、そのちゃんとした人間になるために、お金を受け取ったの。マックス、父の名前は使おうとしなかったのに、お金は使ったのよ」

「そしてきみはそれに理屈をつけ、正当化した。僕だって同じことをしたかもしれない。でも、そこのところはさっさと通り抜けて、かなり微妙な部分ということにしておこうじゃないか。きみはもうそういう金を受け取らないし、次にお父さんと会ったらはっきりそう言えばいい」

「昔、父にはっきりそう言おうと思うときにいつもお金があったらねえ。ああ、あなたの言うとおり。やってみる。今回は何としてでもがんばるわ。約束する。ひとつ頼んでもいい？」

「このダイヤをどこかへ持っていって、どこだかは言わずに。父が舞い戻ってきても、渡せと説得されないように。ありえないことじゃないもの」

マックスは宝石を小袋に戻し、ポケットに入れた。「これは僕が引き受けるよ」

「あなたが残りも手に入れるよう手伝いたいわ。理由はいくつかあるの。ひとつ、そうすれば良心がなだめられそうだから。二つ、それより大事なことよ、そうするのが正しいことだから。それよりさらに大事なのは、それを取り戻して、本来あるべきところに戻せば、父を守れるんじゃないかと思うから。父がひどい目にあうなんて耐えられない。それと、良心と正しいことのあいだのどこかに、二パーセント半の発見者報酬があるから」

マックスはレインの手をとってキスをした。「ねえ、きみはちゃんとした人間になることを金で買ったかもしれないが、そのスタイルは生まれつきだと思うよ。さて、用事が二つ三つあるんだ。さっきのファッジを作りはじめたらどうかな」

「わたしがもう少し待てば、おたがいに夜の仕事を終わらせて、ホイップクリームの追加つきで、ベッドでサンデーを食べられるでしょ」

「いまこの時点で、僕は生きている中で最高についてる男だと思うね」彼の携帯電話が鳴り、レインはデジタル音になった〝サティスファクション〟（ローリング・ストーンズの曲）の冒頭のリフを聞いて、忍び笑いをした。

「いまの案は保留」マックスは言い、電話に出た。「ギャノンです」彼の顔が大きな笑みに割れた。「やあ、ママ」

彼が話を聞かれないよう部屋を出ず、ガス台に寄りかかったので、レインのほうが出ていこうとした。だがマックスは彼女の手をつかんで、引き戻した。

「そう、あのグラスを気に入ってくれたんだね。だから孝行息子は僕のほうだろう？　ママのお気に入りは」彼は顔をしかめ、電話を耳と肩にはさんで、レインの手をつかんだままワインに手が伸ばせるようにした。「そこにママの孫まで入れるのはフェアじゃないと思うな。ルークはわざわざ出かけていって、ママにぴったりのあれを選び出すなんてしないだろう。ちょっと待って」マックスはささやき声でレインに言い、それから彼女を放して、反対側の手に電話を持ちかえた。

「うん、まだメリーランドにいる。仕事なんだよ、ママ」彼は言葉を切り、相手の言うことを聞いていて、レインは何かすることがないかとキッチンを歩きまわった。「いや、ホテルにも、レストランで食べるのにも飽きていないよ。いや、いけすかないコンピューターに鎖でつながれて、働きすぎたりしてないって。いま何をしてるところか？　実を言うとね、このあいだ見つけたセクシーな赤毛とママと二股しているんだ。あとでホイップクリームを食べようって話で」

レインが驚いて息を呑んだというのに、マックスは足首を交差させただけだった。

「作り話じゃないよ。どうしてそんなことをしなきゃいけないんだい？　彼女ならここにいる。話したい？」マックスは電話を少し耳から離した。「きみが困っているだろう、ってママが言ってる。そうかい？」

「ええ」

「そっちが正しいみたいだ、ママ。彼女の名前はレインだよ、いままで会った中で最高の美人。赤毛の孫ってどう思う？」

マックスはびくっとして、電話を耳からたっぷり六インチ離した。部屋の反対側からでも、興奮した声がレインの耳に聞こえてきたが、口調まではわからなかった。

「問題ないよ。鼓膜はもうひとつあるから。うん、彼女に首ったけさ。そうする。もちろんそうするよ。彼女はしないと思うよ。できるだけ早く……必ずするよ。ママ、深呼吸するんだ、いいかい？　うん、彼女のおかげですごく幸せだよ。本当に？　電話を切って、すぐルークにかけてごらん。彼の順位は二番めになって、ママのお気に入りっ子は僕になったって言ってやって。うん、うん。オーケイ。僕も愛しているよ。バイ」

マックスは電話を切り、ポケットに戻した。「母のお気に入りは僕になったよ。ルークのやつ、さぞくやしがるだろう。いずれにしても、母はきみに会うのが待ちきれないってさ、だからできるだけ早く二人でサヴァナへ行って、母がきみに会えて、ささやかな婚約パーティーを開けるようにしなきゃならないな。マーリーンふうに言うと、彼女の親しい友達やら親戚やら、二百人ばかりって意味になるが。きみはもう僕に対して心変わりは許されないよ。それと、あした母が落ち着いた頃にきみから電話がほしいそうだ、それなら楽しいおしゃべりができるって」

「そんな」

「僕の好きな人なら、母も好きになるよ。プラス、母は僕が結婚してひとところに落ち着くってことが楽しみで仕方ない。それに、きみは、僕が当たりくじだってわかるくらい頭がいいだろう。マーリーンよりだいぶ有利だよ」

「何だかふらふらしてきたわ」

「ほら」マックスはもう一度携帯電話を出した。「きみのお母さんに電話するといい、それなら彼女に話して、僕を追いつめられるだろう。それでおあいこだ」

レインは携帯電話を見つめ、彼を見つめた。「これは現実なのね」

「もちろんそうさ」

「本当にわたしと結婚したいのね」

「したい、ってところはもうおたがいに通過ずみだろう。僕はきみと結婚するんだ。きみが最後までやりとおさないと、マーリーンが追いかけてきて、ひどい目にあわされるよ」

レインは笑い、二歩駆けてきて、彼の腕に飛びこんだ。そして彼の腰に両脚をまわし、唇を唇でおおった。「サヴァナにはずっと行きたいと思っていたの」マックスの手から電話をとると、彼の後ろのカウンターに置いた。

「お母さんはどうするんだい？」

「あとで電話するわ。時差が二時間あるでしょ。だから二時間後に電話すれば、いま電話したのと同じことになる。そうすれば、二人で二時間、ほかのことができるじゃない」

レインが彼の耳たぶを嚙んでいるので、マックスはほかのことというのを何にするか、とてもいいアイディアが浮かんだ。彼女をもっと安定した位置に持ち上げると、彼は部屋を出て歩きだした。「さっきの夜の仕事はどうする？」

「無責任になりましょう」

「きみの考え方、気に入った」

レインの舌が彼の喉を降り、またのぼった。「二階まで行けそう？」

「ハニー、いまの感じだと、ニュージャージーまでだって行けそうだよ」

彼が階段を上がりはじめると、レインの体が軽くはずんだ。「ホイップクリームを忘れたわ」

「それはあとにとっておこう」

レインは手を伸ばして、マックスのウエストからシャツを引っぱり出した。「大きく出たわね」シャツの下に両手を忍びこませて、彼の硬い胸を撫で上げる。「んーん、あなたの体って大好き。すぐにそうわかったわ」

「言わせてもらえば、僕もだ」

「でも、ぞくっときたのはそこじゃなかったの」

「何だったんだ？」マックスはきき、寝室へ入った。

「あなたの目。その目がわたしの目をのぞきこんだときには、舌はもつれちゃうし、頭は働かなくなっちゃうしで。こう思ったわ……んー、おいしそう、食べちゃいたいって」レインに両手足をまわされたまま、マックスは一緒にベッドへ倒れこんだ。「それから、夕食に誘われたときにはこう思ったの——自分でもあるなんて全然知らなかった心の奥で——分別なんか捨てて、大胆に、気持ちの向くまま、この人と抱き合うことにしよう、って」

「たしかにそうだったね」マックスは彼女のブラウスを脱がせるのに忙しかった。

「それがいま、あなたと結婚しようとしているなんて」うれしくなり、レインは彼のシャツを頭から脱がせ、ほうりだした。「マックス、言っておかなきゃならないんだけど、もしヘンリーがあなたを好きにならなくてもあなたと寝たと思うわ、でもあの子がいやがったら、結婚する気にはならなかった」

マックスは彼女の胸に唇を近づけ、やさしく嚙んだ。「もっともだね」

レインは体を弓なりにし、われを忘れ、それから興奮の波にのって体をまわし、マックスと位置を入れ替えた。「きっとあの子の目を盗んで、あなたとセックスしたわ。後ろめたさはおぼえたでしょうけど、それでもやったと思う」

「何ていけない女なんだ」

レインは頭をそらせ、笑いながら叫んだ。「ああ！　すごくいい気分」

マックスの手が彼女の体の横をあがっていき、さまざまなカーブを降りてはのぼった。

「わかっているよ」

「マックス」愛《いと》おしさが心にしみとおり、レインはマックスの髪に指をくぐらせ、それから彼の顔を手にはさんだ。「愛しているわ、マックス。わたし、きっといい奥さんになる」

レインはいま、マックスの求めるすべてだったが、彼はこれまで、自分がそれを求めていることすら知らなかった。彼女の存在そのもの、彼女を形づくっている、はじめて出会う愛しいいろいろな面が、彼の存在そのものにぴったりと合っていた。これまでも、そしてこれからも、誰にもできないほどに。

マックスは彼女を下へ抱き寄せ、髪を、背中を愛撫しながら、愛が心の中に湧き上がるのを感じていた。そして彼女が息をもらすと、その長く満ち足りた音は音楽のように聞こえた。

彼女の肌も、唇も、やわらかく、あまりにやわらかいので、いまこの時が夢のように思え、自然にやさしくなれた。いまのマックスはレインをいつくしむことができた。彼はこれまでレインにそうした人間がいたのだろうかと思った。

能率的とか頭がいいとか、実際的で利口な人間だとみなすかわりに、きみはたぐいまれな女性だと教えてあげた人間はいたのか？

マックスはレインの上に乗って服を脱がせながら、他愛ないこと、ロマンティックなことをささやきつづけた。彼女がガラスよりももろく、ダイヤモンドより貴重なもののように、その体を愛撫した。

レインは息を止め、ふたたびひそやかに小さく息を吐きながら、マックスに奪われるままになり、凪《な》いだおだやかな愉楽の波にのった。彼の手の下で、レインは彼が何を与え、奪おうとも、求められるままに、すすんで体を開いた。

長いとろけるようなキスが血潮の中をきらきらと流れ、鼓動をはずませる。ゆっくりと、時間をかけた愛撫が肌を熱く震わせる。レインはゆるやかな陶酔の川をただよった。

その川が水かさを増すにつれ、彼女はぼんやりしていた情熱が目をさまし、それが果てしなくふくれて自分の中を駆けるのを感じていた。マックスのほうへ身をそらし、いま一度彼に両手足をからませると、しっかり抱き合ったまま、ベッドの真ん中に体を起こした。

空気が湿り気を帯び、心臓と心臓がぶつかりあうにつれ、口と口はいよいよせわしなく重なり合い、呼吸は速くなっていく。欲望がレインの中でふくれあがり、傷口のようにずきずきと脈打ち、熱病さながらに広がった。

彼女はマックスの名前を口にした。何度も何度も。彼を押し返し、彼に乗り、彼の手を自分の胸へ導きながら。

彼を自分の中へ引き入れ、ベルベットのような熱で彼をとらえる。宵闇をすかして彼を見つめながら、彼女の髪はその宵闇を貫いて輝き、目は信じられないほど青くなった。

後ろへそりかえり、レインは自分のほっそりした白い体をさしだした。マックスはレインにあおられ、彼女の心臓のはずみ、肌をつたうわなき、彼女自身が挑発するように引きしまるのを感じた。

やがてレインは体を前へ倒し、髪が雨のように垂れて彼女の、彼の顔をかこんだ。マックスの肩に両手をつき、指を食いこませる。そして彼を狂うほど駆り立てる。

いまや彼女の腰が雷のように襲ってきて、マックスの血に衝撃の火花を駆けめぐらせた。歓びはレインによってあおられ、彼の中にも荒れ狂っていた。彼女は頭をそらせ、強く彼をしめつけ、彼をつつんで揺れながら声をあげた。

崖っぷちにしがみついたマックスは体を起こし、彼女を抱いて、唇を熱く喉につけ、彼女に導かれるまま、ともに境界を越えた。

彼には仕事があった。体がセックスで満たされ、心がたえずレインのほうへ戻ってしまっていては、切り替えも簡単にはいかない。だが、この仕事は絶対にやらなければならなかった。依頼人や、彼自身のためだけではなく、レインのためにも。盗まれたダイヤモンドのいま手にしたぶんが、本来あるべきところに戻るのが早ければ早いほど、事件にかかわる全員にとって良い。

とはいえ、それが仕事の終わりではないし、レインの問題の終わりでもない。

マックスはクルーがまたこの家にダイヤを捜しにくるとは思っていなかったが、相手が奪いそこなったぶんをあきらめて手を引くとも思わなかった。クルーはこの宝石のために人を殺している、だから全部を手に入れたいはずだ。

はじめから独り占めするつもりだったのだろう。マックスはメモを並べ替え、何か新しいピースが正しい場所におさまるのを待つうちに、そう結論した。

クルーがマイアーズを消して、分け前を増やすつもりでなかったら、二人だけで会おうとマイアーズを呼び出した理由がない。おそらくほかの仲間たちも消し、二千八百万ドルをそっくりもらっていく気だったのだろう。

彼らはそれに感づいたのか？　生涯をペテンで生きてきた人間が、だましのにおいに気づかないわけがあるだろうか？　どちらにせよ、それがマックスの推理だった。ジャックかウィリーが裏切りを察したか、もしくはマイアーズが消えたことにおびえたのだろう。

それで二人は姿を消した。

そしてどちらもここにやってきた。レインのところなら、宝石を金に換えて永遠に姿を消すまで、隠しておくのにうってつけだと考えて。

そのことでは、いずれジャック・オハラのケツを蹴飛ばしてやらなくては。

二人のせいで、クルーはレインの身近まで迫ってきたのだ。宝石は安全だが、彼らが計画した状況とは違ってしまった。それにウィリーは死に、レインは狙われている。

そしてまたもや、とマックスは暗い気持ちで思った。ビッグ・ジャックはレーダーをかいくぐり、転々と居場所を変えている。

遠くへは行くまい。マックスはそう考えた。ウィリーのぶんの四分の一の分け前があるのだから。

ジャックはどこかに潜伏し、あれこれ策を練っているはずだ。それはいいことだった。マックスにも彼を捜し出して、もう四分の一を回収する時間とチャンスができる。

レインとの約束は守るつもりだった。ビッグ・ジャックを警察へ引き渡すことに興味はない。しかし、レインを危険にさらしたことで、彼を厳しくとがめることには興味がある。というか、そうする権利はじゅうぶんあった。

それでまたクルーのことを考えた。

彼も遠くへは行かないだろう。いまでは彼も、調査の中心がこのエンジェルズ・ギャップになったことを知っているから――そしてマックスも自分の頭に入れておかなければならないが――いっそう用心深くなっているだろう。とはいえ、獲物からあまり離れたくはないはずだ。

クルーは四分の一多く手に入れるために人を殺した。残り半分のためならまた殺すことも躊躇しないに違いない。

マックスがクルーの立場であれば、やはりジャック・オハラに目をつけるだろう。オハラと二千八百万ドルのあいだにあるものはただひとつ。それがレインだ。

取り戻したダイヤモンドを依頼人に渡して、手をはたき、これが精一杯だと言ってレインをさらっていき、サヴァナへ隠してしまおうか。むろん、彼女に鎮静剤を盛って、両手足を縛り、鍵のかかった部屋に閉じこめなければならないだろう。しかしそれでレインをこの騒ぎから遠ざけ、安全にしておけると思うなら、マックスはそうするつもりだった。

だが、今後何年も彼女を眠らせて、縛って、閉じこめておいても、どちらも幸せにはなれないだろうから、その方向に進んでも仕方がない。

クルーはただ待つだろうし、チャンスをうかがい、頃合をみて彼女を狙うに違いない。

むしろ、彼がこちらの縄張りにいて、二人とも最大限に警戒しているときに、行動を起こしてもらったほうがいい。

なぜなら、レインは知っているはずだからだ。レインに当てはまらないことが二つあるとしたら、鈍さと愚かさだった。だから彼女は、ある人間が何千万もの盗みをし、そのために人を殺したなら、手に入れそこなったぶんを楽しく数えて、残り半分から手を引くなんてことはないと知っている。

これはもはや、調査が楽しくてやりがいがあるとか、最後に報酬をたっぷりもらえる事件というだけではなくなった。自分たちの命がかかっているのだ。彼女との未来を守るためなら、マックスはどんな手段も辞さないつもりだった。

もう一度メモに目を通し、作業を中断して、きゃしゃな椅子を後ろ側の脚だけで揺らしそうになったが、この椅子でそんなことをしてはまずいと気がついた。それはやめて前かがみになり、指をとんとんやりながらプリントアウトをたどった。

アレックス・クルーは一九九四年五月二十日にジュディス・P・ファインズと結婚。結婚許可証の登録はニューヨーク市。子どもはひとり、息子で、ウェストリー・ファインズ・クルー、一九九六年九月十三日に〈マウント・シナイ病院〉で誕生。

クルーは離婚訴訟を起こされていた。ニューヨーク法廷により、離婚は一九九九年一月二十八日に認められている。

ジュディス・ファインズ・クルーは一九九八年十一月に、息子とともにコネティカットへ移住。その後、その土地からも去っている。現在の居場所は不明。

「まあ、それは何とかなる」マックスはつぶやいた。

その線はまだあまり追っていなかった。最初にジュディスの隣近所、仕事仲間、家族を調べたときにたいしたものは見つからなかったし、彼女がクルーと連絡を取りつづけている徴候は何もなかったのだ。

マックスはさらにメモをめくり、ジュディス・クルー、旧姓ファインズについての自分の覚え書きを見つけた。前科なし。彼女は結婚当時、二十七歳。ソーホーの画廊にマネージャーとして雇われていた。中流の上層階級の育ちで、しっかりした教育を受け、非常に魅力的。マックスは彼女を調べたときにコピーしておいた新聞写真を見ながら、そう思った。彼女には二歳年下の妹がいるが、その妹も両親も協力的ではなく、情報を伝えてくれる気もないようだった。ジュディスは家族からも友人たちからも縁を切ってしまっていた。そして二〇〇〇年夏のある日、息子と一緒に姿を消した。

クルーは二人と連絡を取らないだろうか？　マックスは考えてみた。彼ほどプライドが高く、大きなエゴを持っている男なら、自分自身の姿を、おのれの不滅さをかすかにでも、息子の中に見出そうとしないだろうか？　元妻や、要求の多い小さな息子との絆を保つことには、あまり関心がないかもしれない。だが、連絡は取りつづけるはずだ、それは賭けてもいい。なぜなら、いつか息子は大きくなるし、男は自分の遺産を血縁の者に渡したくなるから。

「よし、ジュディに小さなウェス」マックスはアルペッジョ（和音を分散させて弾くこと）を奏でようとするピアニストのように、指を動かした。「きみたちがどこへ行ったのか捜すとしよう」彼はキーボードの上で指を踊らせ、調査を始めた。

自分から警察署に出向くのは性分に合わない。ジャックは警官に含むところは何もなかった。彼らはもらった給料に見合うだけのことをしているにすぎない。しかしその給料は、ジャックのような人間を逮捕し、狭い格子つきの部屋に入れることでもらっているのだから、避けるに越したことはない人種だ。

とはいえ、ときには犯罪者が警官を必要とすることもある。

それに、ここの警察をだまして、ちっぽけな田舎町のとろいお巡りから知りたいことをきだすくらいできなかったら、すっぱりあきらめてかたぎの商売でもしたほうがましだ。

彼は警官たちが夜のシフトになるまで待った。理屈からいって、七時すぎに勤務についているような人間は、警察の食物連鎖の底辺に近いにきまっている。

町の外のモールで、なりすます人物像に合った服は万引きしておいた。ジャックは、人間は服装しだいで何にでも見せかけられると固く信じていた。

ピンストライプのスーツは既製品で、ズボンの裾は自分で上げなければならなかったが、まずまず体に合っていた。ピエロのように真っ赤な蝶ネクタイはぴったりの仕上げになり、人のよさをそれとなく示してくれた。

縁なし眼鏡も〈ウォールマート〉からいただいてきたが、それでよく見えるようになったとは認める気になれなかった。彼が思うに、自分はまだ若くて男盛りなのだから、眼鏡は必要ないのだった。

しかし、眼鏡のおかげで、彼のめざした間抜け気味のインテリというイメージが完成した。

彼は茶色の革のブリーフケースを持っていた。新品にみえないように、時間をかけて傷《いた》めておいたもので、会議のために出張してきた人間がやるように、中身をきちんと詰めておいた。

利口な俳優は役になりきるものだ。

彼は〈オフィス・デポ〉をぶらつき、ペンにメモ帳、ポストイットや、そのほか地位の高い人間の補佐役が持ち歩きそうな道具を手に入れていた。いつものことだが、ビジネス用のおもちゃは彼を魅了し、うっとりさせた。

実際、携帯情報端末でも一時間楽しく遊んだあとだった。テクノロジーが大好きなのだ。

警察署のほうへ歩道を歩いていくにつれ、ジャックの足どりは速くなり、幅広の肩はいつもそうであるかのように丸まって前かがみになった。鏡を見ながら練習した無意識的な動作で、眼鏡を鼻の上へずりあげる。

髪は容赦なく後ろへ撫でつけられ、そして――その日の午後にCVSドラッグストアでちょろまかしてきた染色剤のおかげで――つやつやと、いかにも染めているといった靴墨色の黒になっていた。

ジャックは一時的な仮の姿、すなわちピーター・P・ピンカートンなら、髪を染める程度には外見に自信があり、それが自然にみえると信じこむほど鈍いのは確実だと思った。

あたりに目を向けてくるような人間はいなかったが、ジャックはすでに別の人物になりきっていた。ピーターがやりそうな気取った態度で懐中時計を出し、時間を見て心配げに少し眉を寄せる。

ピーターはいつだって何かを心配しているのだ。

ジャックは短い階段を上がり、いかにも小さな町の、という感じがする警察署に入った。予想どおり、小さめのオープンな待合い室があり、制服を着た警官が奥へ延びるカウンターのところにいた。

ほかにあるのは黒いプラスチックの椅子、安物のテーブルが二つに、雑誌が何冊か――〈フィールド・アンド・ストリーム〉、〈スポーツ・イラストレイテッド〉、〈ピープル〉――どれも何か月も前のものだった。

あたりはコーヒーとリゾール（クレゾール石鹸液）のようなにおいがした。

いまはピーターになっているジャックは、そわそわとネクタイを指で叩き、眼鏡を押し上げながらカウンターに近づいた。

「何でしょうか？」

ジャックは近眼らしく警官に目をぱちぱちしてみせ、咳払いをした。「それがよくわからないんですよ、ええと……ああ、ラス巡査。そのう、今日の午後に仕事仲間と会うことになっていたんです。午後一時に、〈ウェイフェアラー・ホテル〉のダイニングルームで。ランチミーティングですよ、ほら。しかし約束の相手は来ませんで、連絡もまだ取れません。ホテルのフロントに尋ねましたら、彼はチェックインしていないと言うんです。ひどく心配になりましてね、本当のところ。彼は時間と場所をはっきり言っていましたし、わたしはこの商談のためにはるばるボストンから来たんです」

「居場所がわからなくなって、ええと、まだ八時間の人の捜索願を出すおつもりですか？」

「ええ、でもおわかりでしょう、彼には連絡が取れないし、これは非常に大事な約束だったんです。彼がニューヨークから来る途中で、何かあったのではないかと心配なのですよ」

「お名前は？」

「ピンカートンです。ピーター・P」ジャックは名刺を出そうとするように、スーツの上着の内側へ手を入れた。

「捜す相手の名前ですよ」

「ああ、そうですね、むろん。ピータースンです、ジャスパー・R・ピータースン。希覯本のディーラーで、わたしの雇い主が非常に興味を持っているある書物を手に入れてくるはずだったんです」

「ジャスパー・ピータースン？」ここではじめて、警官の目が鋭くなった。

「ええ、そうです。彼はニューヨークから、たしかボルティモアへ入って、それからワシントンDCを経由したあと、このあたりでいくつか商談をする予定でした。大げさに考えすぎているると思われるかもしれませんが、これまでの取引では、とても時間に正確で信頼できる人だったものですから」

「しばらくお待ちいただけますか、ミスター・ピンカートン」

ラスはカウンターを離れ、奥のごちゃごちゃした部屋へ消えた。

これまでのところ、かなりいいぞ、とジャックは思った。次は、捜していた男が先日事故にあったと聞かされて、驚いて動揺するふりをしなければ。ウィリーもそれは許してくれるだろう。それどころか長年の友は、この何段構えものたくらみに感心してくれるはずだ。

あの警官に探りを入れ、つついて、警察が押収したウィリーの所持品が何かを、うまくきだそう。

彼らがあの犬《プーチ》を持っていることをたしかめたら、次の段階へ進んで、保管室からあれを盗む。

あのダイヤモンドを手に入れ、あれを――そして彼自身をも――レインからできるだけ遠くへ運んでいくのだ。疾走する馬に乗った、目の見えない男でもたどれるくらいの足跡を、クルーに残してやって。

そのあとは……まあ、常にそう先のことまで考えられるわけじゃない。

ジャックは落ち着かない顔をしてカウンターを振り返った。そして、さっきの退屈した警官ではなく、大柄なブロンドの警官が横のドアから出てくると、腹の中で何かが飛び出しそうになるのを感じた。

その警官は、ジャックに好都合なうすのろには全然みえなかった。

「ミスター・ピンカートン？」ヴィンスはじっと静かにジャックを見つめた。「署長のバーガーです。わたしのオフィスへ来ていただけますか？」

13

エンジェルズ・ギャップ警察の署長室に足を踏み入れると、細い虫のような汗がジャックの背骨をつたった。こと法と秩序に関するかぎり、彼は下っ端の人間を相手にするほうがずっと好みだった。

それでも、そわそわとズボンを引っぱりながら腰をおろし、ブリーフケースを椅子の横にきちんと置いた。ピーターならまさにそうするように。ここのほうがコーヒーの香りが強く、ミック・ジャガーの真っ赤な唇を持った牛のマンガ柄のおかしなマグがあることからして、署長は残業で書類仕事をしながらコーヒーを飲んでいたらしかった。

「ボストンからいらしたそうですね、ミスター・ピンカートン？」

「そうです」ボストンのアクセントは、微妙な気取りをつけるときのジャックのお気に入りの手だった。彼はそれを『M＊A＊S＊H』（朝鮮戦争時の移動野戦病院を舞台にした、アメリカのブラックコメディ・テレビシリーズ）の再放送を見ながら、チャールズ・ウィンチェスターの役を真似して身につけた。「ここには一泊だけなんです。明日の朝には発つ予定です、しかし目的を果たしていませんから、スケジュールを組みなおさなければならないかもしれません。わたしのことでお手数をかけて申し訳ありません、バーガー署長、しかしミスター・ピータースンのことがとても心配でしてね」

「その人のことはよくご存知なのですか?」

「ええ。実を言うと、かなりよく知っています。この三年間、一緒に仕事をしてきましたから――わたしの雇い主のために。ミスター・ピータースンは希覯本のディーラーで、わたしの雇い主、サイラス・マンツ三世《ザ・サード》――名前を聞いたことはおありでしょう?」

「はっきりとは」

「ああ、そうですか、ミスター・マンツはボストンとケンブリッジ周辺では、ちょっと知られた実業家なんです。それに、熱心な希覯本コレクターで。東海岸ではもっとも多くの蔵書を持つひとりでしょう」ジャックはネクタイをいじった。「それはともかく、はっきり言いますと、わたしはミスター・ピータースンに依頼されて来たんです、ウィリアム・フォークナーの『響きと怒り』の初版本――ブックカバー付きのものを見せてもらって、できれば買うために。ミスター・ピータースンと会ってランチを――」

「これまでに彼と会ったことはありますか?」

ジャックは盗んだ眼鏡の奥で、その質問にも、話の腰を折られたことにもとまどったように、目をぱちぱちしてみせた。「もちろんです。数えきれないくらいありますよ」

「どんな外見か言えますか?」

「ええ、むろん。ちょっと小柄です。たぶん五フィート六インチ（約百六十七センチ）くらいで、ええと……百四十ポンド（約六十四キロ）というところですか。六十歳前後で、髪はグレーです。目は茶色だと思います」彼は自分の目を細めた。「たしか。そんなところで役に立ちますか？」

「この人物がお捜しのミスター・ピーターソンですか？」ヴィンスは警察ファイルから出しておいた写真をさしだした。

ジャックは口をすぼめた。「そうです。これはかなり若い頃のですね、もちろん、でもイエスです、この人がジャスパー・ピーターソンです。どういうことでしょうか」

「あなたがジャスパー・ピーターソンだと確認した人物は、数日前に事故にあったんです」

「ええっ。ああ、そんなことじゃないかと思いましたよ」落ち着かない動作で、ジャックは眼鏡をはずし、糊のきいた白いハンカチで手早くレンズをふいた。「それじゃ、怪我をしたんですね？　入院しているんですか？」

ヴィンスは彼が眼鏡をかけなおすまで待った。「亡くなりました」

「亡くなった？　亡くなった？」そんなふうに、もう一度聞かされると、腹にこぶしを食らったような気がした。その本物のショックで、ジャックの声はうわずった。「ああ、まさかそんな。わたしには……思ってもいませんでした。何があったんです？」

「車に轢かれたんです。ほぼ即死でした」

「何てことだ」

ウィリー。ああ、ウィリー。ジャックは自分が蒼白になっているのがわかった。血の気が引いて、皮膚の下が冷たくなっている。両手が震える。彼は泣きたかった、泣き叫んでしまいたかった。しかし思いとどまった。ピーター・ピンカートンは人前でそんなふうに感情をあらわしたりしない。

「これからどうしたものか、わからなくなってしまいました。ずっと彼がやってくるのを待って、だんだんいらついて、腹も立てていたんですよ、彼が……ひどいことだ。雇い主に連絡して、伝えなければ……ああ、まったく何てことになったんだ」

「ミスター・ピータースンの仕事仲間をご存知ありませんか？　ご家族は？」

「いいえ」ジャックはそわそわとネクタイをいじった。本当は喉が苦しくて、ネクタイを引っぱりたかった。あいつにはわたししかいなかった、と彼は思った。あいつの家族はわたしだけなんだ。なのにあいつを死なせてしまった。しかし、ピーター・ピンカートンは気取ったハーバード訛り（ハーバード大学のあるケンブリッジはボストンの隣の市）で話しつづけた。「本のこと以外はあまり話しませんでしたから。葬儀はどうなっているのか教えていただけませんか？　ミスター・マンツが花を贈るか、かわりに慈善団体に寄付をすると思いますので」

「何も決まっていないんですよ、まだ」

「ああ。そうですか」ジャックは立ち上がり、また座った。「教えていただけませんか、もしよければ、ミスター・ピータースンがさっきの本を持っていたかどうか……薄情に聞こえたらお詫びします、でもミスター・マンツは必ず尋ねますから。さっきのフォークナーの本のことですが？」

ヴィンスは後ろにもたれ、警官の目をジャックの顔に据えたまま、椅子をおだやかに左右へ回した。「ペーパーバックの小説は二冊ほど持っていました」

「たしかですか？　お手数ですが、調べていただくことはできませんか、何かリストのようなものを？　ミスター・マンツはさっきの版を手に入れたがっているんです。ほら、カバー付きのは珍しいんですよ。初版で、たしか、新品同様の状態だということで——それに彼は、ミスター・マンツは、きっと強く……ああ、本の行方を探せと言うでしょう」

ヴィンスは快く応じて引き出しをあけ、ファイルを出した。「ここにはそういったものはありませんね。服、洗面道具、鍵、時計、携帯電話に充電器、財布とその中身。それだけです。軽装で旅をしていたんでしょう」

「そうですか。本のほうはたぶん、わたしと会うまで安全に保管しておこうと、貸金庫にでも預けたんでしょう。むろん、それを取り出す前に彼は……お手数をおかけしました」

「どちらにお泊まりですか、ミスター・ピンカートン？」

「泊まり？」

「今晩です。どちらにお泊まりですか、葬儀のことをお知らせするかもしれませんので」

「ああ。今夜は〈ウェイフェアラー〉にいます。明日は予定どおり発つと思いますが。ああ、まったく、ミスター・マンツに何と言えばいいのか」

「それと、ご連絡することがあるかもしれませんから、ボストンのご住所は？」

ジャックは名刺を出した。「どちらの番号でも大丈夫です。何かありましたら、ぜひ連絡してください、バーガー署長」

「そうしますよ」

ヴィンスはジャックを送り出し、彼が遠ざかっていくのを立ったまま見送った。

いまの話の細部を確認し、ピンカートンやらマンツやらの名前を調べるのに長くはかからないだろう。しかし、さっきの安物の眼鏡のむこうにレインと同じ青い目があったので、話がでたらめなのはわかっていた。

「ラス、〈ウェイフェアラー〉に電話して、いまのピンカートンというやつが宿泊名簿にのってるかどうか確認してくれ」

その小さな点をたしかめたら、部下の誰かをベッドから引っぱり出して、ひと晩あの男を監視させるつもりだった。

押収品ももう一度見てみよう、オハラが——いまのやつがオハラだとして——何を捜そうとしていたのか突き止めるんだ。保管室に数百万ドルのダイヤモンドなどないことはわかりきっているから、その手がかりになるものがないかどうかをたしかめればいい。

いったいあれはどこにあるんだ？　ジャックは早足で二ブロック歩き、ようやく楽に呼吸ができるようになった。警察署、お巡りのにおい、お巡りの目には胸が苦しくなる。押収品のリストに陶器の犬はなかった。仕事をちゃんとやっているかどうか疑わしいお巡りでも——お巡りはそうにきまっているが——そんなものがあればリストに入れているはずだ。だから、保管室に忍びこんで盗むという明快な計画は消えた。盗むものがないのに、盗みはできない。

あの犬は、別れるときにはウィリーが持っていた。別れたのは、クルーにジャックのほうを追いかけさせ、ウィリーに逃げる時間をやれば、ウィリーがレインのところへ行き、犬の置物を安全に保管してもらえると思ったからだった。

しかし、あの残忍な裏切り者のクルーはウィリーを追った。怖がりのウィリー。引退してどこかすてきなビーチに住み、残りの一生は下手な水彩画をかいたり、バードウォッチングをして過ごすことだけが望みだったのに。

彼をひとりにするべきではなかった、ひとりで送り出すべきではなかった。そのせいで、この世でいちばん古い友達は死んでしまった。もう昔のことを話せる相手も、何かを口に出す前に察してくれる相手もいない。冗談をわかってくれる相手もいない。

ジャックはすでに妻も娘も失っていた。人生はかくのごとし、そういうものだ。仕事から手を引いて、幼いレイニーを連れていったマリリンを責めるわけにはいかない。彼女は千回も頼んだのだ、まっとうな暮らしをするよう努力してほしいと。ジャックは同じ数だけ返事をして、やってみると約束した。そして千回の約束をことごとく反故《ほご》にした。

自然には逆らえない、というのがジャックの考えだった。他人を引っかけるのは彼にとって自然なことだった。そこにカモがいるかぎり、そう、いったいどうしろというのだ？　神がジャックにそういったカモを踊らせるつもりでなければ、こんなに多くのカモをおつくりになるはずがない。

そんな理屈が穴だらけなことは承知していたが、神がジャックをそういうふうにおつくりになったのだから、彼としては逆えるわけがないではないか？　神に逆らう人間は大馬鹿者だ。そして、ケイト・オハラの息子のジャックは、馬鹿ではない。

彼は生涯に三人の人間を愛してきた。マリリン、彼のレイニー、それからウィリー・ヤング。そのうち二人が離れていくのを黙ってみていたのは、いやがる者を引き止めておくことはできないからだった。しかし、ウィリーは一緒にいてくれた。

ウィリーがいるかぎり、ジャックには家族があったのだ。

もう彼を取り戻すことはできない。しかしいつか、また何もかも丸くおさまったら、どこかすてきなビーチに立って、男が持つことのできた最高の友のためにグラスをかかげよう。だがそれまでにはやらなければならないことと、考えなければならないことがあり、出し抜かなければならない卑怯な人殺しがいる。

ウィリーはレインのところへ行った、だからそのときには例の犬を持っていたに違いない。でなければ、彼女に接触する理由がどこにある？　むろん、前もって隠しておくことはできた。賢明な人間なら、自分のおかれた状況をはっきりつかむまで、鍵のかかるところにあれをしまっておくだろう。

だが、それはウィリーの流儀ではない。ジャックがウィリーのことをわかっているとしたら——彼以上にわかっている人間がいるか？——ウィリーがレインの店に入っていったときには、ダイヤモンドを腹に詰めた犬の置物を持っていたほうに賭ける。

そして店を出たときには、もう持っていなかった。

だから可能性は二つある。ウィリーはレインに知られずに、店の中にあれを隠した。あるいは、可愛い娘が嘘をついている。

いずれにせよ、突き止めなければならない。

まず第一歩は、愛する娘の営利事業《コマーシャル・エンタープライズ》をそっと調べることだ。


マックスが見つけたとき、レインはホームオフィスにいて、方眼紙に何か設計図のようなものを書いていた。デスクには小さな切り抜きが何枚か並べられている。しばらく見たあと、彼はそれが紙でできた家具だと気づいた。

「大人版のドールハウスみたいなものかい？」

「ある意味ではね。これはこの家なの、部屋ごとの」レインは重ねた方眼紙を叩いてみせた。「家具をいくつか取り替える必要があるの、だから保管してあるもので使えそうな家具の縮尺模型を作ったのよ。いまはそれが使えるか、家に持ってきたらどう配置するかを考えているところ」

マックスはまたしばらくそれをながめた。「ソファひとつを選ぶのにこんなに慎重な人が、僕と婚約するなんて不思議だよ」

「あなたの縮尺模型を作って、いろいろなシナリオで試してみてないなんて言ったかしら？」

「ははあ」

「それに、わたしはソファに恋したりしないわよ。ソファは気に入ったり、すばらしいと思ったりするけど、いつだって適切な値段で手放す気でいるわ。でもあなたはとっておく」

「いまのを考えるのに一分かかったね、でも気に入ったよ」マックスはデスクの角にもたれた。「クルーの元妻と子どもの居場所がつかめたようなんだ。オハイオにいるらしい、コロンバスの郊外に」

「その女の人が何か知っていると思うの？」

「クルーも息子にはいくらか関心があると思えてならないんだ。ああいう男は子どもを、とくに男の子を、一種の所有物としてみなすものじゃないか？　妻は違うよ、妻は単なる女で、簡単に取替えがきくから」

「そうなの？」

「クルーから見て、だよ。僕から見ると、幸運に恵まれてぴったりの女性を見つけたなら、その人は何にも代えがたい」

「一分かかったわね、でも気に入ったわ」

「もうひとつ、僕の職業では、未解決のことがあるなら、その糸がどこかへつながるまで、あるいは全体から離れるまで引っぱりつづけるんだ。これは調べておかなきゃならない。だから、計画は変更だ。まず、朝になったらニューヨークへ行くよ、手に入ったダイヤモンドを持って。自分で運んでいくつもりだ、それからオハイオへ向かって、元ミセス・クルーとジュニアから何かつかめるかどうかやってみる」

「ジュニアは何歳なの？」

「七歳くらいだ」

「まあ、マックス、まだほんの子どもじゃないの」

「子どもは早耳ってことを知っているだろう？　おいおい、レイン」彼はレインの顔を見ると、言い足した。「その子を泣かせるつもりなんかないよ。二人と話すだけだ」

「離婚したなら、奥さんのほうはクルーといっさい関わりたくなくて、息子にも父親がどんな人間か教えたくないってことだってありうるでしょう」

「だからといって、その子が知らないとか、父親がときどき顔を見せないとはかぎらない。確認する必要があるんだよ、レイン。とにかく僕は出発する。一緒に来る気があれば、二人ぶんの手配をするが」

レインは方眼紙に向き直り、切り抜きのソファを、消しゴム付き鉛筆の消しゴムのほうの端でつついて角度を変えた。「わたしはいないほうがてきぱき動けるでしょう」

「たぶんね、でも楽しくはないな」

レインは目を上げた。「ニューヨークまで大いそぎで行き、すぐまたオハイオへ。昔みたいで、心を惹かれるわ。でもだめ。仕事があるし、ヘンリーがいるし、この家の片づけもあるもの。それに、あなたのお母さんに電話する練習もしなきゃ」レインはマックスが笑うと、鉛筆をまわして彼をつついた。「最後のことについては何にも言わないで、それがわたしのやり方なの」

　マックスはレインを残していきたくなかった。たとえ一日だけでも。自分でもわかっていたが、そのいくらかは、生まれたばかりの愛の、度を越えた愚かしさではあるものの、いくらかは心配もあった。「一緒に来てくれれば、母にはどこからでも電話できるし、ヘンリーはバーガー夫妻に預け、店は一日休みにして、家のことは帰ってきたらまたやればいい。方眼紙は持っていこう」

「仕事に行っているあいだ、わたしを残していくのが心配なんでしょ。心配なんかしなくていいのよ。実際、してもらうことはないわ。ずっと自分の面倒は自分でみてきたもの、マックス。あなたと結婚しても、自分の面倒は自分でみる」

「結婚したあとは、人殺しの宝石泥棒に狙われることはないよ」

「そんなことわからないじゃないの。さあ行って」レインは彼の返事を待たずに言った。「自分のするべきことをなさい。わたしもそうするから。それで、あなたが帰ってきたら……」彼女はマックスの腿に手を這わせた。「一緒にいいことしましょう」

「話をすりかえようとしているね。いや、待ってくれ、たしかにすりかえられたよ」マックスはかがみこんで彼女にキスをした。「こういうのはどうかな？　僕は自分のするべきことをしにいく、きみは残ってきみのするべきことをする。僕は明日の夜に帰る、できればもっと早くね。帰ってくるまで、きみは署長夫妻のところへ行って、彼らと一緒にいるんだ。きみもヘンリーも。この件が片づくまで、ここにひとりでいちゃいけない。さあ、この話では喧嘩をするか、妥協するか」

　レインは彼の腿に指を這わせつづけた。「喧嘩って好きよ」

「オーケイ」彼は勝負にそなえるように立ち上がった。

「でも、相手の意見に賛成の場合はしないわ。ここにひとりでいたりしたら、必要もない危険を冒すことになるもの。だからジェニーとヴィンスに甘える」

「よし。それじゃ……いいよ。ほかに喧嘩したいことはあるかい？」

「あとにしない？」

「わかった。それじゃ飛行機の予約をしてくるよ。ああ、ソファが、日曜の午後に男が昼寝できるくらい長いって可能性は？」

「間違いなくあるわね」

「きみと結婚してよかったと思いそうだよ」

「きっと思うわ」


　ジャックがレインの店を調べ終わると、深夜一時をまわっていた。彼は二つの思いに引き裂かれながら、鍵をかけて立ち去った。意気消沈していたのはダイヤモンドが見つからなかったせいだった。あの小さな犬を小脇に抱えていたら、人生はずいぶん簡単になるだろうに。彼は町を出て、クルーが追ってくる程度のパンくずをまいていく、そうすればクルーを引き寄せて、レインからいっさいの面倒を取り去ってしまえるのに。

そうして彼も隠れ家に消えてしまえるのに。千四百万ドルのダイヤモンドがあれば――迅速に売りさばくにはその半額になるとしても――さぞ豪勢な隠れ家が手に入るだろう。

同時に、ジャックはぼうっとなるほどの誇らしさにうたれてもいた。彼の可愛い娘が、それもまっとうな世界でなしとげたことを見るがいい。あの子はいったいどうやってあれだけの品物を買う目を養ったのだろう？　家具、高級品、小さなごちゃごちゃしたテーブル用の飾り物。すばらしい店だった。彼の娘はすばらしい商売をしている。好奇心が湧いたので、わざわざ時間をかけて彼女のコンピューターに侵入して調べてみると、レインはかなりの利益をあげているようだった。

娘はいい生活を築き上げたのだ。たしかに、ジャックが望んでいたものではないが、娘の望んだものなら、受け入れるつもりだった。彼には理解できないし、これからもそうだろうが、受け入れはする。

レインが彼と一緒に旅暮らしに戻ることはないだろう。彼女の家、店、暮らしぶりをつぶさに見たいま、とうとうその夢は眠りについた。

ジャックの考えからすれば、ずいぶんな才能の浪費だが、父親が子どもを鋳型《いがた》にはめるなど無理なことはわかっていた。彼自身も、父親の意にそむいたのではなかったか？　レインが彼にそむき、自分の道を探すのも無理はない。

だが、彼女が身内をだまそうとすることには無理がある。あの子はダイヤモンドを持っている。持っていないはずがない。彼を守るためにそれを隠さなければならないなどと、妙な考えを持っているのなら、正してやらなければなるまい。

父と娘のおしゃべりをする頃合だ、とジャックは思った。

となると、車を盗まなければ。ジャックは車を盗むのが心底嫌いだった、あまりに平凡だからだ。しかし娘が僻地に住んでいる以上、彼には移動手段が必要だった。

車を運転して彼女に会いにいき、おしゃべりをし、ダイヤモンドを取り戻して、朝までには消えてしまおう。


彼はシェヴィー・カヴァリエに決め――快適で、確実な走りをする――用心して、数マイル手前でフォード・トーラスとナンバープレートを替えておいた。すべて順調にいけば、シェヴィーでヴァージニアを抜け、ノースカロライナへ入れるだろう。そこには彼のためならそれを売りさばいてくれる仲間がいる。その現金があれば、すぐに新しい車で出発できる。クルーが追ってこられるだけの足跡は残していく。あの男をメリーランドとレインから遠ざけるのにじゅうぶんなにおいは。

そのあとジャックは南カリフォルニアで人と会う約束をしていた。そこであのきらめく石を、緑の現ナマ（アメリカのドル札は緑色）に換えるのだ。

それがすんだら、何でも好きなことができる。

ジャックは探し当てたクラシック・ロック局に合わせてハミングした。ビートルズが、友達からささやかな助けがあれば切り抜けられると楽しげに歌っていて、彼は気分が上向いてきた。

切り抜けるのはジャックの得意技だった。

用心のため、彼は小道の途中で車を停めた。ここの家の犬は、怖がるあまりおしっこをもらしていなければ人懐こかったと思い出したが、犬は吠えるものだ。状況がわかるまでは、騒がせないにかぎる。

彼はペンライトを手に、歩きはじめた。暗闇は濃く、彼はまたしても、なぜレインがこんな家を選んだのかと首をかしげた。自分の足が砂利道をざくざく踏む以外、聞こえる音といえば、ふくろうの声と、あとはときおりやぶの中ががさがさいう音だけだった。

何ががさがさいっているのかわからないやぶを持ちたがるなど、ジャックには理解できなかった。

そこで彼はライラックの香りに気づいてほほえんだ。これはすてきだ、と彼は思った。静かな暗闇と香りたかい花の中を歩くのは。すてきだ、と心の中で付け加えた。ときどき気分転換するには。花をいく枝か折って、玄関へ持っていこうか。仲直りの申し出として。

香りのするほうへ足を踏み出しかけたとき、ペンライトが金属に反射した。

ライトの光で車を調べていくうちに、ジャックは気分が落ちこむのを感じた。

例の保険屋のお巡りの車がレインのドライブウェイの端にある。

目を凝らして、家を観察した。窓に明かりはない。もう午前二時に近かった。男の車が娘の家の前に停まっているとは。

可愛い娘は――彼は父親としての心が破裂せずに扱える言葉を探した――男といちゃついている。娘はお巡りといちゃついているのか。ジャックの考えでは、私立探偵は、バッジをつけているお巡りより年収の多いお巡りにすぎなかった。

血肉を分けたわが子が、お巡りと。いったい自分はどこで失敗してしまったのだ？

大きなため息をつくと、自分の足元を見つめた。私立探偵がいるというのに、二度も忍びこむ危険は冒せなかった。何としてでも、レイニーと二人きりになって、あの子に多少なりと分別を教えこんでやらなければ。

お巡りもいつかは出かけるだろう、とジャックは自分に言い聞かせた。車を隠しておく場所を見つけて、待とう。


愛情の証だわ、とレインは結論した。毎朝の習慣を変えてまで、朝の五時四十五分にマックスを送り出すなんて。これで自分は頑固じゃないところを見せられるとも思いたかったが、それはやめておいた。

彼女とマックスがもっとおたがいに慣れれば、日常の習慣もすぐ元に戻るだろう。いまとは少し形が変わるかもしれないが、最後にはそれがいつものことになるはずだ。

そのときが待ち遠しく、それを思いながら、玄関で彼に熱いキスをした。

「いまのが、夜まで留守にするだけでもらえる〝いってらっしゃい〟なら、よその町で一泊しなきゃならないときには、いったい何をしてもらえるんだろう？」

「あなたになじんでいくのはとってもいい気持ち、って気がついたところだったの。あなたのいるのが当たり前になったり、あなたのちょっとした習慣や癖にいらいらしたり」

「まったく、変わった人だね」マックスは両手に彼女の顔をはさんだ。「きみをいらいらさせるのを楽しみにするべきなのかな？」

「それと、つまらない喧嘩をするのもよ。結婚した人たちはつまらないことで喧嘩をするものでしょ。喧嘩したときには、あなたをマクスフィールドって呼んであげる」

「うぅ、参った」

「きっと楽しいわよ。家のことでの出費や、バスルームに置くタオルの色で喧嘩するのが待ち遠しい」心から本当にそう思っていたので、レインは彼の首に両腕をまわし、もう一度熱烈なキスをした。「気をつけていってらっしゃい」

「八時には帰るよ、できればもっと早く。あとで電話する」マックスは彼女の肩のカーブに顔をつけた。「つまらない喧嘩の種を考えておこう」

「すてき」

彼は体を離してかがみ、二人のあいだに鼻を突っこもうとしているヘンリーを撫でた。

「僕の可愛い人を守るんだぞ」そしてブリーフケースを持ち上げると、レインにすばやくウインクをして、車へ歩いていった。

レインは手を振って彼を見送り、それから、約束どおりドアを閉めて鍵をかけた。

一日を早く始めるのはかまわなかった。町へ行き、在庫品をじっくり調べて、どれを家に持ってくるか考えよう。ヘンリーを公園へ連れていって遊ばせ、それから壊された家具をいくつか修理してもらえるかどうか電話をかけ、もうだめになったと思われるものを持っていってもらう手配をしよう。

ブライダルのウェブサイトを見てまわって、ドレスや花や記念品に見入って楽しんでもいい。レイン・タヴィッシュは結婚するのよ！　うれしさのあまり短いダンスを踊ると、ヘンリーもつられてやたらにぐるぐる走りはじめた。ブライダル雑誌を買いたくなったが、それにはモールまで行かなければならなかった。そこならそんな本を買っても町の噂にならないですむ。噂になってもかまわない状況になるまではそうしよう。

レインは盛大な、派手な結婚式がしたいと思い、そう思った自分に驚いた。豪華で、馬鹿ばかしいくらい高価なドレスを着たい。一生に一度のドレスだもの。花や音楽やメニューのことで何時間も頭を悩ませたい。

自分で自分を笑いながら、着替えようと二階へ上がりかけた。あっという間に元どおり、と彼女は思った。普段《ノーマル》の生活ははなはだしく、思いがけないほど拡大してしまったが、また普段に戻ろうとしている。女が結婚の日を夢見るくらい、当たり前《ノーマル》なことがあるだろうか？

「リストを作らなきゃね、ヘンリー。山ほどのリスト。わたしはそういうのが大好きって知ってるでしょ」

レインはすっきりした白いシャツのボタンをはめ、細いネイヴィー色のパンツをはいた。

「もちろん、日を決めなきゃならないわ。十月はどうかしら。どこもかしこもきれいな秋の色。錆《さび》色に琥珀色に、濃い金色。深いこくのある色。間に合うように手配するのは至難のわざだけど、何とかやってみせるわ」

想像しながら、髪を編みこみの三つ編み一本にまとめ、青と白の細かいチェックのジャケットを着た。

まず公園で遊ぶ、と決め、楽なキャンバス地のフラットシューズをはく。

下まで半分降りたところで、ヘンリーが警戒の声で吠え、上へ駆け戻ってきた。

レインはその場でぎくりと立ち止まって、爪先立ちになり、心臓は激しく肋骨を打っていた。ヘンリーにならって二階へ戻ろうとしたとき、ジャックがリビングから階段の下へ出てきた。

「犬は銃を取りにいったのか？」

「パパ」レインは目をつぶり、息を整えた。「どうしてこういうことをするのよ？　玄関をノックできないの？」

「このほうが時間を節約できる。おまえはいつもあの犬に話しかけるのか？」

「ええ、そうよ」

「言葉を返してきたことはあるのか？」

「彼なりにね。ヘンリー！　もう大丈夫よ、ヘンリー。この人は何もしないわ」レインは階段を降り、ジャックの染めた髪と、しわくちゃのスーツに視線を走らせた。「仕事中のようね」

「わたしなりにな」

「そのスーツで寝たみたいだけど」

「まったくそのとおり」

彼の口調の棘《とげ》に、レインは眉を上げた。「そう、でもわたしに当たらないで、ジャック。わたしのせいじゃないわ」

「おまえのせいだとも。二人で話をしなきゃならないんだ、エレイン」

「たしかにそうね」レインはきっぱりした声で言ってうなずき、くるりと体をまわしてキッチンへ入っていった。「コーヒーがあるわ、お腹がすいているなら、アップルマフィンも。何か作ってはあげられないけど」

「おまえはいったいどういう生き方をしているんだ？」

ジャックの大声に、腹ばいになって水を味見しようとしていたヘンリーはぱっと戸口へ駆け戻った。

「わたしがどういう生き方をしているか？　わたしが何をしているかっていうの？」レインはコーヒーポットを手に、ジャックに食ってかかった。彼女の激した答えがヘンリーの恐怖を切り裂き、彼は勇気を振りしぼった。走ってきてレインの横にぴったりつき、ジャックのほうに歯をむきだそうとしたのだ。

「いいのよ、ヘンリー」彼が守ってくれたことにうれしくなり、かなり驚きもおぼえながら、レインは犬を撫でてやった。「この人はあぶなくないから」

「そうなるかもしれん」ジャックはつぶやいたが、犬が多少なりと根性を見せたことで、怒りもいくぶんか安心に変わった。

「わたしがどんな生き方をしているか教えてあげるわ、パパ。わたしは自分の人生を生きているの。家を持ち、犬を飼い、仕事があって、車を持って——支払いもしている。なじみの配管工もいる」レインがポットを振り回したので、縁からコーヒーがこぼれそうになった。

「服役なんかしたことない友達がいて、図書館から本も借りられるし、その返却期限にも自分はまだそこにいるってわかっていられるの。パパこそどういう生き方をしているのよ？これまでいったい何をなしとげたっていうの？」

ジャックの唇が震えたが、彼は唇を引きしめて、どうにか声を出した。「父親に向かってひどい口のききようだな」

「そうね、パパだってわたしにひどい口のききようだわ。わたしはいままでパパの選んだ道をどうこう言ったことはない、パパが選ぶことだし、パパにはそうする権利があったから。だからわたしのこともどうこう言わないで」

ジャックの肩が落ちた。両手がポケットに逃げこむ。ヘンリーは勇気を試されないですみ、おおいに安心して警戒をといた。「おまえはお巡りと夜を過ごしているんだろう。お巡りと」

「彼は私立探偵よ、それにそんなことはいまの話に関係ないでしょ」

「関係な――」

「わたしが何をしてるかというとね、愛していて、結婚するつもりの男性と夜を過ごしているの」

「け――」顔から血の気が引き、ジャックはわけのわからない声をもらした。椅子の背をつかみ、のろのろと腰をおろす。「脚から力が抜けてしまった。レイニー、結婚なんかだめだ。おまえはまだ子どもだ」

「子どもじゃないわ」レインはポットを横に置き、ジャックのところへ行って、やさしく頬に手を置いた。「子どもじゃないの」

「五分前までそうだったじゃないか」

ため息をつき、レインは彼の膝にのって、肩に頭をつけた。ヘンリーがもつれあった脚に頭を突っこもうと、足音をひそめて歩きまわり、同情するようにジャックの膝に頭をのせた。

「彼を愛しているの、パパ。喜んでちょうだい」

ジャックは彼女を抱いたまま体を揺らした。「おまえは彼にはもったいない相手だよ。むこうがそれをわかってくれているといいが」

「わかっていると思うわ。彼はわたしのことを知っているの。わたしたちのことをよ」彼女は言い、体を離してジャックの顔を見つめた。「それでも、わたしを愛してくれているから、気にしていない。彼はわたしと結婚して、一緒に人生を築くことを望んでいるの。わたしたち、パパに孫をつくってあげるわ」

ジャックの頬に戻っていた赤みがまた消えた。「おいおい、そんなに先をいそがないでくれ。おまえがもう六歳じゃないんだって思いに慣れさせてもらいたいな。彼の名前は？」

「マックス。マクスフィールド・ギャノン」

「変わってるな」

「サヴァナの出なの、すばらしい人よ」

「暮らしむきはいいのか？」

「だと思うわ――でもそれをいうなら、わたしもそうよ」レインは父親の染めた髪を撫でた。「いまここで、ありふれた花嫁の父ふうの質問を全部やるつもり？」

「質問を考えつこうとしているところだ」

「心配しないで。彼がわたしを幸せにしてくれるってことだけ知っておいて」レインは彼の頬にキスし、それからコーヒーをいれに立ち上がった。

ぼんやりしたまま、ジャックはヘンリーの耳の後ろをかいてやり、それによって生涯の友となった。「彼は今朝、ずいぶん早く出ていったな」

レインは肩ごしに振り返った。「この家を見張らないでよ、パパ。でもそうね、早く出ていったわ」

「彼が帰ってくるまで、どれくらい二人でいられる？」

「夜まで帰ってこないけど」

「オーケイ。レイン、ダイヤモンドを出すんだ」

彼女はマグカップをひとつ出し、ジャックのぶんのコーヒーをついだ。それをテーブルに持ってきて、彼の前に置き、座った。両手を組む。「ごめんなさい、パパには渡せないの」

「よく聞くんだ」ジャックは身を乗り出し、レインがテーブルの上で組んだ手を握った。「これはゲームじゃない」

「そうかしら？　いつだってゲームだったじゃない？」

「アレックス・クルーは――あいつが永遠の火炎地獄で腐りますように――あの石を探しているんだ。もう人ひとり殺しているし、ウィリーが死んだのもあいつのせいだ。そうにきまっている。あいつはおまえをひどい目にあわせるだろう、レイン。ダイヤモンドを手に入れるためなら、ひどい目にあわせるだけではすまない。やつにとってはゲームじゃないんだから。あいつには冷酷な、情け容赦のないビジネスなんだ」

「どうしてそんな人とかかわりあいになったの？」

「ダイヤの光に目がくらんでしまったのさ」歯をむいて怒りをあらわにし、ジャックは体を引いてコーヒーをとった。それから黒い液体をじっと見つめた。「あいつをうまくあしらえると思ったんだ。むこうはこっちをだましたと思っていた。あの野郎。あいつは、しゃれた偽名とでたらめ話でしかけた気取ったゲームを、こっちが信じていると思いやがった。こっちはやつの正体も、どんなことをしてきたかも承知だった。だが、あれだけの宝石がかかっていたんだよ、レイニー」

「わかるわ」レインにはわかったし、宝石に目がくらむのがどんな感じかおぼえていたので、ジャックの手を撫でた。

「やつが途中で裏切るかもしれないとは予想していたが、うまくあしらえると思ったんだ。やつはマイアーズを、手引き役の人間を殺した。欲の皮がつっぱったのろまで、分け前がほしかっただけなのに。それで状況が一変してしまったんだよ、レイニー。わたしがあんなふうに仕事をしないのは知っているだろう。血を見たことなんかないんだ、ゲームに参加してこのかた。カモの財布に穴をあけることはするさ、そう、やつらのプライドをちくりとやることもある、だが暴力をふるったりはしない」

「だからそういう人のことがわからないのよ、深いところまではね、パパ」

「おまえにはわかるのか?」

「パパよりはね、ええ。パパにとって大事なのはわくわくすることでしょう。儲けそのものですらない、でも儲けにわくわくすることではある。きらびやかさね」彼女は愛情をこめて言った。「クルーのような人間には、儲けが大事なのよ、何もかもを独り占めすることがね、そしてその途中で誰かを痛めつけることになれば、さらにいいの。儲けが増えるから。彼はすべてを手に入れるまで絶対にあきらめないわ」

「だったらダイヤモンドをよこすんだ。わたしならあいつをここから引き離せるし、やつもおまえは持っていないと気づくだろう。おまえには手を出さなくなる。あいつにとっておまえは取るに足りない存在だが、わたしにとっては世界で何よりも大切なんだ」

それは本当だった。嘘つきで、手が三本あるペテン師として年季を積んだ男の口から出たものであっても、まごうかたなき真実だった。ジャックは娘を愛していた、これまでも、これからも。そして彼女もまた、同じ苦境に立たされていた。

「わたしは持っていないわ。それにパパを愛しているから、持っていたとしても渡さない」

「ウィリーがお前の店に入っていったときには、持っていたに違いないんだ。おまえに渡すつもりじゃなかったのなら、店に入っておまえに話しかける理由がない。店を出たときには何も持っていなかったんだから」

「お店に来たときは持っていたわ。きのう見つけたの。あの小さな犬を見つけた。マフィンは食べる？」

「エレイン」

レインは立ち上がり、マフィンを皿にのせた。「持っているのはマックスよ。いまニューヨークへ持って帰っているところ」

ジャックは文字どおり息が止まってしまった。「おまえは――あれをお巡りに渡したのか？」

「私立探偵よ、ええ、渡したわ」

「彼に銃でも突きつけられたのか？　何かの発作でも起こしたのか？　でなければ、単に頭がおかしくなったのか？」

「あの宝石は本来あるべきところへ戻るのよ。一部が取り戻されたと報道されるでしょうから、クルーもわたしにはかまわなくなるわ」

ジャックは飛び上がり、髪を引っぱりながら部屋の中をぐるぐるまわった。友達になったのだからこれはゲームだろうと思ったヘンリーが、自分の引き綱をくわえてきて、ジャックの後ろではねた。「わかりきっているだろう、彼が向かっているのはマルティニークだぞ。ベリーズだ。リオかティンブクくそったれツーだ。いったいぜんたい何だって、わたしの娘がこんな古臭くてカビのはえたペテンにひっかかったりしたんだ？」

「彼は行くと言っていたところに行って、すると言っていたことをするわ。それに彼が戻ってきたら、パパとわたしで、パパの取り分も渡すのよ、そうすればそのぶんも彼が同じように処置できるわ」

「冗談じゃない」

ヘンリーを落ち着かせるため、レインは立ち上がってボウルに餌を入れた。「ヘンリー、ごはんの時間よ。あれをわたしに渡して、ジャック、だってたかが光る宝石ひと袋のために、パパが狙われて殺されるなんて絶対にいやよ」彼女はあいだのテーブルを両手でバシンと叩いた。「いつか子どもたちに、おじいちゃんはどうしたのってきかれたとき、嘘をつきたくないの」

「そんな重荷まで負わせないでくれ」

「あれを渡してちょうだい、わたしがパパに頼みごとをするのは一生でこれっきりなんだから」

「やめるんだ、レイン。やめろったらやめてくれ」

「渡してちょうだい、そうすればマックスがそれを返して、報酬をもらえるから、わたしの取り分をパパにあげる。そう、取り分の半分を。それでも二千八百万の一・二五パーセントよ、パパ。生涯の大仕事ってわけにはいかないけど、鼻で笑うものでもないでしょう。それにわたしたちみんな、いつまでも幸せに暮らせるわ」

「わたしは絶対に――」

「結婚祝いだと思って」レインは頭をかしげた。「結婚式では一緒に踊ってほしいのよ、パパ。もし刑務所に行っちゃったり、クルーがパパのすぐ後ろに迫っていたりしたら、踊ってもらえないじゃない」

ふうーっと大きく息を吐くと、ジャックはふたたび腰をおろした。「レイニー」

「あれはパパにとって不幸のもとよ、パパ。あのダイヤモンドはパパに災いをもたらすの。パパからウィリーを奪い、パパは逃げまわっていて、それも警察からじゃなく、命を狙う人間からだわ。あれを渡して、もう手を引いて。ニューヨークのほうはマックスが何とかおさめる方法を見つけてくれる。保険会社は宝石を取り戻せればいいのよ。パパのことはどうでもいいの」

レインはジャックのところに行き、頬に手を触れた。「でもわたしはどうでもよくないわ」

ジャックは娘を見上げた。自分よりも愛しているたったひとつの顔を。「だいたい、わたしはあんな大金で何をするつもりだったんだろうな?」

14

レインは家の前の小道に停めた車に座り、ハンドルを指で叩きながら、ダークグリーンのシェヴィーをながめた。

「ほら、おまえ、母さんがよくああいう顔をしただろう……」レインがゆっくり顔を向けて、じっと見つめると、ジャックは言葉を切った。「その顔だよ」

「車を盗んだのね」

「わたしは貸与的状況と考えたいな」

「車を盗んで、わたしの家まで乗ってきたわけ?」

「どうすればよかったんだ? ヒッチハイクか? 無理を言わないでくれ、レイニー」

「あらごめんなさい。自分の住まいから目と鼻の先で、父親が大いなる車泥棒をはたらくことに反対するなんて、本当に無理なことよねえ。わたしったら何てひどいのかしら」

「怒らんでくれよ」ジャックはぼそぼそと言った。

「無理を言って、そのうえ怒っているなんてねえ。ええ、馬鹿だと叱ってちょうだい。いますぐあの車を、元あった場所に返してきて」

「しかし――」

「だめよ、だめ」レインは両手で頭を抱え、ぎゅうっとこめかみをしめつけた。「もう遅すぎる。パパはつかまって、刑務所に行っちゃうのよ、そうしてわたしは、なぜ父親が車を盗むくらい全然かまわないと思っているか、説明しなきゃならない。どこか道路のわきに置いてきましょう。ここじゃなくて。どこか別のところによ。ああ」

彼女の口調で心配になったのか、後部座席のヘンリーが頭を突き出して、レインの耳をなめた。

「大丈夫。きっと大丈夫よ。あの車は町の外へ置いてきましょう」レインは息を吸い、背中を伸ばした。「被害なければ、犯罪なし」

「車がなけりゃ、どうやってニュージャージーまで行けっていうんだ？　ちょっと考えてみようじゃないか、レイニー。わたしはアトランティック・シティへ行かなけりゃならないんだよ、あそこのロッカーへ行って、ダイヤモンドをとってきておまえに渡すんだ。そうしてほしいんだろう？」

「ええ、そうしてほしいわ」

「これはおまえのためにやるんだよ、スウィートハート、わたしの分別に逆らってだ。それもおまえが望むからだ。可愛い娘の希望が、わたしには何より大事だからね。だが、アトランティック・シティまで歩いて往復はできないだろう？」

レインはその口調をおぼえていた。それを使えば、ジャック・オハラは近くにきらめく渓流があっても、テントから出してきたびん詰めの沼水だって売りつけることができるのだ。

「飛行機も、列車もあるし、バスだってあるでしょうが」

「父親に乱暴な口をきくんじゃないよ」ジャックはやんわりと言った。「それに、わたしがバスに乗るなんて本気で思ってはいないだろう」

「もちろん思ってないわ。もちろん。わたしったらまた怒って無理を言ってるわね。わたしの車を使っていいわ。貸すだけよ」レインはいそいで言いなおした。「今日だけ車を貸してあげる。どのみち、わたしは使わないし。仕事で忙しくなるし、自分の脳みそがどこに行っちゃったのか、壁に頭をぶつけてみなきゃ」

「そうしたいなら止めないよ、ハニー」

レインは天をあおいだ。「パパが何百万ドルものダイヤを貸しロッカーに預けて、もう何百万ドル分かをウィリーに持たせてここへ寄こしたなんて、まだ信じられないわ」

「いそいで動かなければならなかったんだよ。まったく、レイン、われわれはクルーがマイアーズを殺したと気づいたばかりだったんだ。次はわれわれだ。だから自分の取り分を隠して逃げた。クルーのやつはわたしを追ってくるはずだったんだ。やつに地図までかいてやったも同然だったんだぞ。隠したものは安全だった。ウィリーはあとのダイヤをここへ持ってきて、クルーがわたしを追って千マイルも遠くへ行っているあいだに、残りをとりに引き返す。それがわれわれの旅費に、まさかのときの蓄えになるはずだった」

王様のような暮らしをして、とジャックは思った。あのすてきなビーチで。

「クルーがおまえの居場所を突き止めるとは思わなかったんだ。おまえをそんな目にあわせるつもりはなかったんだよ、ベイビー。クルーはわたしを追うはずだったんだ」

「それで、もし彼がパパに追いついたら？」

ジャックはただ笑った。「あいつに追いつかれたりするものか。わたしはまだなまっちゃいない」

「ええ、パパはまだなまってないわね」

「単にウィリーに時間稼ぎをしてやっていたんだ。彼はメキシコへ行き、獲物の四分の一を金に換える。われわれは落ち合い、高飛びする。それだけの金があれば、ほとぼりがさめるまでのんびり隠れていられる」

「それから、こっそり戻ってきて、残りをわたしから回収する」

「たぶん、二、三年たってからな。われわれは移動しながら計画を練ったんだ」

「パパとウィリーは二人ともアトランティック・シティのロッカーの鍵を持っていたのね？」

「この地上で、ウィリーほど信頼していた相手はいない。おまえをのぞいてはな、レイニー」ジャックは言い足して、彼女の膝を叩いた。「あれはいま警察が持っている」彼は唇をすぼめて考えこんだ。「どこの鍵か突き止めるまでにはしばらくかかるだろう、やつらが調べればの話だが」

「それはいまマックスが持っているのよ。わたしがウィリーのキー・リングから抜いたの。彼に渡したわ」

「どうやって……？」ジャックの声のいらだちが消えて、あたたかみに変わった。「盗《と》ったな」

「そういう言い方もできるわね。でも、それと車泥棒を同じにするつもりなら、やめておいたほうがいいわよ。全然違うことなんだから」

「やつらの目の前でやってやったんだろう？」

レインの唇がぴくりとした。「まあね」

ジャックは彼女を軽く肘で突いた。「おまえの腕もまだなまってないな」

「そうらしいわ。もういらない腕だけど」

「われわれがどうやってやってのけたのか知りたくないか？」

「だいたいは見当がついているわ。パパたちの手引き役が目くらましを――犬でも、人形でも、何でもいいけど――自分のオフィスに持ってくる。他愛ないものをね、それなら誰も気に留めない。それを誰からも見えるところに置いておく。荷物がひとつまたは複数届き、彼はそれを――あるいはそのいくつかを――偽物と取り替える。獲物の四分の一ずつを、四つの目くらましにそれぞれ隠す。そして四つはそこに置かれたまま」

「マイアーズはその役にびくびくしていたよ。あいつは欲張りだったが、度胸がなかった」

「ふうん。長くは待てなかったのね、さもないとパチンとはじけてしまうから。それに、パパも彼があまり長くもたないと思った。せいぜい二日。彼は偽物につけた警報装置を自分で鳴らし、アリバイを作る。警察がなだれこんできて、捜査が始まる。目くらましは彼らのすぐ鼻先を出ていく」

「われわれはひとつずつそれを持っていった。実をいうと、わたしはそこらじゅうに人がいて動きまわっているときに、保険会社の人間のふりをして、マイアーズのオフィスに入っていったんだ、そして自分の取り分をブリーフケースに入れて出ていった。あざやかなものだったよ」

ジャックはにんまり笑った。「わたしとウィリーはダイヤをいただいてきたあと、二ブロック離れた〈神に感謝の金曜日《TGIフライデー》〉でランチをとったんだ、懐を千四百万ドルでぬくぬくさせてな。ナッチョ（トルティーヤの一種）を食べたよ。なかなかだった」

レインはジャックと正面から向き合えるように、シートの上で体をずらした。「すごい仕事じゃなかったとは言わない。その興奮がわからないふりをするつもりもない。でも、パパを信じてるわ。パパが約束を守るって信じている。わたしにはいまの暮らしが必要なの。パパがそういう興奮を必要としている以上に、なくてはならないの。お願いだからだいなしにしないでね」

「わたしが万事うまくおさめるから」ジャックは体を乗り出して、彼女の頬にキスをした。

「おとなしく待っておいで」

レインは彼が盗んだ車へ歩いていくのを見送った。一分ごとに一、と彼女は思った。「わたしをカモにしないで、パパ」そうつぶやいた。

レインはジャックに公園でヘンリーと一緒に降ろしてもらったが、まだ朝早い時間なので、見知らぬ男が彼女の車に乗って走り去ったことで何か言う知り合いもいないだろうと思った。

ヘンリーに三十分ほど、走ったりころがったり、町なかにいるリスを追いかけまわさせたりしてやった。

それから携帯電話を出して、マックスに連絡した。

「ギャノンです」

「タヴィッシュよ」

「ハイ、ベイビー。何かあったのかい？」

「あの……いま空港？」

「ああ。ちょうどニューヨークに降りたところだ」

「話すべきだと思ったのよ、父が今朝、会いにきたの」

「本当か？」

レインは彼の声の冷たさに気づき、たじろいだ。父が今朝どういう手段で来たかは言わないほうがいいだろう。「二人でいくつか決めたことがあるの、マックス、いくつかのことを解決したわ。父はいま、自分のぶんのダイヤモンドをとりにいっている。そしてわたしに渡すのよ、そうすればわたしからあなたに渡して、あなたから……まあ、そういうこと」

「ダイヤはどこにあるんだ、レイン？」

「それを言う前に、父はへまをしたってわかっていることを知ってほしいの」

「ほう、どのへまのことをわかっているんだい？」

「マックス」レインはかがんで、ヘンリーが足元に置いた枝をとった。仕方なくそれを槍投げのようにほうってやると、犬は喜びいさんで追いかけていった。「二人はパニックに陥ったのよ。マイアーズが死んだことを聞いて、二人は本当に動転したの。たしかにまずい計画だったけれど、思いつきだったのよ。父はクルーがわたしのことまで知っているとは思わなかったの、ましてここに来るなんて。父はただ、ウィリーならわたしにあの置物を渡せると思ったのよ、そうすればわたしが何年かあれを隠しておいて、そのあいだに二人は……」残りの部分をどう思われるかに気づき、レインは最後まで言わなかった。

「二人は盗んだ宝石の残りを売りさばいて、贅沢な暮らしをするんだろう」

「そんなところね。でも肝心なのは、父がそれを手放すのに同意してくれたってことよ。それをとりにいっているの」

「どこへ？」

「アトランティック・シティのロッカー。〈メール・ボックセズ・エトセトラ〉。いま車で向かっているわ。往復するのにほぼ一日かかってしまうけど、でも――」

「何で向かっているって？」

レインは咳払いをした。「わたしの車を貸したの。仕方なかったのよ。あなたが父を信用していないのはわかっているわ、マックス、でもわたしの父なのよ。わたしは信じてあげないと」

「オーケイ」

「それだけ？」

「きみの父親はきみの父親だ、レイン。きみはしなければならないことをした。だがたしかに、僕にはお父さんを信用する義務はないし、彼がバルセロナのすてきな家で暮らす気でいると知っても、ショックでよろめいたりしない」

「父もあなたを信用してないわ。あなたはマルティニークへ向かっていると思ってる」

「サンバルテルミー島（西インド諸島の小島）だよ、たぶん。僕はサンバルテルミーのほうが好みだ」

しばらく間があいた。「きみは本当に板ばさみになってしまったね？」

「あなたたちのどちらも愛しているのが幸運だったわ」レインはマックスの周囲の音が変わったのを聞き、彼がターミナルを出たことに気づいた。「これからタクシーを拾うんでしょう」

「ああ」

「それじゃ解放してあげたほうがよさそうね。戻ってきたら会いましょう」

「期待しているよ。愛しているからね、レイン」

「そう言ってもらえてうれしいわ。わたしも愛してる。それじゃ」

マックスは携帯電話をポケットに戻し、腕時計で時間をたしかめながらタクシー乗り場へ歩いていった。車の混雑ぐあいによっては、今日のニューヨークでの予定を二時間で片づけられる。彼の計算では、アトランティック・シティへ寄り道してもそう手間はかからないはずだった。

レインが板ばさみになろうとしているなら、マックスは彼女が押しつぶされないよう手段を講じるつもりだった。

レインは公園からマーケット通りを歩き、ヘンリーは大嫌いな引き綱を嚙み切ろうと、必死に頭を百八十度まわそうとしていた。

「規則は規則よ、ヘンリー。信じようと信じまいとね、わたしは二週間前、お尻にそういうタトゥーを入れたも同然なんだから」彼がその返事に腹ばいになり、悲しげな声をたててみせたので、レインは鼻と鼻がくっつくまでしゃがみこんだ。「よく聞きなさい。この町には引き綱の法律があるの。それに従って多少なりと威厳をもってふるまえないなら、もう公園では遊びませんからね」

「喧嘩かい？」

レインは驚き、ヴィンスの大きな、親しみのこもった顔を見上げたとたん、熱くかぶさってきた後ろめたさの波に身を縮めた。「この子が引き綱をいやがっているの」

「だったらこいつに町議会にかけあってもらうしかないな。おいで、ヘンリー、クルーラー（ドーナツの一種）を少し持ってきてやったぞ。一緒に歩こうか」彼はレインに言った。「どのみち、話もあるし」

「いいわ」

「今日は早起きしたんだね」

「ええ。やらなきゃならないことが山積みなの。ありがとう」彼が引き綱をとって、ヘンリーを引っぱってくれたので、レインはそう言った。

「ここのところ、刺激的なこと続きだったからな」

「早く退屈な日々に戻りたいわ」

「そうだろう」

ヴィンスはレインが鍵を出して、店の入口をあけるのを待った。彼女が警報装置を解除するあいだ、ヴィンスはしゃがんで引き綱の留め具をはずし、感謝している様子のヘンリーを撫でた。

「きのう、署に来たそうだね」

「ええ」忙しくしていようと、レインは歩いていって、レジスターの鍵をあけた。「ウィリーが知り合いだったことは話したでしょう、だから思ったの……葬儀の手配がどうなっているか知りたかったの」

「ああ、そうだったね。もうかまわないよ。葬儀の手配のことだ。もう許可を出したから」

「よかった。本当によかったわ」

「おかしなことがあってね。ほかにもゆうべ、署に来て、彼に興味を持った人間がいるんだよ。ただし、その人物はウィリーを別の名前で呼んでいた。ウィリーがきみに渡した名刺の名前だ」

「本当？　ヘンリーを奥に入れてくるわね」

「僕がやろう。おいで、ヘンリー」クルーラーの半分に釣られ、ヘンリーは奥の部屋へ走っていった。「署に来たその人物は、ウィリーを――というか、ジャスパーを――希覯本のディーラーだと言っていた」

「実際にそうだったのかもしれないわ。あるいは、そのふりをしていたのかも。言ったでしょう、ヴィンス、わたしは子どものとき以来、ウィリーとは会っていなかったの。本当よ」

「それは信じているよ。ただおかしなことだというだけさ」彼は歩いてきて、カウンターに身を乗り出した。「おかしなことといえば、ウィリーの所持品には鍵が五つあったのに、ゆうべ見てみたら、四つしかなかったのもそうだ」彼はひと呼吸置いた。「数え間違いだったとは言わないだろう？」

「ええ。あなたに嘘をつくつもりはないわ」

「それは助かる。ゆうべ署に来た男は、きみと同じ目をしていたよ」

「わたしがその人と同じ目をしていると言ったほうが正しいわね。彼の正体がわかったなら、なぜ逮捕しなかったの？」

「そっちも複雑でね。相手の目に何かをみとめたからといって、人ひとり逮捕するのは無理だと言っておこうか。あの鍵を返してくれ、レイン」

「持ってないの」

「いいかげんにするんだ、レイン」ヴィンスは背中を伸ばした。

「マックスに渡したのよ」レインはいそいで言った。「わたしは正しいことを、するべきことをしようとしているの――父を刑務所送りにする片棒をかつがないですむように。あるいは、父が殺されないように」

「その、するべきことの中には、僕に知らせるということも入っているだろう。ダイヤモンド泥棒の件はニューヨークの連中の仕事かもしれないよ、レイン、だがそれを盗んだと思われる人間のひとりは僕の町で死んだんだ。その仲間のひとり、もしくは複数も僕の町にいるか、足を踏み入れた。そんなことじゃ、僕が市民の義務を果たせなくなる危険がある」

「あなたの言うとおりね。わたし、今度のことで綱渡りをしているせいで、ものごとをちゃんと考えるのがむずかしくなっているんだわ。あなたが力になってくれようとしているのもわかっているのに。ウィリーの取り分のダイヤモンドを見つけたの。ここにあるなんて知らなかったのよ、ヴィンス、誓うわ」

「知らなかったのなら、どうやって見つけたんだ？」

「ダイヤは平凡な置物の中にあったの。犬――プーチに。どういうわけなのかずっと考えているんだけれど、ウィリーがここへ来たときに棚に置いたか、あるいは別の場所――キャビネットか引き出し――に入れて、ジェニーかアンジーが棚に移したとしか思えない。アンジーのほうね、たぶん。ジェニーならわたしにきくはずだし、わたしが彼女に尋ねたときには、見たおぼえはないって言っていたから。ダイヤはマックスに渡したわ、それで彼はいまそれを返しに、ニューヨークに行っているの。調べてみて。〈リライアンス〉に電話して、確認してくれてもいいわ」

ヴィンスはしばらく何も言わなかった。「僕たちはそんなところまで遠ざかってしまっちゃいないだろう、レイン？　確認なんかしなきゃならないほど？」

「あなたとこのまま友達でいたいの、ジェニーとも」レインは落ち着こうと息をした。「この町での居場所をなくしたくない。あなたが確認したからって、侮辱されたなんて思わないわ」

「だからする必要はないよ」

結局、レインはティッシュが必要になり、カウンターの後ろの箱から一枚とった。「オーケイ。オーケイ。あとひとりの取り分もどこにあるか知っているわ。今朝わかったの。どうやってわかったかはきかないで」

「いいよ」

「わたしがウィリーの所持品からとった鍵はロッカーのだった。マックスにはすぐに電話して伝えたわ。実を言うと、彼に話したのは、ヘンリーと公園にいたときなの。そのダイヤも持ち主に返されるわ。これで半分。あとの半分はわたしじゃどうにもできない。マックスは手がかりを持っているし、彼は彼の仕事をするでしょう。でも、ダイヤモンドの半分が本来の場所に戻されれば、わたしのできることは終わり。引っ越ししなきゃだめかしら？」

「そんなことをしたらジェニーが悲しむよ。お父さんにはギャップにいてもらいたくないな、レイン」

「わかった。そのことは今夜には何とかする、遅くてもあしたまでには。父は消えるわ」

「それが片づくまでは、遠くへは行かないでくれ」

「それなら約束できるわね」

ニュージャージーへ入る頃には、ジャックはダイヤモンドを返すのは間違いだという理由を一ダースも思いついていた。どうみても、ギャノンとかいうやつは、たっぷりの報酬めあてに可愛い娘を操っている。レインは早くそのことに気づいたほうがいいんじゃないか？

それに、自分がメリーランドに引き返せば、クルーをメリーランドへ連れ戻すことになるだろう。レインへも。

それから、あのきれいな石を全部返すなんて、自分には刑務所のつなぎの制服みたいにぴったり合っている。

加えて、ウィリーは自分にダイヤを持っていてほしいと思うはずだ。亡き友の願いを拒むなんて、人間のすることじゃないだろう？

ジャックはアトランティック・シティを走るにつれ、かなり気分がよくなってきた。道中にビッグ・ガルプ（カップ売りのコカ・コーラのサイズで、二番めに小さいもの）をちびちびやり、あいまに陽気な口笛を吹くくらいに。モールの駐車場に車を停め、逃げるのにいちばんいい手は空港で飛行機に飛び乗り、まっすぐメキシコへ行くことだと考えた。

レインには絵葉書を送ろう。あの子ならわかってくれる。ゲームのやり方は心得ているのだから。

ジャックはまず歩道をぶらつき、人々の顔を見まわし、カモを探し、警官を探した。こういう場所に来ると、いつも指がむずむずする。モール、ショッピングセンター、商店街は、人々がぶらぶらと出入りし、彼らの現金やクレジットカードがすぐ手の届くところにある。来る日も来る日も。かたぎの人間たちは犬の餌やグリーティングカードを買い、それを売りつけるのもほかのかたぎ。

いったい何が面白いんだ？

こういう場所に来ると、ジャックは膝をついて、これまでの自分の生活に感謝をしたくなるのだ――現金をいくらか、クレジットカードを何枚かいただき、別の場所へ移動する直前にだが。

〈サブウェイ〉へ入り、ホットペッパーソース付きハムチーズサンドイッチを買い、あたりをよく見る時間を稼いだ。また特大の冷たいコーヒーを飲んでサンドイッチを流しこみ、手洗いを使った。

いい気分になって、通りを渡って〈メール・ボックセズ・エトセトラ〉へ行き、ロッカーまで歩いて、鍵をさしこんだ。

パ、パ、の、と、こ、ろ、へ、お、い、で、とジャックは思い、扉をあけた。

彼はアヒルがお腹に一発食らったような声をもらし、ロッカーに入っていた唯一のものをひったくるようにとった。破り取った手帳の紙に一行だけ書かれていた。

や、あ、ジ、ャ、ッ、ク。後、ろ、を、ご、ら、ん。

ジャックはぱっと振り返ったが、たくましい手はすでにこぶしを握っていた。

「こぶしを振ったら、あんたを殴り倒す」マックスは親しげに言った。「逃げようと思ってるなら、僕のほうが若くて足も速いってことを考えるんだな。恥をかくだけだ」

「この野郎」ジャックはぜいぜいとあえいだが、それでも二、三人の人が彼らのほうへ注意を向けた。「裏切り者め」

「自分のことを棚に上げてそんなことを言うなんて、想像力のなさを証明するだけだよ。キーを」彼は手をさしだした。「レインの車のキー」

うんざりした顔で、ジャックは彼の手にキーを叩きつけた。「目当てのものは手に入れたんだろう」

「いまのところはね。車の中で話さないか？　引きずらせたりしないでくれよ」彼は静かに言った。「そんなことをしたら騒ぎになって、警官が来るかもしれないし、レインもいやな思いをする」

「あの子のことなんかひとかけらも気にしてないくせに」

「あんたの言うとおりさ、そうだよ。ひとかけらよりずっとずっと気にかけている、だからあんたを警察には引き渡さない。チャンスは一度きりだぞ、オハラ、それもレインのおかげで手に入ったんだ。車に乗って」

ジャックは逃げようかと思った。だが、自分の限界はわかっていた。それに、もし逃げたら、ダイヤモンドを取り返すチャンスもなくなる。彼はマックスと一緒に外へ出て、それから車の助手席に乗った。マックスは運転席に座り、自分のブリーフケースを膝に置いた。

「これからすることを言う。あんたは靴底についたガムみたいに、僕にひっついてくるんだ。二人でこれからコロンバス行きの便に乗る」

「いったい――」

「黙ってろよ、ジャック。確認しなきゃならない手がかりがあるんだ、だからそれが終わるまで、あんたと僕はシャム双生児なんだよ」

「あの子が話したんだな。わたしの血を分けた娘が。あの子が、わたしが宝石を隠しておいた場所を話したんだな」

「ああ、そうだ。彼女が話してくれたのは、僕を愛しているからだ、それと、彼女は信じているからだよ――無理やり信じこんだんだ――あんたが約束を守って、宝石を持ってきてくれると。あんたを愛しているから。だが僕はあんたを愛していない、ジャック、それにあんたは約束とは違う行動をとるつもりだったと思うんでね」

ブリーフケースを開き、マックスは陶器の豚の貯金箱を出した。「こんな馬鹿ばかしいものを使ったセンスは認めるよ。僕と、あんたと、この豚で、コロンバスに行くんだ、それからメリーランドへ戻る。あんたにそのチャンスをやる。そのチャンスはレインのおかげだぞ。これはあんたから彼女に渡すんだ」彼は豚をとんとんと叩き、またしまった。「あんたがずっとそのつもりでいたようにして」

「そのつもりじゃなかったと誰が言った？」

「僕さ。ロッカーをあけたときのあんたの目には、ドルのマークが浮かんでいたよ。ここでおたがい、少しばかり尊重しあおうじゃないか。僕の依頼人は宝石を取り戻したがっている。僕は自分の報酬がほしい。レインはあんたに無事でいてもらいたい。僕たちでその全部をかなえるんだ」彼は車をスタートさせた。「あんたがいま言ったことをやってくれれば、この件はなかったことにしてやる。僕から逃げたら、レインを苦しめることになるからな、そんなことになったら、狂犬病の犬みたいにあんたを狩り出してやる。一生かかっても。約束するよ、ジャック」

「嘘をついているわけじゃなさそうだな。嘘をついている人間は、わたしにはわかる。ちくしょうめ」ジャックの笑みが明るく広がり、彼は体を乗り出してマックスを抱擁した。「わが家族へようこそ」

「ブリーフケースは鍵がかかっているよ、ジャック」マックスは体を引き、ブリーフケースを後部座席の手の届かないところへ置いた。

「試してみたってかまわんだろう」ジャックはほがらかに言い、道中にそなえて座りなおした。

キャビンの中で、クルーはナス色のシャツを選んだ。唇の上のひげをはずし、つやのある栗色のポニーテールに合うと考えて唇の下の小さなひげに替えた。今回の外出では芸術家ふうな外見にしたかったのだ。持ち物の中から丸レンズのサングラスを選び、効果を検分した。

ここまで手をかける必要はないかもしれないが、よくできた扮装は自分が楽しいのだ。連れを迎える準備はすべてできている。彼はキャビンを見まわしてほくそえんだ。たしかに素朴だが、ミズ・タヴィッシュが設備に文句を言うとは思えない。彼女をそう長くとめおくつもりもなかった。

クルーは小型の二二口径をベルトの後ろにはさみ、ヒップ丈の黒いジャケットで隠した。ほかに必要なものはすべて、キャビンを出る前に肩にかけたバッグに入っていた。

魅力的なミズ・タヴィッシュとのデートの前に、何か食べてもいいなと思った。今夜は忙しくて食事をとれないかもしれない。

「足を使って聞きこんだんだ」ジャックは空港のバーでマックスとビールを一杯やりながら言った。「何か月もマイアーズのご機嫌をとってな。いまなら認めるが、あんなに大きな獲物だとは夢にも思わなかった。小さいものだと思っていたんだ、ブリーフケースを二つばかりとって、それぞれにつき二十万ドルくらいの儲けだとね。そうしたらクルーがあらわれたのさ」

ジャックは頭を振り、泡ごとビールを飲んだ。「いろいろ欠点はあるが、あいつは大物専門だ」

「欠点は冷血な人殺しということだろう」

顔をしかめ、ジャックは大きな手をナッツの入った小鉢に突っこんだ。「生まれてこのかた最大の失敗は――これまでにも何度か失敗したことはいさぎよく認める――クルーみたいなやつとかかわったことだ。あいつはわたしをだますつもりで引っぱりこんだんだ、それは間違いない。こっちはあの宝石のことが頭にあって舞い上がっていた。あのきれいな、キラキラする石全部だぞ。あいつはああいうことに必要なものを全部そなえているふうだった、先々まで考える力をな。わたしにはつてがあった。哀れなマイアーズだ。彼を引き入れ、踊らせたのはわたしだ。彼にはギャンブルの問題があったんだ、知っているだろう」

「ああ」

「わたしにわかるかぎりじゃ、ギャンブルはどんなものでも問題さ。いつだって胴元が勝つことになっているんだ、だったら胴元になったほうがいいじゃないか。ギャンブルをするやつは、損をしても気にしない金持ちか、本気で勝てると思っている阿呆だ。マイアーズは阿呆だった、はじめからな。どっぷりはまっていて、わたしがちょっと押すとさらに深くはまりこんだ。でも今度のことで抜け出せると思ったんだよ」

　ジャックはまたビールを飲んだ。「たぶんそうだったんだろう。いずれにしても、計画はまずまず順調にいった。手早く、あざやかに。警察がマイアーズをつかまえようとすることは計算に入れとかなきゃならなかったが、彼はすぐに身を隠すはずだったんだ。われわれはおたがいに誰がどこへ逃げるか知らなかった。ウィリーとわたしはすぐに車でニューヨークを出て、わたしのぶんの豚をアトランティック・シティに置いていき、ウィリーのぶんをデラウェアのロッカーに入れた。ヴァージニアのすてきなホテルの部屋に入って、うまい食事をとって、シャンペンも二本飲んだ。楽しかったなあ」ジャックは言い、自分のグラスをあげた。

「マイアーズのことはCNNで聞いた。ウィリーはCNNが大好きだったんだ。ギャンブルが原因だろうと言われていたが、われわれにはわかっていた。車を換えて、ノース・カロライナまで行ったよ。ウィリーはおびえていた。ああ、われわれ両方ともおびえていたさ、だがあいつは教会に入った娼婦みたいにびくびくしていた。早く逃げたがったよ、全部さっぱり忘れてさっさと逃げようと言った。わたしはそんなことをしないようあいつを説き伏せたんだ。ちくしょう」

　ジャックはビールを見つめ、それからグラスを持ち上げてごくごくと飲んだ。「わたしがクルーを引き離しておき、ウィリーはとって返して自分の分け前をとり、レインに渡すはずだった。あの子ならしばらくウィリーを泊めてくれるだろうってね。あいつの身は安全だと思ったんだ。われわれ二人とも安全だと思った」

「だが、彼はレインのことを知っていた。クルーは」

「わたしは財布にあの子の写真を入れているからな」

ジャックは財布を出し、あけてみせた。

マックスが見た写真には、あざやかなひと房の赤毛と、クリームのように白い肌をした生まれたばかりの赤ん坊が、〝あたしはいったいここで何をしているの？〟と言いたげな表情を小さな顔に浮かべていた。

幼児の頃のレインの写真も何枚かあり、どれもあざやかな色の髪と目を持ち、その笑みからすると、自分がこの世界で何をしているのかはっきりわかっているようだった。それから年頃のティーンエイジャー時代の写真もあり、卒業記念の写真では愛らしく堂々としていた。ショートパンツとぴったりしたトップスを着た写真のレインは、青い磯波の中に立って笑っており、マックスはバルバドス島だろうと見当をつけた。

「ずっと美人だったんだね？」

「誰も見たことがないほど可愛い赤ん坊だったし、日に日にいっそう可愛くなっていった。しみじみしてしまうよ、とくにビールを一、二杯やると」ジャックは肩をすくめた。これも結局、神の与えたもうた弱点なのだろう。彼は財布を閉じ、しまった。

「きっと、クルーにあの子の自慢をしてしまったことがあったんだろうな。あるいはあいつが、必要とあらばわたしに対して使えるものを探したか。たしかに泥棒に仁義はないよ、マックス、そんなことはないと考えるようなやつは阿呆だ。だが、金のために人を殺すだって？　そんなのはビョーキだ。あいつがその病気にかかっているのはわかっていた、しかしゲームでは出し抜けると思ったんだ」

「彼は僕が見つける。そして何としてでも、つかまえてみせる。フライトの時間だよ」

レインは歩きまわって、忙しいふりをしたい気持ちを抑えようとした。またしても時間を見てみる。父親はもう帰路についているはずだ。帰るときには電話してくれるよう言っておけばよかった。絶対そうしてと言っておけばよかった。

もう一度マックスに連絡することはできるが、それが何になるだろう？　彼はコロンバスに向かっている。もう着いているかもしれない。

自分は今日一日をやりすごすしかない、それだけだ。この一日を。明日になれば、盗まれたダイヤモンドのうちかなりのものが取り戻されたとニュースで流れる。レインは心配から解放され、父も罪に問われず、生活は元の平凡な様相を多少なりと取り戻す。

マックスはいまのオハイオの手がかりから、クルーの足跡をつかむだろう。クルーはとらえられ、刑務所に入れられる。もう彼のことで心配をしなくてもよくなる。

「ずっと気もそぞろね」ジェニーは客のためにジョージ・ジョーンズ（英国の陶器会社）のチーズ皿をカウンターに持ってきたとき、彼女を肘でつついた。

「ごめん。ごめんなさい。つい気持ちがよそへ行っちゃって。次にお客さんが来たら、わたしが引き受けるわ」

「もう一度ヘンリーを散歩に連れていったら」

「ううん、あの子は今日はじゅうぶん歩いたもの。どちらにしても、あと一時間もすれば奥の部屋から飛び出してくるわよ」

店のドアベルが鳴った。「わたしが応対するわ」

「お好きなように」ジェニーは新しい客をちらりと見て、眉を上げた。「ちょっと若づくりね」声をひそめて言い、仕事を続けた。

レインは例の店主スマイルを浮かべ、歩いていってクルーに応対した。「いらっしゃいませ。何かお手伝いいたしましょうか?」

「お願いするよ」クルーは以前この店に来ていたので、商品の配置はわかっていたし、どこへ彼女を誘導すればいいかもわかっていた。「台所用品が見たいんだが。とくにバター用の壷を。妹が集めていてね」

「それでしたら、妹さんは運がよろしいですよ。ちょうどとてもいいものがいくつか入ったところなんです。お見せしましょうか?」

「お願いしよう」

クルーはレインについてメインルームを通り、台所用品や服飾品、ちょっと面白い品物のためにしつらえた場所へ行った。奥の部屋へのドアの前を通ると、ヘンリーがうなりだした。

「ここに犬がいるのかね？」

「ええ」おかしいわと思い、レインはドアへ目を向けた。これまでヘンリーが店での物音や人の声にうなったことはなかった。「何もしませんし、奥の部屋に閉じこめてありますから。今日は連れてこなければならなくて」客が嫌がっていることを察したので、レインは彼の腕をとり、バター壷のところへ連れていった。

「このカレドニア（古代スコットランド）の壷はとくにいいと思います、コレクターの方には」

「ふーむ」店の中には客が二人と、妊婦の店員。客たちはカウンターにいたので、クルーは支払いをしているのだろうと考えた。「そういうもののことは何も知らなくてね。こっちのはいったい何なのかな？」

「ヴィクトリア時代の石炭入れです、真鍮の。妹さんがアンティークや、面白い台所用品がお好きなら、きっと気に入りますよ」

「そうかもしれないな」クルーはベルトから二二口径を出し、レインのわき腹に銃口を押しつけた。「静かに、静かにするんだ。声をあげたり、動いたりしたら、店にいる人間を全員殺す、おまえから始めてな。わかったか？」

　レインの体はパニックでかっと熱くなり、そしてジェニーの笑う声が聞こえたとたん、氷のように冷たくなった。「ええ」

「わたしが誰だかわかるか、ミズ・タヴィッシュ？」

「ええ」

「よし、それなら紹介しあう手間がはぶける。何か理由をつくって一緒に外に出るんだ」クルーは彼女を裏口から連れ出す予定だったのだが、あのいまいましい犬がいては無理だった。「わたしに道を教えることにしようか、角まで送っていくと。誰かに警告したり、知らせたりしたらおまえを殺す」

「わたしを殺したら、ダイヤモンドは取り戻せないわよ」

「ここの妊婦の店員のことはどれくらい気に入っている？」

吐き気が喉をせりあがってきた。「とても。一緒に行くわ。何もしない」

「賢明だ」クルーはポケットに銃を入れたが、そのまま握っていた。「郵便局に行かなければならないんですよ」彼は言い、声をあげて普通の口調で言った。「場所を教えていただけますか？」

「もちろんですわ。実を言うと、切手を少し買わないといけないんです。一緒に行きましょう」

「助かりますよ」

レインは体をまわし、自分の足に歩くよう命令した。足の感覚がなかったが、ジェニーを見て、彼女が目を上げると、ほほえんでみせた。

「郵便局までいそいで行ってくるわ。すぐ戻るから」

「オーケイ。ねえ、ヘンリーも連れていったら？」ジェニーは奥のほうをさした。うなり声はしだいに大きくなり、必死の吠え声があいだにはさまった。

「ううん」レインはドアノブを手探りしたが、クルーの手にさわってしまったので、ぱっと手を引いた。「あの子は引き綱と喧嘩するだけだから」

「そうだけど、でも……」ジェニーはレインがそれ以上何も言わず出ていってしまうと、眉を寄せた。「変ねえ、彼女……あら、お財布を忘れてるじゃないの。ちょっとお待ちくださいね」

ジェニーはカウンターの下から財布をつかむと、ドアまで行きかけたところで立ち止まり、客たちを振り返った。「彼女、切手を買いにいくって言ってましたよね？　郵便局は四時で閉まったのに」

「なら、忘れていたんでしょう。お願いできる？」客の女は自分の買った品物をさした。

「彼女が忘れたりするもんですか」財布をぎゅっと握り、ジェニーはドアへ走って、お腹を手で押さえながら歩道へ飛び出した。レインが男に腕を強くつかまれながら、二人で郵便局から離れた角を曲がるのが見えた。

「ああたいへん、どうしよう」ジェニーは走って店に戻り、客たちを突き飛ばしそうになりながら電話をつかむと、短縮ダイヤルでヴィンスの直通電話にかけた。

15

そこは静かな郊外の地域だった。よく手入れされた芝生と、大きくて葉のしげった木々のある、まさに中流階級の地で、木々はとても昔からあるため、根が盛り上がって歩道のあちこちからのぞいていた。たいていどこのドライブウェイにも、郊外居住者好みの移動手段である四輪駆動車が誇らしげに停まっている。多くの車がチャイルドシートをつけ、そこそこの数の自転車や、不恰好な使い古しの遊具があり、この界隈の子どもたちの年は赤ん坊から十代にわたっているとマックスに語っていた。

その家は感じのいい二階建てのイギリス・チューダー朝風で、美しく広がった芝生は地味な花壇と、きちんと刈りこまれた低木で飾られていた。そして〝売家〟の札がかかっていた。

マックスは不動産屋の札を見るまでもなく、その家に誰も住んでいないことがわかった。窓にはカーテンがなく、ドライブウェイにも車がない。幼い男の子が通り道に残していきそうなやんちゃのあともなかった。

「ずらかったな」ジャックが言った。

「おや、ジャック、ニュース速報をありがとう」

「はるばるここまで来て袋小路とは、癪にさわるだろう」

「袋小路なんてものはない、回り道があるだけさ」

「いい哲学だ」

マックスはポケットに両手を突っこみ、体を揺らした。「癪にさわる？」彼が繰り返すと、ジャックはただ笑った。「こういう界隈には少なくともひとり、詮索好きの住人がいるはずだ。近所を当たってみよう、ジャック」

「何て嘘をつけばいい？」

「嘘はいらない。探偵許可証があるから」

ジャックはうなずき、二人は左手の家へ歩きはじめた。「こういうところの住民は私立探偵と話すのが好きだからな。今日という日に刺激が加わる。だがまさか、おせっかい女を相手に、二千八百万ドルの盗難ダイヤの手がかりを探しているんですと言うつもりじゃないだろう」

「ローラ・グレゴリーのいどころを捜していると言うさ――それがここで彼女の使っている名前なんだ――それで、彼女がある人の遺言で遺産受取人になっているローラ・グレゴリー本人かどうかたしかめたい、とね。詳細は極秘」

「うまいな。単純にして明快。世間の連中は遺言も好きだしな。ただでもらえる金だ」ジャックはネクタイの結び目をいじった。「わたしはどんな感じにみえる?」

「上品にみえるよ、ジャック、だがやっぱりあんたとデートはしたくないな」

「ハハ!」ジャックはマックスの背中をばしんと叩いた。「おまえが気に入ったよ、マックス、気に入らなかったら嘘だ」

「それはどうも。さあ、静かにして、この仕事をさせてくれ」

半階ぶん高さの違う改修住宅のドアが開いたとき、二人はまだ数歩離れたところにいた。出てきた女性は三十代なかばで、色あせたジーンズの上に、色あせたトレーナーを着ていた。賛歌のような『スター・ウォーズ』のテーマ音楽が、彼女の後ろのドアから流れてきた。

「何かご用ですか?」

「ええ、奥さん」マックスは身分証を出した。「僕はマックス・ギャノンという者で、私立探偵です。ローラ・グレゴリーを捜しているのですが」

女性は身分証をじっくり検分し、その目は興奮で輝きだした。「まあ?」

「何もまずいことじゃないんですよ、ミセス……」

「ゲイツです。ヘイリー・ゲイツ」

「ミセス・ゲイツ。僕はミズ・グレゴリーを捜して、彼女がある遺言で遺産受益者とされているローラ・グレゴリーその人なのかどうか、確認するよう依頼されているんです」

「まあ」ミセス・ゲイツが繰り返すあいだに、目の輝きは火花になった。

「相棒とわたしは……あ、わたしはビル・サリヴァンと申します」マックスがうんざりしたことに、ジャックが進み出て、ミセス・ゲイツの手を握り、心をこめたふうに振った。「われわれとしては、ミセス・グレゴリーと直接お話をして、彼女が本当に亡きスパイロー・ハンロウの弟の孫娘かどうか確認したかったのですが。前の世代のときに家族の中でいさかいがありましてね、ミセス・グレゴリーのご両親も含めて、何人かの人々は縁を切ってしまったもので」ジャックは両手を持ち上げて肩をすくめた。「まったく家族というものは。どうしようもありませんね」

「よくわかりますわ。ちょっとお待ちいただけますか」ミセス・ゲイツはドアの内側へ頭を入れた。「マシュー？　わたしはすぐ外にいるわよ。いちばん上の子が病気で家にいるものですから」彼女は隙間を残してドアを閉めながら、そう説明した。「中に入っていただきたいんですけれど、いま散らかり放題で。ローラがあの家を売ったのは見ておわかりでしょう」彼女は隣の家をさした。「ひと月ほど前に売りに出たんです――最低の値段で。うちの妹が不動産業をしてまして、あの家を扱ったんです。ローラは早く売りたがって、実際、あそこが売れる前に引っ越してしまったんですよ。ある日、夏の一年草を植えていたのに、次の日にはお皿を荷造りしていたんです」

「それは妙ですね？」マックスは言った。「ミセス・グレゴリーは理由を言っていましたか？」

「ええまあ、フロリダのお母さんが病気で、ひどく悪くて、それでお母さんを看るためにむこうへ移るんだと言ってはいました。彼女は三年間隣に住んでいたんですけれど、お母さんの話なんて聞いたことがありません。息子さんはうちの上の子の遊び友達でね。可愛い子なんですよ、ネイトは。無口で。親子とも無口でしたね。隣にお友達がいるのはうちのマット（マシューの愛称）にいいことでしたし、ローラは付き合いやすい人でした。でも、彼女はお金持ちの出だという気がずっとしていました」

「本当ですか？」

「単なる感じですけど。それに、彼女はモールの大きなギフトショップで、パートタイムの仕事をしていたんです。でもあの家や、車や、ああいう生活をやりくりできたはずありません、何ていうか、彼女のお給料では。彼女は遺産をもらったんだと言っていました。二度ももらうなんておかしいですよね？」

「フロリダのどこか言っていましたか？」

「いいえ。ただフロリダとだけで、それにとてもいそいで出ていったんです。自分のものや、ネイトのものも、ずいぶん売ったり手放したりしていったんですよ。荷物は自分の車に詰めこんで、さっと行ってしまって。彼女が出ていったのは……三週間前だと思います。それくらいです。落ち着いたら電話をくれると言っていたんですが、まだかかってきません。まるで逃げ出したみたいでした」

「何から？」

「わたし、いつも――」ミセス・ゲイツは言葉を切り、さっきより用心する目になって二人を見た。「本当に、ローラは困ったことになっていないんでしょうね？」

「われわれとはないですね」マックスはジャックが口を開く前に、にっこり笑いかけた。「われわれはハンロウの資産管理会社に雇われて、遺産受益人を見つけて身元を確認するだけですから。ミセス・グレゴリーが困ったことになっているとお思いなんですか？」

「はっきりとはわからないんです、本当に。でも、ずっと男の人が――前のご主人が――関係しているんじゃないかと思っていました。だって、ローラは誰ともデートしなかったんですよ。ここに来てから、ただの一度も。それに、ネイトのお父さんのことも決して口にしませんでした。ネイトも同じです。でも、彼女が家を売りに出す前の夜、男の人が来たのを見たんです。レクサスに乗ってきて、箱を持っていました。ラッピングしてあってリボンもついていて、まるで誕生日のプレゼントみたいでした、でもその日はネイトの誕生日でもないし、ローラのでもなかったんです。その人は二十分くらいしかいませんでした。次の朝、ローラはうちの妹に電話して家を売りに出し、仕事をやめたんです、それにいま考えてみたら、そのあと一週間はネイトを学校に行かせず、家から出しませんでした」

「来た人が誰なのか、彼女は言っていましたか？」ジャックはくだけた口調で問いかけた。まるで、自分たちがここで春の陽気と、世間話を楽しんでいるとでもいうように。「お尋ねになってみたんでしょう。誰だって興味が湧きますよ」

「そんなことしませんよ。つまりね、ええ、車が来たのを見たとは言ってみたんです。ローラは昔の知り合いだと言ったきり、口をつぐんでしまいました。でも、わたしは前のご主人だと思います、それに彼女、すっかり取り乱していましたから。お母さんが病気だからって、あんなふうに家も家具も売り払って消えたりしませんでしょう。ほら、きっとご主人がその遺産のことを聞いて、うまいこと言ってせしめようとしたんですよ。人間って本当にひどいことをしますもの、ねえ？」

「たしかにそうですね。ありがとうございました、ミセス・ゲイツ」マックスは手をさしだした。「たいへん助かりました」

「ローラを見つけたら、ぜひ電話してくれるよう伝えてくださいね。マットはネイトがいなくなってすごく悲しんでいるんです」

「必ず伝えますよ」

「女房のところに来たんだな」ジャックはレンタカーに戻る途中で言った。

「そうだな、それにきれいな箱に入っていたのは誕生日プレゼントじゃないだろう。彼女は逃げたんだ」マックスはからっぽの家を振り返った。「彼から逃げたか、ダイヤモンドを持ち逃げしたか、あるいはその両方か？」

「あんな逃げ方をする女はおびえたのさ」それがジャックの意見だった。「やつが保管させるためにダイヤモンドを預けたんだとしても、彼女は知らない確率が五割だな。クルーは誰かを信用するような人間じゃない、まして前の女房なんて。わたしはそう思う。だから……われわれもこれからフロリダに行ってせっせと日焼けするのか？」

「彼女はフロリダにはいないよ、だから僕たちはメリーランドに戻る。彼女のことは追ってみるが、赤毛の美人とデートがあるんでね」

「おまえが運転しろ」クルーはレインの腎臓のあたりから、背骨の下のほうに銃を移動させた。「むこう側の座席までずれてもらわなきゃならないが。さっさとやるんだ、ミズ・タヴィッシュ」

叫ぶことはできる、逃げることはできる。でも死ぬかもしれない。必ず死ぬわ、とレインは訂正しながら体を低くして助手席に乗り、中央のコンソールを乗り越えた。死にたくはないから、逃げられそうなチャンスを待つしかない。

「シートベルト」クルーが注意した。

ベルトをまわして固定するとき、左のポケットに入っていた携帯電話のふくらみを感じた。「キーがいるわ」

「そうだな。さて、一度だけ警告しておく、一度きりだぞ。普通に、慎重に運転するんだ、交通規則を守ってな。人目を引こうとしたりしたら撃つ」クルーはキーを渡した。「その点はわたしを信じることだ」

「そうするわ」

「では、車を出すとしよう。町を出て、六八号線を東に行け」クルーは彼女に銃が見えるよう、姿勢を変えた。「他人が運転するのは好みじゃないが、例外としておく。おまえの犬に感謝するんだな。あいつが奥にいなかったら、あっち側から出て、おまえはトランクに入って運ばれるはずだったんだ」

神のお恵みがありますように、ヘンリー。「わたしはこのほうがいいわ」レインは運転しながら、アクセルペダルを思いきり踏むとか、ハンドルを急回転させることを考えてみたが、やめておいた。ひょっとすると、もしかしたら、そういう思いきった行為も映画ではうまくいくだろう、でも映画の銃に弾は入っていない。

レインがしなければならないのは、どうにかして足跡を残すことだった。そして、誰かがそれをたどってくれるまで生き延びること。「ウィリーがおびえて通りに飛び出したのはあなたが原因だったの？」

「運命のいたずらか、タイミングか、単なる不運だろう。ダイヤモンドはどこにある？」

「こうして話すのも、わたしの命も、教えたとたんに終わりでしょう」

「少なくとも、何の話かわからないふりをしない程度のおつむはあるんだな」

「そんなことをして何になるの？」レインはバックミラーをちらりと見て、目を見開き、すぐにまたミラーに目を向けた。それだけで、クルーに頭をまわさせ、後ろを振り向かせるにはじゅうぶんだった。そして彼がそうしているすきに、レインはポケットに手を入れ、ボタンを手探りし、何番めか数え間違っていないことを祈りながら、リダイヤルと思われるボタンを押した。

「道を見ていろ」クルーがぴしゃりと言った。

レインは両手でハンドルをつかみ、一度だけぎゅっと握って思った。電話に出て、マックス、電話に出て聞いて。「これからどこへ行くの、ミスター・クルー？」

「ただのドライブだ」

「六八号線は東に延々とつづいてるわよ。州外への誘拐もリストに加えるつもり？」

「そんなのはたいしたことじゃない」

「そのとおりなんでしょうね。銃を突きつけないでいてくれたら、もっとうまく運転できるんだけど」

「おまえがちゃんと運転すれば、こいつが火を噴いて、そのきれいな肌にみっともない穴をあける確率も減る。本物の赤毛は――父親を考えれば、おまえもそうらしいが――本当にきれいな肌をしているな」

　レインはクルーに自分の肌や、そこに穴をあけることを考えてもらいたくなかった。「わたしが戻らなかったら、ジェニーは警察に知らせるわよ」

「その頃には何をしようと手遅れだ。制限速度に保っておけ」

　レインは時速六十五マイルまでスピードを上げた。「いい車を選んだのね。メルセデスを運転するのははじめて。重いわ」レインは喉をさすり、神経質になってぺちゃくちゃしゃべっているふうをよそおった。「でもスムーズね。外交官の車か何かみたい。ほら、黒いメルセデスのセダンだなんて」

「つまらない話をして、わたしの気をそらそうとしてもだめだ」

「わたしのほうが気をそらそうとしているのよ、そっちが気にしなければだけど。銃を突きつけられて誘拐されるなんてはじめてだもの。うちに押し入ったのはあなたでしょう」

「わたしが持って当然のものを見つけていたら、こんなふうにしばらく道連れになることもなかったんだ」

「ずいぶんめちゃくちゃにしていってくれたものね」

「時間の余裕がなかった」

「言ってもむだだろうけど、ひとりの分け前が四分の一だったのに、あなたはもう半分を手に入れているんでしょう？　それにあなたが、ええと、一千万ドルをあきらめたとしたって、残りはありあまるくらいあるじゃない」

「いや、あまりゃしない。次の出口を行け」

「三二六号線？」

「南だ、それから一四四号線を東へ」

「わかったわ。わかった。三二六を南へ行ってから、一四四を東ね」レインはちらりと横を見た。「あなたは州の森によく来る人にはみえないけど。一緒にキャンプするわけじゃないわよね？」

「おまえとおまえの父親にはずいぶん手間をかけさせられた、それに出費もかさんだ。やつにはその支払いをしてもらう」

　レインはクルーの指示に従い、慎重にそれを復唱した。電話がマックスにつながっていると信じなければいられなかった。電話のバッテリーはまだ切れていないと。圏外には出ていないと。

「〈アリゲイニー・レクリエーション公園〉」彼女はクルーの指示どおり、砕石路から砂利道へ入りながら言った。「メルセデスには全然そぐわないわね」

「左の分かれ道を行け」

「キャビンだわ。素朴で、人目につかない」

「そのとおりだ」

「木がいっぱい。鹿の散歩道《ディアウォーク・レーン》ですって。すてき。わたしはディアウォーク・レーンのキャビンに拉致されていくわけ。あんまりひどいことに聞こえないわね」

「奥のやつだ、左側」

「いいのを選んだこと。木ですっかり隠れているし、隣のキャビンからもほとんど見えない」

レインは電話を切らなければならなかった。クルーは携帯電話を見つけるだろう、と彼女は思った。見つけるにきまっている、そして見つけたときに電源が入っていたら、彼女はこれまでに得たわずかな得点も失ってしまう。

「エンジンを切れ」クルーは自分でレバーを〝駐車〟に入れた。「キーを渡せ」

レインは言われたとおりにし、頭をまわして彼と目を合わせ、そのまま見つめた。「撃たれるようなことは何もしないわ。勇敢になるつもりも、愚かになるつもりもないから」そう言いながら、こっそりポケットに手を入れ、親指でボタンを探り、〝切〟を押した。

「それじゃまずはじめに、こっち側から降りるんだ」クルーは自分の後ろのドアをあけ、外へ出た。銃はレインがコンソールの上にお尻を持ち上げているときも、彼女の心臓を狙っていた。

「さて、中に入ろうか」クルーは彼女を前へこづいた。「それからおしゃべりだ」


予定どおりいっているな。マックスはターミナルを出口へ歩きながらそう思った。これならジェニーの家からレインを連れ帰ってこられそうだ。ジャックをどこかに隠したあとで。未来の義父を警察官の家に連れていくのは名案とは思えない。

問題は彼を信じるかどうかだった。

後ろを見てみると、ジャックはまだ気分が悪そうにうっすら青ざめた顔をしていた。二人はコロンバスから近くの町までプロペラ機に乗ったのだが、ジャックの顔は離陸してからずっと、さまざまな色合いの蒼白になりっぱなしだった。

「ああいうブリキ缶は嫌いなんだ――羽根のついたブリキ缶だよ、あんなものは」マックスの車のボンネットに寄りかかったときも、ジャックの肌はまだ汗でじっとり光っていた。

「脚ががくがくする」

「車の中で脚を休めてくれ」マックスはいささか同情していたので、ドアをあけ、ジャックがその巨体を中へおさめるのを手伝ってやった。「僕の車で吐いたら、ケツを蹴飛ばすからな、参考までに言っておくが」

　マックスはボンネットをまわり、運転席に座った。ビッグ・ジャックならあらゆる種類の病気をよそおえるはずだが、顔色を変えるのは、彼の才能をもってしても無理だ。「さて、これからまた別のことをする。あんたをレインの家に連れていくよ、そうしたら、僕が彼女と戻るまでそこにいるんだ。逃げ出したら、必ず見つけ出して連れ戻し、棒で気を失うまで叩いてやる。わかったかい？」

「わたしはベッドに入りたい。ベッドに入りたいだけだ」

　マックスは愉快な気分になりつつ、駐車スペースから車をバックで出した。そして、携帯電話のことを思い出し、ポケットから出した。飛行中は電源を切っておかなければならなかったのだ。電源を入れると、ヴォイスメールが届いているという電子音は無視して、レインの携帯に電話した。彼女の録音した声が、メッセージを残してくださいと言った。

「ヘイ、ベイビー、いま戻ったよ、空港を出るところだ。ひとつ寄るところがあるから、そのあと迎えにいく。詳しいことは会ったときに話すよ。そうそう、きみにおみやげがあるんだ。それじゃあとで」

　ジャックが頭を倒して目を閉じたまま言った。「そういうもので話しながら運転するのはあぶないぞ」

「黙っていろよ、ジャック」だが、そのとおりだと思ったので、マックスは携帯をわきに置こうとしたが、そのとき着信音が鳴った。レインだろうと思い、応答した。「すばやいね。

いまちょうど……ヴィンスか？」

マックスの腹に氷の玉のような恐怖が食いこみ、彼は車を道路のわきに寄せた。「いつだ？　ちくしょう、もう一時間以上たってるじゃないか。すぐ行く」

彼は電話をコンソールにほうり、アクセルを踏みこんだ。「レインがやつにさらわれた」

「まさか、そんな、そんなはずがない」さっきの病気のような青白ささえ消え、ジャックの顔は真っ白になった。「あいつがあの子をつかまえられるわけがない、うちの娘を」

「やつは五時をまわったばかりの頃、店の外へ彼女を連れ出した。ヴィンスは二人が黒っぽいセダンに乗っているとみている。二人の人間が、彼女が男と車に乗るのを見たんだ、だが車の詳しい外観はわからない」マックスはポルシェのスピードを時速九十マイルまであげた。「ジェニーはその男の人相をよく見ていた。長い茶色の髪、ポニーテール、唇の下に小さいひげ、サングラス。白人男性、四十五から五十歳くらい、六フィート（約百八十三センチ）、体格は普通」

「髪は変装だが、やつだよ。ダイヤモンドを手に入れるためには、わたしをつかまえなきゃならないからな。やつはあの子を痛めつけるぞ」

「そのことは考えないでおこう。どうやって二人を見つけて、彼女を取り戻すかを考えるんだ」ハンドルにかけたマックスの両手は氷のように冷たかった。「クルーには家が必要だ。宝石がここにあると考えているなら、遠くへは行かないだろう。人目につかない家が必要なはずだ、ホテルじゃなくて。やつはあんたに連絡してくる、あるいは僕に。やつは――しまい、った！」

　彼は携帯電話を手探りした。

「わたしに寄こせ。きみのせいで二人とも死んだら、あの子を助けられない」ジャックは携帯電話を引ったくり、ボタンを押してヴォイスメールを再生した。

「新しいメッセージが二件あります。最初の新しいメッセージは五月十八日、午後五時十五分に受信しています」

　二人の耳にレインの、ひどく落ち着いた声が聞こえてきた。「六八号線は東に延々とつづいてるわよ。州外への誘拐もリストに加えるつもり？」

「頭がいいな」マックスは息をついた。「彼女は本当に頭がいい」彼はポルシェを弾丸のように飛ばして出口車線に移ると、こまのように車を回転させ、ロケットなみのスピードで州間高速道路へ引き返した。

　そしてレインのすべての言葉に聞き入り、恐怖を封じた。電話が切れると、もう一度彼女の声を聞くためだけに再生してくれるよう、ジャックに言いたくなるのを必死でこらえた。

「ヴィンスに連絡してくれ、彼に車の特徴と行き先を知らせるんだ。〈アリゲイニー・レクリエーション公園〉だ。僕たちがいまそこに向かっていて、クルーは武器を持っていると伝えてほしい」

「だが、われわれは警察を待ったりしないいな？」

「ああ、警察を待ったりしない」

マックスは森へ向けて車を飛ばした。

レインはキャビンの中へ入ると、黒っぽい頑丈そうな木材でできていて石の暖炉がある広いリビングを見まわした。そろそろ、と彼女は考えた。やり方を変えるときだ。

時間を引き延ばすのはいい、それは上策だ。何であれ、撃たれたり殴られたりすることから遠ざけてくれるのは、良いものだし上策だった。しかし、最後に騎兵が駆けつけてくれるのを当てにして叶《かな》ったためしはない。腕のいい賭博師が頼るのは自分だけだ。

だからレインは振り向き、クルーににっこり笑いかけた。「まず第一に、手荒なことをされる理由を作るつもりはないの。痛いのは好きじゃないし。もちろん、いずれにしてもあなたがわたしを痛めつけることはできるわ、でもあなたならもっと品ってものを持っているんじゃないかしら。教養のある人間同士でしょう。わたしには持っているものがあり、あなたにはほしいものがある」彼女はふかふかのチェック柄のカウチへ歩いていき、腰をおろすと、脚を組んだ。「交渉といきましょうよ」

「こいつは」――クルーは銃を動かしてみせた――「自分の言いたいことを言うぞ」

「使ったら、何も手に入らないわよ。そんなのはやめて、ワインを一杯もらえない？」

クルーは首を傾けて考え、それから、レインの見たところでは彼女への評価を改めたらしかった。「おまえは冷静だな」

「落ち着く時間はあったもの。震え上がったことは否定しないわ。あなたはたしかにわたしを震え上がらせたし、いまでもそうさせられる、でもあなたも、ここで理にかなった話し合いをする用意はあるでしょう」

レインは頭の中のファイルをすばやくめくり、彼について知っていることと、いま観察してわかることを探した。

そびえたつばかりのエゴ、虚栄心、強欲さ、社会病質者《ソシオパス》で殺人を好む。

「わたしたちは二人きり。こっちに逃げる手段はない。ハンドルを握っているのはあなただけど……わたしはあなたのほしいものを持っている」

レインは頭をのけぞらせて笑い、彼が驚いているのを見てとった。上出来だ。彼のバランスを崩しつづけ、考えつづけさせよう。「まったく、あの年寄りにあんな腕があったなんてねえ？　あの人はずっと二流で、わたしは本当に腹立たしかったわ。それが人生最大の大仕事をやってのけた。いえ、人生十回ぶんの大仕事ね。そしてそれをわたしに預けてくれた。ウィリーは気の毒だったけどね、やさしい人だったから。でも、すんだことはすんだことよ」

クルーの顔にちらりと興味が浮かんだが、彼は引き出しをあけ、手錠を出した。

「あら、アレックス、ボンデージを楽しむ気なら、先にワインをもらえるとありがたいんだけど」

「わたしがそんな話を信じると思っているのか？」

「何も売《セル》るつもりはないわ」それに、彼は信《バイ》じていないかもしれないが、おしゃべりに耳を傾けてはいる。膝に手錠を落とされると、レインはため息をついた。「わかったわ、好きにして。どこにはめたらいいの？」

「カウチの腕だ、おまえの右手と」

自分自身を縛りつけるのだと思うと喉がからからになったが、レインは言われたとおりにし、それからあだっぽい目を彼に向けた。「ワインは？」

クルーはうなずくとキッチンへ行き、棚からボトルを出した。「カベルネだが？」

「完璧ね。あなたみたいな腕と趣味の人が、どうしてジャックなんかとかかわりあいになったのか、きいてもいいかしら？」

「あいつは役に立ったからな。おまえはなぜ徹底《ハードエッジド》した日和見屋を演じようとしているんだ？」

レインはふくれるふりをした。「自分がワル《ハード》とは思いたくないわ、現実的なだけよ」

「おまえは単なる小さな町の商店主で、たまたま運悪くわたしのものを手に入れてしまっただけだろう」

「わたしはすごい幸運だと思っているけど」レインは彼のさしだしたワインを受け取り、飲んだ。「あの店はなかなかいい、着実なゲームなの。古くて、ときには役に立たないものを、いい儲けで売る。おかげであちこちの家に入れるし、そこには古くて、役に立たないこともあるけれど、とても値打ちのあるものがもっとある。腕はなまらないようにしているのよ」

「なるほど」彼はこれまでそんなふうに考えていなかったが、いまは考えていると、レインにはわかった。

「ねえ、うちの父とは仲間割れしたんでしょう、上等じゃない。あの人はわたしには単なる頭痛の種なのよ。それに、あの人に教えられたことがあるとしたら、それはナンバーワンに目をつけろってことだわ」

　クルーはゆっくり頭を振った。「おまえは声もたてずにわたしとあの店を出たろう、あの店員を守るために」

「脇腹に銃を突きつけられていたんじゃ逆らえないわよ。それにあなたの言うとおり、彼女に怪我をさせたくなかったの。友達だしね、もうじき七か月なの。わたしにも一線ってものがあるのよ、アレックス。手荒なことはなしでいきたいわ」

「それは面白いな」クルーは腰をおろし、面白いという身ぶりをした。「おまえがあの保険会社の探偵、ギャノンと関係を持ったのはどう説明する気だ？」

「彼、ベッドではすごいもの。でも彼がその点でどうってことなかったとしても、ベッドに引き入れたでしょうね。味方は近くに置くものでしょ、アレックス、それに敵はもっと近くに置くものよ。そうすれば彼が動く前に、すべての動きをつかめる。いま、そのひとつを夕ダで教えてあげる、忠誠の証に。彼は今日、ニューヨークに行っているの」レインは前へ乗り出した。「彼らはあなたをいぶし出すためのペテンを練っているのよ。明日には発表があって、マックスがダイヤモンドの一部を見つけたというニュースが流れるわ。彼の名案では、そうすればあなたが怒って、何かむこうみずなことをしでかすだろうってわけ。彼は頭がいいわね、それは認めるわ、でもいまのところ、あなたを操るまではいってない」

「それを聞いたおかげで、こっちはより賢くなれるな」

「そうでしょう」レインはうなずいた。「彼はジャックを追いつめようとしているの、パパが彼から逃げていられるのもそう長いことじゃないはずよ。でも、彼もあなたをつかまえるとっかかりはまだつかんでいない」エゴよ、エゴ、エゴ。彼のエゴをあおってやるの。「それでいま話した、いちかばちかのロングパスをしようとしているわけ」

「面白いな、だが保険会社の探偵など、わたしにはものの数に入らないね」

「当たり前でしょ？　あなたはすでに一度、彼をのしちゃったじゃない。こっちは彼の傷にキスしてあげなきゃならなかったのよ」レインはくすくす笑った。「そうやって、あなたが逃げられるように彼を忙しくさせておいたの」

「感謝しろというのか。おまえがいま何の苦痛も味わっていないことが礼だと思うんだな。ダイヤモンドはどこだ、ミズ・タヴィッシュ？」

「レインでいいわ。おたがい、堅苦しいことはもういいでしょ。ダイヤはわたしが持っている。ジャックのぶんも、ウィリーのぶんも」彼女はカウチの上で体をずらし、甘えるような声で言った。「あれだけのお金で何をするつもりなの、アレックス？　旅行？　小さな国を買うのかしら？　どこかのビーチでミモザを飲む？　莫大な、山のようなお金があればできるそういうこと、そういうすてきな、楽しいことを全部、同じような考えの連れと一緒にやったら楽しいと思わない？」

クルーの視線が彼女の口へ動き、それから目に戻った。「そうやってギャノンを誘惑したのか？」

「いいえ、実をいうと、あのときは彼に誘惑されるふりをしたの。あの人は追いかけて征服しないといられないタイプだから。賭けのテーブルにはたくさんのものを置いてあげるわ。あなたはダイヤモンドを手に入れられる、それにわたしも手に入る」

「どちらにしても、両方手にできる」

レインは椅子にもたれ、ワインを飲んだ。「そうかもね。最低なやり方のレイプを楽しむ男もいるから。あなたがそのひとりだとしたら、わたしの見込み違いだったってことね。あなたはわたしをレイプできるし、殴れるし、撃つこともできる。わたしはきっとダイヤモンドのありかを白状するわ。でも、そうしたら……」レインはもう一度ワインを飲み、目をいたずらっぽく輝かせた。「わたしが本当のことを言っているかどうかわからないでしょう。それはあなたはとっても時間を無駄にしかねないし、わたしはかなり不快な思いをする。それはあんまりいい手じゃないと思うわ、こちらは喜んで取引をする気でいて、そうすればおたがいにほしいものが、ちょっとしたおまけつきで手に入るんだから」

クルーは立ち上がった。「おまえは面白い女だな、レイン」無意識のうちに、彼はかつらをとった。

「んーん、さっきよりすてき」レインは唇をすぼめ、彼の青みがかった灰色の髪をながめた。「ずっとすてきよ。おかわりをもらえる？」グラスをさしだし、そっと左右に揺らした。

「ききたいことがあるの」彼がワインのボトルをとりに戻るあいだも続けて言った。「もしあなたが残りのダイヤを持っているなら――」

「もし？」

「持っているってあなたが言っているだけだもの。父の情報は当てにならないし」

「ふん、持っているとも」

「持っているなら、なぜ残りを求めてあちこち捜しまわるより、手に入った獲物をつかんで飛び立ってしまわないの？」

クルーの顔は石のようで、笑みはそこに刻みこまれ、目は死んでいるようだった。「何であれ、半分では我慢しないんだ」

「それは尊重するわ。それでも、わたしと分ければとても楽しいってことにしてあげられるわよ」

クルーは彼女のグラスを満たし、ボトルをテーブルに置いた。「セックスの力を信じすぎているな」

レインは低く、かすれた笑い声をあげた。「賭けてみる？」

「おまえは魅力的だが、二千八百万ドルの値打ちはない」

「まあ傷ついたわ」彼を引き寄せるのよ、とレインは考えた。引き寄せて、気をそらせるの。苦しいけれど、苦しいのはいっときだけのこと。彼女は覚悟を決め、ワインをとろうと前へ乗り出して、それからポケットの携帯電話がカウチの腕木に当たるよう、姿勢を変えた。

　クルーはものすごい勢いで彼女に飛びかかり、髪を引っぱってカウチから引きずりおろし、ポケットを引き裂いた。痛みと恐怖の黒い点が浮かび、レインの目の前でくるくる回ったが、彼女は震えながら体を起こし、ズボンについたワインのしみを見てうんざりした目つきをよそおった。

「もう、やめてよ。クラブソーダ（漂白剤の代用）はあるかしら」

　クルーは手の甲でレインを殴り、黒い点は爆発して赤になった。

16

マックスは砂利道をふさぐように斜めに車を停めた。左側のいちばん奥のキャビンからちょうど見えないところに。クルーが逃げようとしたら、まずポルシェを突破しなければならない。

あたりは静かで、日暮れが近かった。木立ちにも、前を通ってきたキャビンにも、動くものはなかった。ハイカーたちはこの時刻にはもう引き返し、休暇で来ている人々は夕食の最中か一杯やっているところなのだろう。

マックスはエンジンを切り、ジャックの前へ身を乗り出して、グローブボックスをあけた。

「ここでただ座っているわけにはいかないぞ」

「ここでただ座っているつもりはない」マックスは銃と予備の挿弾子《クリップ》を出し、双眼鏡をジャックの膝にほうった。「あの家を見張っていてくれ」

「そんなものを持っていったら、誰かが怪我をする。銃はトラブルのもとだ」ジャックは、マックスがただじっと彼を見ると、そう付け加えた。

「どちらにも賛成だ」マックスはクリップを調べて、元に戻し、予備をポケットに入れた。

「警察がこっちへ向かっている。このあたりを封鎖して、人質をとられた状況に対応するにはしばらくかかるだろう。警察はやつが武装していることを知っているし、レインがつかまっていることも知っている。交渉しようとするはずだ」

「頭のイカれたやつとどうやって交渉するんだ？　うちの娘《マイ・ガール》はあそこにいるんだ、マックス。あそこにいるのはうちの可愛い娘なんだ」

「彼女は僕の女《マイ・ガール》でもある。それに僕は交渉などしない」

ジャックは手の甲で口をぬぐった。「ここで警察を待たないんだな」

「待たない」ジャックがまだ双眼鏡を使おうとしないので、マックスはそれをとり、キャビンに焦点を合わせた。「ぴったり閉めきっている。窓にはカーテンが引かれているし。この角度からだと、ドアがひとつ、窓が四つ見える。たぶん反対側に裏口のドア、もう二つばかりの窓、後ろ側にも二つくらい窓があるだろう。彼はこちらからは逃げられない、だが僕を出し抜くとしたら、反対側をまわって、わき道のどれかを行って、主道路へまわればいい。でもそうはさせないぞ」

もう一度、グローブボックスに手を入れた。今度は鞘《さや》入りのナイフを出した。彼が革の鞘をはらうと、縁がまがまがしい鋸《のこぎり》状になった刃が、明るい銀色に光った。

「うわ」

「これであのメルセデスのタイヤをやってくれるか？」

「タイヤ」ジャックは大きく息を吸い、吐いた。「ああ。それならできる」

「よし。それじゃこれでいこう」

キャビンの中では、レインがどうにか体を起こした。殴られて耳鳴りがし、頭ががんがんする。彼女はすばやく動けず、彼の反応を予想しなかったために、とんでもない強打を食らってしまった自分を叱った。

目が涙でうるんでいることはわかっていたが、その涙を流すつもりはなかった。かわりに、かっとにらみつけて涙を焼き払い、ずきずきする頬骨を手で押さえた。「くそったれ。ろくでなし」

クルーはレインのシャツをつかみ、カウチから一インチ引き上げた。彼女はクルーをにらみ返しながら、自由なほうの手を伸ばしたが、目標にはまだ届かなかった。「誰に電話していたんだ、レイン？　大好きなパパか？」

「あんたは馬鹿よ」その返事と、怒りにまかせて押し返した手はクルーの不意を突き、彼はまたレインをカウチに降ろした。「わたしにポケットをからにしろって言った？　携帯を持っているかどうかきいてくれた？　電源は入ってないでしょうが？　店ではいつも携帯を持っているのよ。あんたはずっと一緒にいたでしょう、アインシュタインさん。わたしがいつ電話をしたのよ？」

　クルーは考えているようだったが、やがて携帯電話をひっくり返し、じっくり見た。「電源は切ってあるようだな」彼はスイッチを入れた。電話機は受信を調べて探知すると、小さく鳴った。「メッセージが入っているようだぞ。誰が連絡しようとしていたのか見てみようじゃないか」

「勝手にしたら」レインは腹を立てたように肩をすくめ、さらにテーブルに近づき、ワインボトルをとって自分のグラスについだ。マックスの声が空港まで帰ってきたことを告げても、彼女の手はまったく落ち着きを失わなかった。

「ほらごらんなさい、わたしが電話か、意志の力で彼に連絡したようにみえる？　冗談じゃないわよ」クルーはいまや四フィートも遠くにいた。遠すぎる。ボトルを置き、レインは殴られた頬を押さえた。「何か冷やすものをとってきて」

「命令されるのは好かない」

「あらそう、じゃあ、わたしだって衝動を抑えられない人に殴られるのは好かないわ。このあざを何て言い訳すればいいの、それに絶対、これは大きくなるわよ。あなたのせいで何もかもややこしくなってしまったじゃないの。それにいいことを教えてあげましょうか、大泥棒さん？　さっきの提案はもう撤回よ。殴るような男とは寝ないわ。こんりんざい、何があっても」レインは体を楽にするかのように少し前へずれ、頬をさすりつづけた。

「ここからは純粋な商取引よ。余分なお楽しみはなし」

「忘れているようだが、これは交渉ではないぞ」

「何だって交渉は可能よ。あなたは半分を持っている、わたしも半分を持っている。あなたは全部がほしい。わたしはそれと反対に、もっと現実的だし、欲もだいぶ少ないわ。こんなものははずしてったら」レインは断固として言い、手錠をがしゃがしゃ鳴らした。「わたしがどこへ行くっていうのよ？」

彼の手が、ほんのわずかだけ、左のズボンのポケットへ動くのが見えた。それから、また離れた。「それはどうかな。さて……」クルーが彼女に近づいてきた。「ダイヤモンドだ」

「もういっぺんでも殴ってごらんなさい、わたしに手をかけてみなさい、そうしたら絶対に、あなたがあとひとつでもダイヤを手に入れる前に、警察に渡してやる」

「おまえの体はきゃしゃだな、レイン。きゃしゃな骨は簡単に折れるんだ。おまえの心のほうはどうやら強いらしい。それを折るにはかなり手間がかかりそうだ。だから手からいこう。人間の手にいくつの骨があるか知っているか？　わたしはまったく思い出せないが、かなりあるには違いないぞ」

しゃべるにつれ、クルーの目は生き生きとしてきて、レインはその楽しげな輝きほど怖いものを見たのははじめてだった。「ぽきんと折れる骨もあれば、砕ける骨もある。ひどく痛いものだ。おまえは必ずダイヤモンドのありかを吐く、本当のことを言う、たとえ心が強くても、耐えられる痛みはわずかだからな」

レインのこめかみが、喉が、指先が激しく脈打ち、恐怖のドラムは耳をふさいでしまいそうだった。「そして、そんなことを考えてうっとりするのはイカれた人だけよ。そんなところがなければ、あなたとしばらくは楽しくやれたのに」

レインは彼と目を合わせておき、視線をそらしてはならないと思った。生き延びられるかどうかはここにかかっている。「わたしは盗むのが好き」彼女は続けた。「誰かのものを奪って、自分のものにするのが好きなの。そういうのってすごく興奮する。でも、その興奮も、痛みと引き換えにする値打ちはないわ。命と引き換えにする値打ちも。それは父から学んだささやかなこと。おたがいに、ダイヤモンドをほしがる気持ちは、わたしよりあなたのほうが大きいという結論に達したようね。どこにあるのか知りたいんでしょ？　知るのはあなたが思っているより簡単よ。でも、手に入れるとなると、そうねえ……」

心臓を砕岩ドリルのように激しく脈打たせながら、レインは唇に笑みを浮かべ、指を曲げてみせた。「こっちへいらっしゃい、ちょっとしたヒントをあげる」

「そんなことはやめておけ」

「ねえ、来てったら。ちょっとくらい楽しませてよ」レインは首にかかっていたペンダントをいじり、持ち上げてみせた。「これが何にみえる？」彼女は甘い笑い声をもらした。「さあ来て、アレックス、よく見てごらんなさい」

彼が足を踏み出し、ペンダントに目を凝らしたとき、レインは彼をとらえたことを確信した。そして手をあけるためにまたペンダントを落とし、それからワイングラスをとろうとするように体を乗り出した。「まさに注意をほかへそらす手よ。これも父から学んだの」

レインはクルーの目を引きつけるように顔を上げた。チャンスは一度きりだ。クルーはペンダントに手を伸ばし、かがみこみ、頭を傾けてよく見ようとした。

そのとき、レインはカウチから飛び出して、ワインのボトルを力いっぱい振りぬいた。ガラスが骨に当たってバキッといやな音がし、赤ワインが血しぶきのように飛び散る。勢いでクルーは後ろむきに倒れ、レインは手にボトルを握ったまま、半分うずくまるようにして荒く息をした。

がくんと膝をつき、こみあげる吐き気と闘いながら、クルーに手を伸ばした。彼のポケットから鍵をとり、銃を奪い、携帯を取り戻さなければ。逃げなければ。

「だめだわ！　ちくしょう」全身の筋肉を伸ばしても、彼が倒れているところまでわずかに届かないとわかると、焦燥の涙で目が熱くなった。よろめきながらもう一度立ち上がり、カウチを乗り越え、肩でカウチを押して床の上を動かした。少しでも近づけば。ほんの少しでも。

耳の中で血がごうごうと鳴り、自分の声がうわずって死に物狂いになり、わが身に命じているその声が何マイルも彼方に聞こえた。早く、早く、早く！

また元の場所に飛んで戻り、クルーのズボンをつかんで、彼の体を引き寄せた。「鍵、鍵、ああ神様、お願いです、鍵がありますように」

レインは目を上げた。銃は八フィート先のキッチンカウンターにのっている。だが手錠をはずすまでは、八百フィートも同然だ。さらにがんばって手を伸ばすと、金属の手錠が手首に食いこんだが、自由なほうの手が彼のポケットに届き、震える指で中を探った。

やっと小さな金属片を探り当てたとたん、涙で目がつんとした。あえぎながら、鍵穴に鍵をさしこもうとしたがうまくいかず、またもや自分に悪態をつき、歯ぎしりをした。小さくカチッといった音がまるで銃声のように聞こえた。レインは支離滅裂な感謝の祈りをつぶやきながら、手首から手錠をはずした。

「考えるのよ。考えるの。息をして考えて」床に座りこみ、貴重な何秒かを費やしてパニックを追い払った。

クルーを殺したのかもしれない。気絶させただけかもしれない。調べるのはごめんこうむりたかった。だが、もし彼が死んでいなかったら、あとを追ってくるだろう。自分も走ることはできるが、クルーは必ず追ってくる。

もう一度、ふらつきながらも立ち上がると、うめき、あえぎながら、彼をカウチへ引きずりはじめた。手錠のほうへ。彼に手錠をかけてしまおう、そうすればいい。動けなくしてしまおう。電話を取り戻して、銃を奪って、助けを呼ぶのだ。

クルーの手首に手錠をかけた瞬間、安堵がどっと押し寄せてきた。血が彼の顔をつたい、レインの手にしたたり落ちたが、彼女はクルーの上着を開き、自分の携帯電話を捜して内ポケットへ手を入れた。

突然、自動車盗難警報装置《カー・アラーム》の音が鳴り響き、レインは思わず短い叫び声をあげた。はっとして、ドアへ目をやる。誰かがそこにいる。助けてくれるかもしれない。

「助けて」その言葉はささやき声にしかならず、レインは立ち上がった。前へ走りだそうとしたとき、足首をつかまれ、前のめりに床に倒れてしまった。

彼女は叫ばなかった。野生動物のような声を出しながら、足を後ろに蹴り、前へ這う。クルーが彼女の両脚に腕をまわして引っぱったので、レインはやむなく体をまわし、腰から上を起こして、こぶしと爪を使った。

アラーム音は二重の悲鳴のように何度も何度も鳴りつづけ、そのあいだもレインはクルーを引っかき、彼はレインを引き寄せようとした。血が彼の髪をべったり固め、顔に縞模様をつけ、彼女の爪で裂かれた新たな傷口からもほとばしった。

レインの耳にバキッという音が聞こえ、こぶしを振りつづけていた腕の片方が割れたガラスの上に着地した。新たな痛みに彼女はころがり、肘を突っぱって、貴重な数インチを進んだ。またしても手がワインボトルをつかんだ。

ぐっと体をねじったとき、レインは今度は打席にいるバッターのように両手でボトルをつかんでいた。そして長打を狙って思いきり振った。

ボカッと音がした——自分の頭の中でだろうか？　この部屋の中？　外？　何かがボカッといった。だがクルーの手は彼女から離れ、彼の目は裏返り、体は動かなくなった。

すすり泣きながら、レインはカニのような動きでいそいで後ずさった。

それが、マックスが部屋に飛びこんできたときに目にしたレインの姿だった。床にお尻をつけ、両手は血だらけで、ズボンとシャツは破れて赤いしみがついていた。

「レイン。何てことだ」マックスは彼女に駆け寄った。キャビンの中に入るため、彼女を取り返すためにスイッチを入れておいた冷静な自制心は、ガラスのように砕け散った。彼女のそばに膝をつき、彼女の顔を、髪を、体を撫でた。「怪我はひどいのか？　どこを怪我したんだ？　撃たれたのか？」

「え？　撃たれた？」レインには、瑕《きず》のついた映画フィルムのように、ものが飛び飛びになってみえた。「いいえ。わたし……これはワインよ」喜びの泡が喉の奥ではじけ、狂ったような笑いになって出た。「赤ワインよ、それに、ああ、いくらかは血ね。彼の。ほとんど彼のよ。死んだの？」レインは普通におしゃべりしているかのように言った。「わたし、あの人を殺してしまった？」

マックスは彼女の顔から髪を払い、あざのできている頬をそっと親指で撫でた。「持ちこたえられるかい？」

「もちろんよ。大丈夫。ただここに座りたいわ」

マックスは歩いていって、クルーの横にしゃがみこんだ。「生きているよ」脈を調べて言った。それから引っかかれ、殴られて、血だらけになっている顔をつくづくと見た。「一発お見舞いしてやったんだね？」

「そのワインボトルで殴ったの」部屋が動いている、とレインは思った。ほんの少しだけど。それに、空気が水みたいに、少し波立っているようにみえる。「二度よ。来てくれたのね。わたしのメッセージを受け取ったのね」

「ああ。きみのメッセージを受け取った」マックスはクルーの体を探って武器がないか調べ、それからレインのところへ戻った。「本当に怪我はしてないんだね？」

「いまは感覚がないだけ」

「オーケイ、それじゃ」マックスは横の床に自分の銃を置いて、彼女を抱きしめた。この一時間に追い払ってきたあらゆる恐怖、怒り、焦燥が彼の中にどっと流れこみ、ふたたび去った。「抱きしめずにはいられない」彼はレインの喉につぶやいた。「きみに痛い思いはさせたくないんだ、でも抱きしめずにいられない」

「わたしもよ」レインは彼の腕の中に体をすり寄せた。「わたしも。きっと来てくれるってわかっていた。ここに来るってわかっていたわ。わたしが自分の面倒をみられないって意味じゃないのよ」彼女は少し体を離した。「自分の面倒は自分でみられるって言ったでしょう」

「その点は反論しがたいな。それじゃ二人とも立てるかどうかやってみよう」

一緒に立ち上がると、レインは彼に寄りかかり、クルーを見おろした。「本当にわたしが気絶させたのね。何だか……強くなったような、うれしいような気がするわ、それに……」ごくりと唾をのみ、胃のところを手で押さえた。「それにちょっと吐き気がする」

「外に出よう、少し風にあたるんだ。ここは僕が引き受けるから。警察がここへ向かっている」

「オーケイ。わたしが震えているのかしら、それともあなた？」

「二人とも少しずつだ。きみは少しショック症状が出ているんだよ、レイン。外に行こう、きみを地面に座らせたいんだ。そのほうがよければ横になってもいい。救急車を呼ぼう」

「わたしには必要ないわ」

「それは疑わしいが、クルーには必要だろうよ。さあ行こう」

マックスは彼女を外へ連れていった。キャビンの角からジャックが飛び出してきた。片手にナイフを、片手に石を持って。レインが混乱した頭で最初に思ったのは、何ておかしな格好なの、ということだった。

ジャックはすぐに両手をおろし、ナイフも石も、力の抜けた指から地面に落ちた。彼はよろよろと歩いてきて、レインを抱きしめた。

「レイニー。レイニー」彼女の肩に顔を押しつけ、ジャックは号泣した。

「もう大丈夫よ。わたしは無事だから。シーッ」レインはジャックの顔をはさみ、体を引いてから彼の頬にキスをした。「わたしたち、みんな助かったのよ、パパ」

「わたしはきっと生きていられなかったよ。生きて――」

「パパは来てくれたじゃない。わたしが必要なときに来てくれたでしょ。愛している男性二人が必要なときに来てくれるなんて、わたしって幸運じゃない？」

「戻ってくるつもりだったのかどうか、自分でもわからないんだ」ジャックは話を始めようとした。

いとおしさの波が湧き上がり、レインは父の頬から涙をぬぐった。「でも戻ってきてくれたでしょう？　さあ、もう行かなきゃだめ」

「レイニー」

「すぐに警察が来るわ。パパが逮捕されるのを見るために、ここまでがんばったんじゃないのよ。行って。警察が来る前に」

「おまえに話さなきゃならないことがあるんだ」

「あとにして。あとでも話せるでしょ。わたしの家はわかっているんだし。お願い、パパ、早く行って」

マックスが耳に携帯電話を当てて離れた。「クルーは拘束した。レインは殴られたが、大丈夫だ。クルーは少々手当てが必要だろう。レインと僕はここで待つ。いつ着く？　わかった。待っている」電話を切った。「ヴィンスとほかの連中がじきになだれこんでくる。五分しかないぞ」彼はジャックに言った。「もう行ったほうがいい」

「ありがとう」ジャックは手をさしだした。「もしかしたらきみは――九分どおりは――娘に見合う相手かもな。また会おう。近いうちに」彼はレインのほうを向いて付け加えた。「近いうちにな、べイビー・ガール」

「警察が来たわ」レインの耳にサイレンの音が聞こえた。「いそいで」

「ビッグ・ジャック・オハラをつかまえるには、田舎警官の二、三人じゃ足りんさ」彼はレインにウインクをした。「わたしのために灯りをつけておいてくれ」木立ちのほうへ走っていき、振り返ってすばやく手を振ると、木々の中へ消えた。

「さて」レインは長々と息をもらした。「パパは消えたわ。ありがとう」

「何がだい？」彼女にキスをされ、マックスがきいた。

「父を逃がしてくれて」

「何の話かな。きみのお父さんに会ったことはないよ」

くぐもった笑い声をもらし、レインは目をぬぐった。「さっき言われた地面に座るってこと、やっとやれそうだわ」

救急処置室《ER》へ行くかどうかについて、男との話し合いに勝つのはむずかしくない。相手がこちらの生きていることに安堵し、言うことは何でも聞いてくれるときは。レインはそれに乗じ、ヴィンスの友情にも乗じ、まっすぐ家へ帰った。

翌朝には、警察署長にもっと完全な供述をすることを要請されるだろう。だがヴィンスは、一連の出来事についての彼女のおおざっぱな説明を受け入れてくれていた。

レインはキャビンの外の地面に座って、肩に毛布を巻きつけているときに、その説明をしたのだった。クルーを相手にして、切り傷とあざだけで窮地を乗りきったものの、マックスが警察の質問をさえぎって、彼女を地面から抱き上げて車へ運んでくれたときには逆らわなかった。

クルーがストレッチャーにのせられて運ばれていくのを見たときには、大きな満足をおぼえた。

大いなる満足を。

ジャック・オハラの娘はまだなまっていないわ。

感謝でいっぱい——熱くほとばしるシャワーの飛沫の下でたっぷり二十分過ごしながら、レインの頭に浮かんだのはただそれだけだった。彼女はマックスに、ヴィンスに、運命に、心から感謝していた。そう、デジタル通信にも感謝した。感謝のあまり、自分の携帯電話を引退させ、額縁に入れて、名誉ある場所に掲げておこうと思っていた。

それと、生きているかぎり、こんりんざいカベルネは飲まない。

シャワーから出て、そっと体をふいた。麻痺した感じはとうに消え、打撲、引っかき傷、あざの全部が猛烈に痛かった。アスピリンを四錠飲み、それから勇気をかき集めて、全身が映る鏡で自分を見てみた。

「うわ。痛っ」後ろ側を見ようと体をひねったとたん、ひっと息がもれた。体じゅうが色とりどりのあざでいっぱいだ。お尻、むこうずね、膝、腕。それに予想どおり、右の頬にも立派なのがついている。

でもいずれ消える、とレインは思った。彼女がいつもの暮らしに戻れば、いずれは消えて忘れられるだろう。そしてアレックス・クルーは残りの人生を鉄格子のむこうで過ごすだろう。死ぬまで毎日、わたしを呪うといいわ。そして毎晩、ダイヤモンドの夢を見ればいい。

あざのことを考え、レインはゆったりしたスウェットを着て、濡れたままの髪を後ろでゆるく結んだ。それから見てくれのことを考えて、顔についた暴力の痕跡が軽くみえるよう、少し時間をかけてメイクをした。

やがて振り返り、両腕を広げてヘンリーに近づいた。ヘンリーは彼女のそばを離れないのだ――バスルームの中でも――ジェニーの家から連れて帰ってきたあとは、かたときも。

「そう悪くないでしょ?」

マックスを捜すと、彼はキッチンにいて、ガス台で缶詰のスープをあたためていた。「お腹がすいているだろうと思って」

「ご明察」

彼はレインのところへ来て、そっとあざを撫でた。「もっと早く行けなくてすまなかった」

「もしすまないと思っているなら、わたしの度胸と頭のよさの価値を下げることになるわよ、わたしはその点、自分をほめてあげているんだから」

「こんなことを言うのは何だが、白状するとね、だまされた気分だよ。あいつをぼろぼろになるまで殴るチャンスをきみに奪われてしまって」

「次に人殺しの社会病質者《ソシオパス》を相手にするときは、あなたが負かせばいいわ」

「次か」マックスは向き直ってスープをかきまわした。レインは両手を組んだ。

「わたしたち、あっという間にこうなったわね、マックス」

「そうだね」

「人は……きっと、緊迫しているとか、危険な状況で出会った人間は、あっという間に結びつくことがよくあるんじゃないかしら。感情が敏感になっていて。それで状況が平静に戻ると、衝動にまかせたことを後悔するのかも」

「もっともだな」

「わたしたち、前に話したような道を進んだら、後悔するかもしれないわ。あんまりいそいで結ばれたことを後悔するかもしれない、まして結婚なんて」

「かもしれないな」マックスは鍋のふちでスプーンの汁を切り、それを置いて、彼女を振り返った。「そんなことが気になるのかい？」

レインは震えないうちに唇をぎゅっと合わせた。彼はここにいる、彼女のガス台のところに。背が高く引き締まっていて、あの危険な目と、ゆったりとした物腰で。「いいえ。いいえ、気になんてしないわ。ちっとも」マックスに飛びつき、爪先立ちになると、彼の両腕がしっかりとレインを抱きしめた。「そうよ、気になんてしてない。本当にあなたを愛しているもの」

「ワォ。そいつはよかった」マックスの唇が強く彼女の唇に重なり、やがてやさしく、それから離れがたそうになった。「僕も気にしていないからね。だいいち、ニューヨークでこれをきみに買ってきたばかりなんだ。いまさら僕に対して分別を発揮しようなんて思われると、これが無駄になる」

マックスはポケットから箱を出した。「きみが好きだと言ったものは、ちゃんとおぼえているよ」

「こんな状況で、わざわざ指輪を買ってきてくれたの？」

マックスは目をぱちくりさせた。「えっ。指輪がほしかったのか？」

「意地悪」箱をあけ、シンプルなプラチナ台にはめこまれているスクエアカットのダイヤモンドを見つめていると、彼女の心臓は、胸の奥でゆっくりと、うっとりと脈打った。「完璧よ。わかるでしょう、完璧よ」

「まだわからないよ」マックスは指輪をとり、レインの指にはめた。「これで完璧になった」彼は指輪のすぐ下の、レインの傷ついたこぶしのところにキスをした。「これからの一生をきみと一緒にいたいんだ、レイン。まずは、今夜きみがそこに座って、僕がスープを作ってあげるところから始めよう。それならいそぎすぎないだろう」

「すてき。すてきで普通ね」

「お望みなら、口喧嘩もできる」

「それも悪くないわ。でもその前に、残りを片づけてしまいましょうよ。あれを見せてもらってもいい？」

マックスはスープの火を弱め、テーブルに置いておいたブリーフケースをあけた。彼が豚の貯金箱を出すのを見て、レインは笑いだし、椅子に座った。

「ほんとにひどいわよね、豚の貯金箱のお腹に入っていたもののおかげで殺されたかもしれないなんて。でもなぜかひどいと思えないの。まさにジャックらしいわ」

「保険会社の代理人が明日、これを取りにくる」マックスは新聞を広げ、マッドルームで見つけておいた小さなハンマーをとった。「名誉の役をやりたいかい？」

「いいえ。あなたがどうぞ」

マックスは二度ハンマーを打ちおろして、やっと詰め物を出し、それから小袋を出した。そしてレインの手の中に、きらめく流れをそそいだ。

「輝きはそこなわれないわね」

「きみの指にあるダイヤのほうが、僕は好きだな」

レインはほほえんだ。「わたしもよ」

彼が貯金箱のかけらと新聞を捨てているあいだに、レインはダイヤモンドをベルベットの上に散らばせた。「会社はこれで半分を取り戻すわけね。そして、クルーも身元が判明してつかまったから、彼の住んでいたところや、彼の名前で借りられた貸金庫を捜せば、残りも見つかるでしょう」

「たぶんね。一部はそんなふうに隠されているかもしれない。だが、彼がコロンバスに行ったのも、子どもに何かを渡したのも、やさしい気持ちや、親としての義務からじゃない。前の奥さんと息子は何かを持っているよ、もしくは何かを知っている」

「マックス、その人たちを追わないで」レインは彼の手をとった。「ほうっておいてあげて。クルーから逃げようとしているだけなのよ。あなたが話してくれたことは全部、その女の人が子どもを守って、普通の暮らしをさせようとしているだけにしか思えないの。あなたが二人を捜せば、彼女は狩り出されていると思うわ、そしてまた逃げてしまうでしょう。それがどういうものか、わたしにはわかるの。母が平穏を見出すまで、ロブに出会うまでどんな気持ちだったかわかるのよ。それだって父は、そう、父は泥棒で詐欺師で、そのうえ嘘つきだけれど、頭がおかしいわけではないし、人殺しでもないのよ」

レインはダイヤモンドをマックスのほうへ押した。「こういうダイヤがいくらあったって、何の罪もない男の子が、父親は殺人者だと知らずに生きていけること以上の値うちはないわ。これはただの宝石。単なる物だもの」

「その件は考えさせてくれ」

「オーケイ」レインは立ち上がり、彼の頭のてっぺんにキスをした。「オーケイ。いいことを教えてあげる。そのスープと一緒に食べるサンドイッチを二つ作るわ。あなたはダイヤモンドをリストと照合したら。それが終わったら、ダイヤをしまって、退屈で平凡な人間みたいに食事をしましょうよ」

レインはパンをとりにいった。「それで、わたしはいつ車をニュージャージーからとってこられそう？」

「知っているやつがいるから、彼に運んできてもらうよ。二日くらいだな」マックスは作業にかかった。「それまでは僕が乗せてまわってあげる、でなければ僕の車を使えばいい」

「ほらね、退屈で平凡。ハムにはマスタード？　それともマヨネーズ？」

「マスタード」マックスはうわのそらで答え、それから黙りこんだ。足元ではヘンリーがいびきをかいていた。

「あんちくしょう」

レインは振り返った。「なあに？」

彼は頭を振った。「もう一度やってみる」

レインは積み重ねたサンドイッチを二つに切った。「数が合わないんでしょう?」彼女がテーブルに皿を置くあいだ、マックスは指でテーブルを叩きながら、彼女を見つめていた。

「そんなことになるんじゃないかと思ったわ。思ったというより、実際には、ただあきらめたってことだけど。四分の一に少し足りないんでしょう?」

「二十五カラットほど足りない」

「ははーん。まあ、あなたの依頼人は納得してくれるわよ、きっと、分け前がきっちり四等分されたわけじゃないってことに。まだ見つかっていないぶんが少し多いってことにね」

「だが、本当は違うだろう?」

「そうね。ええ、違うと思うわ」

「彼がくすねていったんだ。きみのお父さんが」

「父は自分の分け前を持っていってから、ダイヤをいくつか選び出しておいたんでしょう、ただ万一のためにね、そうして残りを別の入れ物に入れておいた――あの豚に――そして万が一の備えのほうは身につけていたのかも。マネーベルトか首に下げた袋か、ポケットに入れておいたのかも。〝卵を全部、ひとつのバスケットに入れてしまうとな、レイニー、取っ手が壊れるものなのさ。そうしたらスクランブルエッグしか食べられない〟。コーヒーも飲む?」

「ビールが飲みたい。みすみす彼を逃がしてしまった」

「どちらにしても、あなたなら父を逃がしてくれたわ」レインはビールをとってきて、栓をあけてあげ、彼の膝にするりと座った。「父がダイヤを持っているとわかっていたら、取り戻したでしょうけれど、それでも、きっと逃がしてくれたはず。実際、何も変わっていないもの。たかが二十五カラットじゃない」彼女はマックスの頬にキスし、それからもう片方の頬にキスし、唇にもキスをした。「わたしたちは大丈夫でしょ？」

レインが肩に頭をつけると、マックスは彼女の髪を撫でた。「ああ、僕たちは大丈夫だ。もういっぺんお父さんを見かけたら、ブーツで尻を蹴飛ばすかもしれないが、僕たちは大丈夫だよ」

「よかった」

マックスは座ったまま彼女の髪を撫でていた。テーブルにはハムサンドが、ガス台にはスープがある。床には犬がまどろんでいる。何百万ドルもの——多少の幅はあれど——ダイヤモンドがキッチンの明かりにきらめいている。

僕たちは大丈夫だ、とマックスは思った。それどころか、最高だ。

でも、退屈で平凡になることは決してないだろう。

あの頃を思い出して
第一部

著者　ノーラ・ロバーツ

訳者　青木悦子《あおきえつこ》

2008年7月20日　初版第1刷発行

発行人　鈴木徹也

発行所　株式会社ヴィレッジブックス
〒108-0072 東京都港区白金2-7-16
電話 03-6408-2325（営業） 03-6408-2323（編集）
http://www.villagebooks.co.jp

印刷所　中央精版印刷株式会社

ブックデザイン　鈴木成一デザイン室

 ISBN978-4-86332-052-9 Printed in Japan